PENRI JONES

CLWYFAU

yLolfa

Hoffai'r awdur ddiolch i Gyngor Llyfrau Cymru am yr arian comisiynu tuag at ysgrifennu'r nofel hon.

Argraffiad cyntaf: 2005

℗ © Penri Jones a'r Lolfa Cyf., 2005

Cynllun clawr: Sion Ilar
Llun y clawr: Dewi Glyn Jones
Llun clawr ôl: Iolo Penri

Rhif Llyfr Rhyngwladol: 0 86243 726 1

y **Lolfa**

Cyhoeddwyd, argraffwyd a rhwymwyd yng Nghymru
gan Y Lolfa Cyf., Talybont, Ceredigion SY24 5AP
e-bost ylolfa@ylolfa.com
gwefan www.ylolfa.com
ffôn (01970) 832 304
ffacs 832 782

Dyddiadur Huw Williams, Craig y Garn Picardy, 1916

Dydd Sadwrn, Mehefin 1af

Dw i am gadw'r dyddiadur yma tra bydda i yn Ffrainc. Mi fydd o'n rhyw fath o gofnod o 'mywyd i a bywyd fy ffrindia yn y cythral rhyfal 'ma.

Toeddwn i'n ffŵl yn dŵad yma yn y lle cynta. Mae miloedd o hogia'n cael eu chwythu'n gyrbibion bob awr o'r dydd. Mwy yn cael eu lladd nag o lygod mawr ar ddiwrnod dyrnu. Tydan ni ddim yn cael ein trin yn fawr gwell na llygod mawr chwaith. Dw i fel adyn – mi wnawn i rwbath am weld gwên annwyl Luned. Rhwbath am glywad pryfocio diniwad Magi. Rhwbath am gael helpu Tom i 'redig llethra Garn Pentyrch a chlywad cecru Tada… Rhwbath am gael Luned yn fy mreichia.

> *Hiraeth mawr a hiraeth creulon,*
> *Hiraeth sydd yn torri 'nghalon…*

Tybad be ma nhw'n neud yng Nghraig y Garn rŵan, neu ym Mhorth Cenin neu Foel Dafydd…

Mae 'na sŵn ym mrig y morwydd y bydd cin catrawd ni yn ei chanol hi cyn pen dim. Y Welsh fel arfar ar y ffrynt lein gynta. Faint ohonan ni gaiff y farwol tro 'ma tybad? Degau? Cannoedd? Miloedd? Duw a ŵyr. Duw a'n helpo.

Dan ni'n gorfod martsio 'nôl i'r ffrynt ben bora fory. Ond heno, bywyd braf. "Canu, Cwrw, Cotsan," meddai Sam Sarn.

Ac yn y drefn yna hefyd – am y tro dwytha ella. Gneud y gora o'r gwaetha.

Bora Sul, 2il o Fehefin

Dwyn rhyw chwartar awr i sgwennu hwn. Ma 'mhen i fel blydi pwcad, a'n stumog i'n waeth. Ond fy nghydwybod i sy waetha.

Mi oeddan ni i gyd i lawr yn yr Estaminet erbyn tua'r wyth 'ma. Mi ddaeth y gwin coch yn fwy melys yn fuan iawn ac mi anghofish i bopeth am ddirwest Capel Helyg! Rowlio tôn bruddglwyfus Joseph Parry i gychwyn:

> Beth sydd imi yn y byd?
> Gorthrymderau mawr o hyd;
> Gelyn ar ôl gelyn sydd
> Yn fy nghlwyfo nos a dydd.

Braf ein bod ni i gyd yn siarad Cymraeg. Bron nad ydi hi'n werth bod yn aelod yn y Royal Welsh jest i brofi canu fel'na. Mi fasa hi'n amhosib cael canu fel hyn ar ôl cwrw Ty'n Porth, dw i'n siŵr!

Tasa petha wedi gorffan yn fan'na mi fasa popeth yn iawn. Damia fi am gael fy nhemtio. Mi ddoth y merchaid llygatddu atan ni ac mi syrthish inna i freichia un fach fronnog, wallt ddu, er nad odd gin i ond hannar ffranc... roedd hi wedi dechra sibrwd dirgelion serch yn fy nghlust i a rhwbio'i bronna yn erbyn fy mynwes i. Wedyn dyma hi'n byseddu fy ngafl... Ro'n i'n gwbod nad oedd affliw o ddim ganddi o dan ei ffrog laes dena.

Toc dyma hi'n gafael yn fy llaw ac yn fy arwain i ryw hen dŷ gwair yn y cefna. Roedd 'na ddega o sowldiwrs chwil wedi cael eu denu i'r un croglethi llithrig yn fan'no. Roedd gin i fin fel stalwyn cymdeithas erbyn hyn. Cyn pen chwinciad roedd hi wedi agor fy malog, a druan ohona i, ro'n inna'n chwilio yn y blewiach rhwng ei choesa. Yna roeddwn i ar 'i chefn hi yn pwnio. Fues i fawr o dro yn dŵad yn donna diatal.

Mi neidiodd ar 'i thraed gyntaf ag ro'n i wedi gorffan a dal 'i llaw allan yn farus. Doedd gin inna ddim dewis ond crafu am fy hannar ffranc.

"Merci, soldier," medda hi cyn diflannu 'nôl i'r Estaminet i chwilio am gwsmer arall.

Luned druan. Dw i'n hen fochyn anllad. Ond does dim ond gobeithio na ddaw hi byth i wbod.

Nos Sul

O'r diwadd mi dan ni wedi cyrradd dyffryn y Somme. Mi dan ni wedi cerddad tua ugain milltir heddiw o leia, a 'nhraed bach i wedi chwyddo'n fawr.

Toedd y gwin coch 'na neithiwr ddim yn syniad da o gwbwl cyn cerddad fel'na. Rodd rhaid imi ddiodda lot o bryfocio wrth fartsio hefyd. Ianto Tonypandy yn gofyn faint o'n i 'di dalu 'i'r wejen fach dew 'na'. Glyn Glanpwll yn deud mai Sam Sarn oedd y nesa i 'fynd ar 'i chefn hi', a Ianto'n dal i bryfocio trwy ddeud 'mod i wedi'i 'hoelio hi'n go dda'. Dyliwn i fod yn teimlo fel ceiliog, ond teimlo'n euog o'n i wrth feddwl am Luned druan ym Mhen Llŷn.

Toc daeth y si ein bod ni'n martsio i Goedwig Mametz ar y Somme. Roedd y cyfan yn gwneud synnwyr o'r diwedd. Rhaid gwneud rhywbeth i lacio'r pwysau ar y Ffrancod yn Verdun a'n hogia ni yn Pachendale.

Ma 'na filoedd wedi eu lladd yn nyffryn y Somme yn barod. Sa waeth gin i tasa 'na fwled yn fy lladd i'n gelain fory nesa. Sut ydw i'n mynd i fedru cyffesu wrth Luned be ddigwyddodd neithiwr? Fasa 'na ddim rhaid i mi ddweud dim wedyn.

Ond faswn inna ddim yn gweld llethra 'rhen Garn Bentyrch

byth eto chwaith. Ma Ffrainc yn wlad dlos, ond dim patsh ar Eifionydd. Ychydig iawn mae'r rhyfal wedi creithio pentrefi gwledig Picardy. Y gwarthaig yn pori'n heddychol a'r gwyddfid ar fin blodeuo. Mi gawson ni stopio am hoe dair gwaith, am hannar dydd, dau a phump o'r gloch.

Wrth nesau at y ffosydd dyma ni'n dechra clywad y gynna mawr. Roedd llawer o'r tai'n adfeilion drylliedig, ac awyrgylch wahanol i'r lle.

Wedi i ni gyrradd dyffryn y Somme mi ddaeth swyddog aton ni i egluro y byddan ni'n mynd i'r llinell flaen fory. Fydd dim byd amdani wedyn ond aros am y gorchymyn i fynd dros y top. Dduw mawr, be gythral sy o'n blaena ni?

– II –

Pen Llŷn, Mehefin 1916

Roedd dyddiau hafaidd od o braf yn Llŷn hefyd, a Luned yn dotio at hyfrydwch y tywydd. Rhyfeddai bob bore tesog at harddwch yr Wyddfa, Y Moelwynion a Moel Hebog. Roedd glesni'r môr o ffenest ei llofft yn garped glas rhwng Castell Harlech a Chricieth. Trwyn Penychain a Charreg yr Imbill fel bysedd cyhuddgar yn ymestyn i'r môr rhwng mcddalwch melyn y traethau. Ambell long fechan lawn hwyliau yn stryffaglu allan o Fae Porthmadog. Yna, i'r cyfeiriad arall, lwmp o graig solat Tir Cwmwd a Phen Cilan a'r Rhiw rhwng môr mwy ysgithrog Porth Neigwl. Mor braf oedd cael cerdded at ei gwaith lled reolaidd fel gwniadwraig ym Mhlas Nanhoron. I lawr yr allt bron bob cam heibio i Tan Bwlch, Saethon a sawl tyddyn cyfarwydd arall. Yna cyrraedd heddwch Coed Nanhoron ac oedi i ddotio at harddwch y blodau a glesni'r dail.

Ceisiai Luned wisgo'n daclus bob amser, gan gredu ei bod yn gweithio'n well os oedd ganddi'r hyder yn ei hymddangosiad personol. Ac roedd hi'n ferch dlos, yn fain a thal ac o bryd tywyll iawn. Ei llygaid gloyw du oedd ei nodwedd amlycaf, ac roedd sawl gŵr priod wedi ceisio dal golwg ar y llygaid hynny.

Anodd oedd medru dygymod heb Huw, ei chariad. Doedd hi ddim wedi ei weld rŵan ers yn agos i chwe mis. Roedd hi angen dyn i'w chadw'n hapus a bodlon. Poenai bod ei hieuenctid yn diflannu a dim gobaith cael setlo i lawr a phriodi tra bod Huw yn ffosydd Ffrainc. Bu'n dyheu erioed am gael agor ei siop ddillad ei hun a datblygu ei gwaith fel gwniadwraig. Bu'n dyheu hefyd am gael bod yn fam – ond roedd angen dyn yn gefn iddi cyn y gallai wireddu'r gobeithion hyn.

Roedd Ifan Tan Rallt, gŵr gweddw ac un o weision hynaf Plas Nanhoron, wedi cynnig ei danfon adref i Foel Dafydd. Derbyniodd hithau'r cynnig – ond nid yn llawen. Trefnwyd yr oed ar gyfer pnawn heddiw. Cwta ddwy flynedd oedd yna ers i'w wraig gyntaf farw. A dyma fo'n barod yn chwilio am ddynas arall.

Roedd tri pheth yn poeni Luned. Bu Ifan yn briod am gryn bum mlynedd, cyn colli ei wraig, ond ni aned plentyn o'r briodas. Roedd ganddo enw hefyd am fod yn gybyddlyd a sych-dduwiol – doedd hi ddim eisiau gŵr felly. Ond yr hyn a'i poenai fwyaf oedd Huw. Sut gallai hi feddwl bod yn anffyddlon i ŵr ifanc oedd wedi gwirfoddoli i ymladd dros ei wlad, a hynny i raddau dan ei hanogaeth hi?

A dyma hi bellach yn fore Sadwrn, a byddai Ifan yn aros amdani am hanner dydd. Heliodd Luned ei phethau at ei gilydd, tynnu crib drwy ei gwallt a cherdded ling-di-long i gyfeiriad giât y plas.

Gallai weld Ifan yn llechu yng nghysgod y coed. Gwenodd yn swil arni. Sylwodd Luned am y tro cynta bod ei wallt gwinau'n dechrau britho, ond roedd ei lygaid yn ddigon deniadol. Gŵr ychydig dan chwe throedfedd o daldra oedd o, a'i gefn yn dechrau crymanu – effaith slafio ar ei dyddyn ym Mynytho ac yn y Plas, mae'n siŵr. Cymerodd ei phecyn oddi arni, a cherdded wrth ei hochr i lawr tuag at efail Rhyd Galed.

Roedd persawr bwtsias y gog ar fin diflannu a blodau'r rhododendron yn pylu. Braf oedd cael cysgod dail y ffawydd a'r derw rhag haul crasboeth canol dydd. Cerddodd y ddau dow-dow i fyny'r allt heibio Capel y Nant. Gwyddai Luned mai fa'no âi Ifan, a hynny'n bur selog yn ôl y sôn.

"Dach chi'n dal i fynd i'r Nant 'ma, Ifan?"

"Ydw. Ddwywaith bob Sul. A ma llewyrch go dda ar betha 'ma 'fyd."

"Mynd da ar y canu, yn ôl y sôn."

"Gwerth chweil. Ma 'na gôr bach reit dda gynnon ni. Pam na ddowch chi aton ni, Luned?"

"Mi lyna i at Capal Newydd. Ac mae arna i ofn mai i Horeb, Mynytho, yr a' i pan fydd Capal Newydd yn cau."

"Sticio efo'r hen Annibynwyr, myn dian i!"

"Annibýn *oeddach* chitha hefyd, Ifan. Dw i'n cofio'ch gweld chi yn Capal Newydd pan o'n i'n hogan bach."

Buont yn sgwrsio felly am faterion digon saff, wrth gerdded i fyny'r allt am Fynytho. Toc, dyma nhw'n cyrraedd y fynedfa at Foel Dafydd.

"Well i chi aros yn fa'na, Ifan."

"Pam? Mi faswn i'n lecio cael sgwrs efo'ch tad."

"Mi fydd o'n rhy brysur yn y gwair i stelcian a siarad. A dw i'n siŵr bod gynno chitha ddigon i'w neud hefyd."

"Esgus ydi hynna, te, Luned? Dim dyna pam nad ydach chi isio i mi gyfarfod eich teulu go iawn."

"Pa reswm arall sy 'na?"

"Yr hogyn 'na o Langybi."

"Mae Huw druan yn ffosydd Ffrainc ers misoedd. Ac edrychwch arna inna'n siarad yn fa'ma efo gŵr gweddw."

"Ond chi sy 'di bodloni i mi gerddad adra efo chi gefn dydd gola a chreu testun siarad i bobol."

"Dach chi'n iawn, Ifan. Dw i mewn coblyn o benbleth. Pryd gorffennith y rhyfal 'ma ydi'r cwestiwn."

"Mi gymerith flynyddoedd, yn ôl rhai – ac ella na ddaw eich Huw chi byth yn ei ôl."

"Be ar wynab y ddaear dach chi'n feddwl?"

"Dach chi'n gwbod yn iawn… "

"Gobeithio nad ydach chi'n gobeithio hynny."

Atebodd Ifan ddim, dim ond parhau i rythu i lawr i gyfeiriad pentre Llanbedrog a Charreg yr Imbill.

"Mi wela i chi ryw dro'r wythnos nesa ta," meddai Luned.

"Ia, os na ddowch chi i'r Nant nos fory."

"Pam na ddowch chi i Capal Newydd?"

"Go brin. Ga i ofyn am un sws bach?"

"Mi gewch chi ofyn. Ond chewch chi 'run."

Gafaelodd llaw fawr galad Ifan yn llaw dyner Luned a'i gwasgu. Ysgydwodd Luned ei llaw yn rhydd. Fedrai hi ddim goddef cyffyrddiad y llaw. Ffarweliodd y ddau'n bur swta.

Fu'r tro bach yna'n fawr o lwyddiant, meddyliodd Luned, wrth ei throi hi am Foel Dafydd.

Roedd ei mam wrthi'n plicio tatws a chrafu moron pan ddaeth hi i'r tŷ. Roedd ogla hyfryd cig eidion yn rhostio hefyd – doedd fiw codi bys ar y Sul.

"Dim Ifan Tan Rallt oedd yn sgwrsio efo chdi yng ngheg y lôn rŵan, Luned? Gŵr gweddw efo'i dŷ ei hun… Ma'n siŵr ei fod o reit daclus."

"Be dach chi'n awgrymu, Mam?"

"Dim byd. Ond ma rhaid 'i fod o'n meddwl cryn dipyn ohonat ti i gerddad yr holl ffordd o'r Plas i fa'ma. Ma'n siŵr bod gynno fo ddigon o betha gwell i'w gneud."

"Be dach chi'n feddwl, petha gwell?"

"Petha erill o'n i'n feddwl. Ma siŵr 'i fod o 'di cymryd ffansi atat ti i neud y ffasiwn beth."

"Ma gin i Huw, does Mam?"

"Oes, os daw o'n ôl, te."

"A phwy oedd fwya brwd dros iddo fo fynd i ryfal? Chi a fi!"

"Wel, ia. Ond ma amgylchiada wedi newid, Luned bach. Mi oeddan ni i gyd yn meddwl pan wnaeth o enlistio y basa'r hen ryfal 'ma wedi'i hennill mewn llai na blwyddyn A rŵan ma'r papura newydd yn cyhoeddi rhestri bob wythnos o enwa'r rhai sy 'di marw."

"Coelio papura newydd, sgwrsio pen ffair a'r cythral Lloyd George wnaethon ni yn ddiniwad."

"Paid ti â galw Lloyd George o bawb yn gythral!"

Ciliodd Luned i'w hystafell wely i newid a golchi'i dwylo. Byddai'n brafiach helpu'i thad i droi'r gwair yn y cae o dan y tŷ na ffraeo hefo'i mam. Ar ôl tynnu oddi amdani, edrychodd arni ei hun yn y drych mawr. Corff main a thal. Bronnau bychain a gwallt tonnog, du. Llygaid tywyll yn pefrio fel rhai ei thad, a gên eitha penderfynol. Cnawd tywyll hefyd. Dim rhyfedd bod pawb yn deud bod Luned Foel Dafydd yn tynnu ar ôl ei thad. Tywalltodd Luned ddŵr o'r jwg ar y bwrdd gwisgo i mewn i'r badell, a dechrau golchi'i dwylo. Ceisiodd eu rhwbio'n lân, ond doedd hi ddim mor hawdd cael gwared ar deimlad llaw galed gorniog Ifan. Tarodd hen grys amdani a thynnu trowsus lliain ysgafn dros ei choesau noeth. Sgidiau lledr cryf, a dyna hi'n barod am y gwair.

Roedd y gwair yn sych grimp. Dechreuodd droi'r wanna wrth y clawdd. Buan roedd hi wedi dal ei thad, oedd wedi eistedd yng nghysgod y clawdd.

"Dim Ifan Tan Rallt oedd hwnnw yn geg lôn efo chdi gynna?"

"Ia."

"Duwcs, mae o'n ŵr gweddw, bron yr un oed â fi – yn ddigon hen i fod yn dad i chdi," meddai ei thad yn bryfoclyd.

Wnaeth Luned ddim ateb, ond craffodd draw i'r dwyrain. Gallai weld amlinell Garn Pentyrch draw yn y tes. Gwyddai bod cartref Huw o'r golwg ar ochr arall y Garn.

Tybed beth oedd Huw yn ei wneud rŵan? Allai hi fyth ddychmygu lle mor syrffedus a pheryglus oedd y ffosydd, yn ôl y sôn. Mor braf oedd arni hi, yn medru gweithio iddi hi'i hun, yn hytrach na slafio i bobol eraill...

Buont wrthi'n troi am tua dwyawr. Toc daeth ei mam â basgedaid o frechdanau a the oer iddyn nhw. Fedrai Luned ddim credu ei bod hi bron yn hanner awr wedi pedwar. Craffodd ei thad i gyfeiriad y de. Bron na allai weld amlinell Sir Benfro yn y pellter.

"Os deil y tywydd mi fydd y gwair 'ma'n barod i'w fydylu a'i gario ddydd Llun," meddai.

Aeth Luned i'w gwely'n gynnar y noson honno, wedi llwyr ymlâdd. Roedd ei chymalau i gyd yn brifo, ond cymalau ei meddwl yn brifo mwy. Beth ddaeth dros ei phen i gerdded dwy filltir yng nghwmni Ifan, a hynny gefn dydd golau? Arswydodd fwy wrth feddwl am gysgu wrth ei ochr am flynyddoedd a'i ddwylo corniog yn trin ei chnawd. Ond, ar y llaw arall, câi annibyniaeth a lle iddi ei hun. A phlant! Huw oedd yn creu'r benbleth iddi. Huw Craig y Garn. Pe deuai o yn iach ei groen o'r ffosydd, fyddai dim rhaid berwi fel hyn. Y drafferth oedd bod y rhan fwyaf o ddynion dan ddeg ar hugain oed yn y fyddin, a hithau'n cael ei thaflu i freichiau hen gono fel Ifan. Ond roedd hi ar fai yn meddwl felly o gwbl.

Llwyddodd i ddychmygu Huw yn llun ei meddwl. Corff main, tal; mop o wallt cringoch, ysgwyddau llydan, llygaid gwinau treiddgar a dannedd braidd yn amlwg a ymledai'n wên barod iawn. Gŵr ifanc cydnerth a charwr diflino. Rhywbryd yn yr oriau mân llithrodd Luned i gysgu.

– III –

Ffosydd Coed Mametz, 1916

Bore, 3 Mehefin

Iesgob, dyna braf oedd cael stwffio dan dorlan y ffos. Ma 'nhraed i wedi chwyddo a 'nghoesa'n hollol lesg. Gobeithio na fydd dim rhaid inni fynd dros y top am sbel go lew. Ma cerddad ddoe a meddwad echnos wedi hanner fy lladd i.

30 Mehefin

Dan ni wedi bod yn llechu yn y ffos 'ma rŵan ers dros dair wythnos. Ma'r gynna mawr yn tanio nos a dydd. Ma'r ddaear yn crynu ac ma 'mennydd i'n crynu a 'nghlustia bach i wedi'u byddaru. Ein hochor ni sy'n tanio fwya. Weithia ma Fritz yn tanio'n ôl, a bydd ambell belen dân yn chwythu top y ffos yn un gawod o bridd cleiog. Does bosib bod yr un Almaenwr yn dal yn fyw yr ochr arall dan y fath gawodydd tân. Dyna ydi bwriad y cadfridogion, m'wn. Ond ma Sam Sarn reit graff, fel arfar:

"Peidiwch â chymryd ych twyllo, hogia," medda fo neithiwr ar ôl diwrnod o bledu dipyn mwy tymhestlog nag arfar. "Ma Fritz yn dipyn mwy o foi nag y tybiodd neb ohonan ni fân feidrolion yr hen ddaear 'ma."

Ma bywyd mor ddiflas – bob munud fel awr. Y job waetha ydi gwylio ar y *fire step* am oria, bob yn ail ddydd a nos. Does fiw i rywun godi'i ben neu mi geith gatsran yn syth. Mi o'n i'n dyheu am gael sbario mynd dros y top. Rŵan fasa waeth gin i fynd ddim.

2 Gorffennaf

Mae 'na sôn bod 'na laddfa ddiawledig wedi bod i fyny'r lein ddoe. Miloedd ar filoedd wedi'u lladd. Ma un neu ddau o'n hogia ni'n 'i chopio hi bob dydd hefyd. Y cwbwl dan ni'n weld ydi hogia'r ambiwlans yn rhedeg efo stretshar, a wedyn traed yn sticio allan o dan flancad waedlyd.

I be gythral y dois i yma?

4 Gorffennaf

Diwrnod llethol o boeth a diflas eto. Nychu o sychad, a dydi'r te poeth ma nhw'n hwrjo arnan ni bob rhyw awran yn ddim help. Llymaid hir o laeth enwyn oer o dŷ llaeth Craig y Garn fasa'n setlo'r sychad.

Mi fuon ni'n trafod bora 'ma pam ddaru ni joinio. Rhwbath go debyg oedd rhesyma bob un ohonan ni. Roedd pawb yn meddwl y basa'r rhyfal drosodd reit handi. Gobeithio am gyfle i weld tipyn ar y byd a thorri ar undonedd syrffedus bywyd yn yr un rhychau arferol. Ac yn achos pob un wan jac, mi oedd 'na elfen o fod ddim isio cael 'yn galw'n gachwr ar ôl i'r rhyfal orffan. Ond ma bod yn gachwr yn dipyn gwella na chael bedd cynnar.

Ma lot o'r bai yn f'achos i ar Luned. Hi fuodd yn fy nghymell i joinio. Tybed fedrai hi fyw am fisoedd heb ddyn? Tybed *fedrodd* hi fyw am fisoedd heb ddyn? Mi fethis i heb ddynas, do!

Mi fydd rhaid i mi ofalu llosgi hwn neu ei guddiad o mewn lle hollol saff os do 'i drwy hyn â 'nghroen yn iach.

Ma'r hogia'n meddwl 'mod i'n sgwennu barddoniaeth neu bregethau. Waeth imi heb â thrio'u perswadio nhw mai dyddiadur ydi o.

5 Gorffennaf

Ma'r blydi bîb arna i. A dim posib cael trons glân. Ai ofn sy 'di'i achosi fo, ynta byta gormod o'r bali bîff a bara sych gythral 'ma, dwn i ddim. Ond ma rhaid i ddyn lenwi'i stumog efo rhwbath. Ma'r llau yn 'y myta i hefyd ac yn berwi yn 'y ngwallt a 'nillad i. Ma'n siŵr 'mod i'n drewi fel ffwlbart, fel y rhan fwya o'r hogia. "Chlyw'r ffwlbart mo'i ddrewi ei hun," oedd geiria llawn cysur Sam Sarn. Ianto'n holi wedyn be oedd ffwlbart, a Sam a finna'n trio egluro.

Mae Ianto yn ein bataliwn ni am ei fod o isio bod yng nghanol Cymry Cymraeg, medda fo.

Trafferth mwya'r ffos 'ma ydi, nid y budreddi, ond y diffyg lle preifat i feddwl, sgwennu, gweddïo a hel atgofion. Dw i'n ysu am gael mynd dros y top rŵan. Mi fasa unrhyw beth yn well na'r syrffad 'ma. A mi ydan ni'n dal i rostio dan haul crasboeth Gorffennaf.

6 Gorffennaf

Fory fydd y diwrnod mawr. O'r diwedd!

Dim mwy o grafu a chachu yn y blydi ffos 'ma yn disgwyl. Cwestiwn mawr pawb ydi, ddown ni drwyddi? Mi ges i funud bach bora 'ma i edrach ar y Beibl ges i gan eglwys Capel Helyg cyn joinio. Roedd y Parch. Thomas Williams wedi sgwennu cyflwyniad yn daclus arno fo. Go brin 'i fod o rioed wedi dychmygu bod y fath uffern o'n blaena ni. Mi gyflwynodd yr un Beibl i'w feibion ei hun. Be ddigwyddith iddyn nhw, tybad?

Mi ges i gyfle i weddïo ar i Iesu Grist roi ei fendith ar ymdrech Prydain Fawr. Dw i'n teimlo ym mêr fy esgyrn eu bod nhw'n eiria pur wag. Mae gan yr Ellmyn i gyd fama a thada hefyd. Pam ddylia ein bywyda ni fod yn bwysicach na'u bywyda nhw?

Mi fues i'n canolbwyntio bob gewyn yn fy ymennydd wedyn ar Luned. Y Luned y ces i gymaint o bleser yn trin ei chorff a'i meddwl hi. Y job fwya wrth fynd ar 'i chefn hi oedd neidio o'na cyn dŵad – a finna'n gwybod ei bod hi'n ysu i mi aros yna. Ond mi lwyddis i bob tro, dw i'n meddwl. Dyna braf oedd gwybod nad oedd rhaid imi boeni pan oedd yr hen fis arni. Sori Luned, ond do'n i ddim isio rhoi babi i chdi a dim sôn ein bod ni'n priodi! Mi gawson ni sawl ffrae ar gownt y matar. Fi fuodd galla. Pwy eneth gall fasa isio plentyn siawns, a'i dad o wedi'i ladd yn y rhyfal?

Wir Dduw, mae arna i ofn. Fiw imi ddangos hynny i'r hogia – dan ni i gyd yn cuddio'n hofna. Ma 'na amball un yn methu, ac yn ôl y sôn ma nhw'n cael eu rhoi o flaen *court martial* ac wedyn yn cael shot fel hen gi lladd defaid.

Rŵan ta, gwell i mi guddiad hwn yn saff yng ngwaelod fy sach. Duw a'm helpo i taswn i'n cael fy saethu a hwn yn cael ei ffeindio. Ond wedyn, pwy o'r giwad swyddogion sy'n dallt digon o Gymraeg i fedru'i ddarllan o?

– IV –

Brwydr Coed Mametz

Ar ddydd cyntaf mis Gorffennaf, dan wenau'r haul tanbaid, y cychwynnwyd brwydr a llanast enwog y Somme. Erbyn y seithfed dydd roedd niwl a glaw mân wedi disodli'r haul a throi pob ffos yn gors beryglus.

Doedd bataliwn Huw ddim ymysg y milwyr cyntaf yng nghoedwig ddiawledig Mametz. Bu'n rhaid iddyn nhw aros am ddau ddiwrnod arall, a phawb yn methu deall beth oedd yn digwydd. Go brin bod y swyddogion eu hunain yn gwybod chwaith. Trodd y tywydd eto ar y nawfed o Orffennaf, ac erbyn fin nos roedd hi'n chwipio sychu. Roedd degau o filwyr dall a chlwyfedig yn cael eu cario o'r ffrynt – rhai cannoedd o lathenni o flaen y bataliwns oedd heb gael eu gollwng i'r lladdfa eto.

O'r diwedd daeth y gorchymyn. Y Dydd Tyngedfennol. Am dri o'r gloch ar fore'r degfed dydd. Rhwng cyfnos a gwawr. Amser cychwyn y daith waedlyd am y goedwig.

Swatiai Huw, Sam Sarn, Wilias, Glyn a Ianto yn y llinell flaen yn aros am y chwiban i fynd dros y top. Eisoes roedd y rym wedi cael ei ddrachtio.

"Fydd hi ddim yn hir rŵan, hogia. Mae 'na rwbath go hegar o'n blaena ni." meddai Huw.

"Meddyliwch, ry'n ni am gerdded gefen dydd gole at y blydi goedwig 'na," meddai Ianto.

"A *machine guns* Fritz yn ein pigo ni fesul un. Tybad pwy fydd ar ôl heno i ddeud ei stori?" meddai Wilias.

Daeth y chwiban. Crafangiodd Huw o'r ffos a chychwyn ar ei daith boenus at Goedwig Mametz.

Roedd hi'n weddol hawdd cerdded ar y dechra. Cerdded pwrpasol araf, a phecyn trwm ar gefn bob milwr. Roedd pawb dan ormod o straen i sgwrsio. Gallent glywed y bwledi'n sislan uwch eu pennau.

Glyn oedd y cyntaf i gwympo. Bwled yn ei ysgwydd. Trodd ar ei gefn a gwên lydan ar ei wyneb. Roedd y frwydr drosodd iddo fo. Gallai aros rŵan am y milwyr ymgeleddu i ddod i'w gario i ysbyty.

"Wela i chi wedyn, gobeithio, fechgyn." meddai.

"Y jiawl lwcus." meddai Ianto dan ei wynt.

Roedd y llinell flaen yn teneuo wrth i'r hogia gwympo ar bob llaw. Pwy yn ei iawn bwyll allasai fod wedi gorchymyn y fath ffwlbri? Cnawd yn erbyn dur...

Wilias oedd y nesaf o'r criw i'w chael hi. Daeth pelen dân o rywle a'i chwythu'n gyrbibion nes nad oedd dim llwchyn ohono ar ôl. Roedd o'n mwngial canu 'Calon Lân' dan ei wynt yn nerfus wrth ochr Huw un funud. Yr eiliad wedyn, doedd o ddim yno. Roedd sŵn yr emyn yng nghlustiau Huw a theimlai'n sâl.

Daethant at y man lle stopiwyd y cwffio ar y diwrnod blaenorol. Roedd cyrff yn ribidirês ym mhobman. Bu'n rhaid crafangu wedyn at y goedwig a gweld bod y milwyr o'u blaenau wedi clirio llawer ar y weiran bigog, trwy drugaredd. Roedd y drylliau peiriant yn dal i chwydu'u bwledi. Clywid hogia'n sgrechian ac yn udo mewn poen. Roedd eraill yn rhedeg i'w cyfarfod neu'n cropian yn eu gwaed a'u cnawd drylliedig.

Trwy wyrth y gwyrthiau, roedd Ianto, Sam a Huw wedi cyrraedd cysgod Coedwig Mametz. Roedd cannoedd o'u cyd-filwyr yn y drysni hefyd. Sôn am olygfeydd! Cnawd drylliedig ym mhob cyfeiriad. Diferai'r dail o waed coch, sgleiniog – nid glaw, ond gwaed trwchus. Darnau o goesau, pennau a phob aelod arall o'r corff yn tyfu fel ffrwythau ar y canghenna. Cyrff clwyfedig yn ymrengian fel cynrhon yn y drain a'r mieri. Fflachiadau o awyr las yn gymysg â darnau o ffrwydradau trwy dywyllwch y coed. Dynion yn ceisio tyllu ffosydd bas a fyddai, cyn pen dim, yn feddau iddyn nhw eu hunain.

Ond roedd y tri ffrind yn dal efo'i gilydd.

Y bidogau ar flaen y reifffls oedd eu hunig arfau bellach, a'u hunig obaith – a doeddan nhw ddim eto wedi gweld golwg o Fritz, dim ond clywed ei weithgarwch byddarol. O'r diwedd daeth y gorchymyn i stopio. Roedd y cadfridogion am geisio tynhau'r llinell flaen, ac wedyn anelu am gongl ogleddol y goedwig. Llechodd y tri ffrind dan gysgod boncyff pydredig.

Roedd ufflon o sychad ar Huw, a'i dafod yn teimlo'n fawr a chwyddedig. Tynnodd ei gefnsach trwm a dod o hyd i botel ddŵr a bisged. Wyddai o ddim prun ai'r ofn ynte'r mwrllwch llethol a achosai'r fath sychad. Llyncodd y dŵr yn awchus.

"Ryn ni'n dal yn fyw, ta p'un," meddai Ianto.

"Am ba hyd, tybad?" gofynnodd Sam.

Roedd hi'n well gan Huw beidio ymateb. Roedd yn crynu gormod. Amheuai a allai symud gam ymlaen eto.

Daeth si y byddai bataliwn arall yn cymryd eu lle fin nos. Gallai eu mintai nhw geisio encilio wedyn i ddiogelwch y ffosydd a adawsant gryn chwe awr yn ôl bellach. Daeth gorchymyn, ar ôl gorffwys am tua hanner awr, i ddefnyddio'r bidogau i glirio'r brwgaits – a'r Fritz, pe deuent ar ei draws.

Cododd Huw ar ei draed gan deimlo'n flin drybeilig. Diolch byth ei fod wedi arfer slasio rhedyn yng Nghraig y

Garn. Cliriodd lwybr cul iddo'i hun i gyfeiriad y gogledd. Dim ond gobeithio na fyddai gynnau mawr Prydain yn dechrau tanio eto, neu eu hogia nhw eu hunain fyddai'n ei chael hi yng nghanol y goedwig.

Taflodd gipolwg o'i gwmpas. Roedd Sam a Ianto'n dal i gerddad a slasio'r brwgaits wrth ei ochr. Ar hynny clywodd ffrwydrad llawer mwy erchyll na'r arfer. Plygodd yn reddfol i geisio osgoi'r peli tân oedd yn dod o'r tu ôl iddynt. Y ffyliaid o'n hochr ni'n tanio i gefn eu milwyr eu hunain! meddyliodd. Glaniodd un o'r ffrwydradau rhyw ddwy lath i'r chwith. Roedd Sam druan wedi'i chopio hi. Cafodd ci chwythu'n lludw – neu bron yn lludw.

Glaniodd llaw waedlyd yn swta wrth draed Huw. Llaw Sam yn grempog o'i flaen. Fedrai Huw ddim symud am rai eiliadau, dim ond rhythu ar y llaw. Y llaw gynnes y bu'n ei hysgwyd pan gyfarfu'r ddau rai misoedd ynghynt. Llaw y creadur byrlymus y bu'n cellwair ag o ers hynny. Yn un talp diffrwyth wrth ei draed. Gwibiodd pelen dân arall dros ei ben a'i ysgwyd o'i syfrdandod.

Symudodd yn ei flaen yn boenus. Roedd Fritz o gwmpas y lle rŵan, mae'n amlwg. Gobeithio'r tad na welai'r un ohonyn nhw. Roedd meddwl Huw yn niwl dryslyd. Cerddai ymlaen yn ddifeddwl, fel dyn wedi'i hudo ond eto'n beiriant lladd.

Yna'n sydyn daeth wyneb yn wyneb â'r gelyn. Cododd un o'r Fritz o'r ffos o'i flaen. Roedd y creadur wedi dychryn llawn cymaint â Huw.

Doedd dim posib dianc. Ar amrantiad cofiodd ei wersi trin y fidog – y ceillia gynta, y galon wedyn. Hyrddiodd ei hun at yr hogyn a chlywodd ei fidog yn rhwygo'i drowsus. Wedyn aeth am ei fynwes yn syth. Yr un pryd roedd bidog yr Almaenwr yn ei glun yntau. Teimlodd boen erchyll yn ei gefn. Cwympodd. Nadreddodd yn y drain brwnt.

Roedd Huw Craig y Garn bellach yn un o ddewrion clwyfedig brwydr enwog Coedwig Mametz.

Cododd ei ben i edrych ar yr Almaenwr a orweddai rhyw lathen oddi wrtho. Roedd coch y gwaed o gwmpas ei ganol wedi peidio â ffrydio. Tybed oedd o wedi ei ladd? Ceisiodd Huw godi i edrych ar wyneb y llanc. Roedd y ddau lygad ar agor led y pen, ond heb arwydd o fywyd ynddynt. Roedd Huw yn llofrudd.

Llifodd rhai o adnodau cyfarwydd yr efengylau ar draws ei ymennydd pŵl, 'Cerwch eich gelynion... Gwyn eu byd y Tangnefeddwyr.'

Yn ei boen a'i ofn, roedd Huw yn prysur golli rheolaeth ar ei feddwl a'i synhwyrau. Ar adegau wrth orwedd yn y llaid a'r gwaed yn disgwyl ymgeledd, dyheai am i farwolaeth ddod i'w ollwng o'i boenau. Roedd gafael y rhwyg yng nghnawd ei glun a'i gefn fel brathiad anferth gan granc. A thrwy'r amser roedd o'n gweld llaw wen Sam yn sitan yn y rhedyn. Cwympodd i dir anwybod.

Rywbryd gefn trymedd nos deffrodd i sŵn griddfan tawel o'i gwmpas. Gwelodd bod y milwyr ymgeleddu yn chwilio am ddarnau o gyrff i'w cario 'nôl i ddiddosrwydd y tu cefn i'r llinell flaen. Llwyddodd rywsut i dynnu eu sylw. Cafodd ei lusgo wedyn rhwng byw a marw i ddiogelwch.

Ceisiwyd esmwytháu ei ddoluriau a'i batsio, ond penderfynwyd y byddai'n cael ei symud, fel cannoedd o'i gyd-filwyr, i ysbyty milwrol.

Daeth catrawd arall i roi seibiant i'r Welsh y noson honno. Ianto oedd yr unig un o'r criw i ddianc o'r gyflafan â'i groen yn iach. Clwyfwyd Glyn a Huw'n ddifrifol. Lladdwyd Sam a Wilias – y ddau ymysg miloedd o fechgyn brwydr fawr y Somme na chafwyd hyd i lwchyn o'u cyrff.

– V –

Hospitols

Doedd gan Huw fawr o gof am fod ym mhabell enfawr y Groes Goch reit y tu ôl i'r ffrynt lein, lle ceisiwyd ei helpu gynta. Roedd o mor gwla fel ei fod mewn hunllefau o boen am y rhan fwyaf o'r amser.

Roedd y lle'n orlawn o filwyr clwyfedig, a llawer yn marw o'u clwyfau o'i gwmpas bob eiliad o'r dydd. Câi'r rheini eu cludo i'w claddu mewn beddau parod yn dra sydyn. Symudid y rhai y gellid yn rhesymol ddisgwyl y bydden nhw'n gwella ymhen ychydig wythnosau i ysbytai mewn mannau cyfleus rhwng y ffrynt ac arfordir y sianel. Y bwriad oedd eu trwsio gorau gellid, a'u hanfon yn eu holau at waith milwrol gynted â phosibl. Am y gweddill – y rhai a glwyfwyd yn ddrwg iawn – ysbytai yn ne Lloegr oedd yr unig ddewis. Roedd Huw ymysg y criw olaf.

Mewn union bythefnos, roedd ar long lydan yn cario cannoedd o filwyr clwyfedig yn ôl i Southampton. Pan ddadebrodd go iawn am y tro cynta, roedd yn gorwedd mewn ysbyty yn ne Hampshire ymysg llawer o rai mewn cyflwr tebyg iddo yntau. Dim ond yn raddol y daeth atgofion am y diwrnod erchyll yn ôl yn fyw i'w gof.

Cofiodd am Glyn yn gorwedd â gwên ddiolchgar ar ei wyneb ar faes y gad. Cofiodd Wilias yn cael ei chwythu i ebargofiant. Cofiodd am law wen Sam Sarn druan. A beth ddaeth o'r hen Ianto? Tybed a ddihangodd o'r frwydr yn iach, ynteu a gafodd ei chwythu'n llwch neu ei anafu'n frwnt? Roedd llawer i'w ddeud dros farw'n sydyn mewn brwydr.

Yna cofiodd yr Almaenwr yn gorwedd yn gelain yn ei waed yng Nghoed Mametz. Fo – Huw ddiniwad o Graig y Garn, Llangybi – â gwaed a chelain ar ei gydwybod. A hynny yn ei frwydr gynta a'i ola. Bu am fisoedd cyn gallu crafangu'r meddyliau euog a'r ffitiau o bruddglwyf i gefn ei gydwybod. Ond deuent yn ôl i'w boeni ryw ben bob dydd.

Roedd rhaid canolbwyntio wedyn ar ddysgu cerdded unwaith eto a dygymod ag artaith ei boenau. Gwyddai bod y fyddin wedi rhoi gwybod i'w deulu yng Nghraig y Garn am y clwyfo yng Nghoed Mametz. Gobeithiai'r nefoedd bod Magi wedi rhoi gwybod i Luned yn Foel Dafydd.

Pur fratiog oedd ei Saesneg, a cheid llawer o hwyl oherwydd hynny. Câi ei bryfocio'n ddidrugaredd gan y nyrsys ifanc o'i gwmpas. Gwnâi yntau ymdrech gyson i ddeall yr hwyl, ond ni allai fyth fod yn siŵr ei fod wedi deall popeth.

"Come on, Taffy, one more little effort just to the end of the support rail." meddai Sally y benfelen wrth ei dywys rhwng y rheiliau.

"I am making my best, true now." atebodd Huw.

"Push that left leg forward… No love, that's your right leg, Huw."

"Yes, sorry nyrs, must remember which is the left and which is the right."

Bu'n ymarfer wedyn bob bore, ddegau o weithiau, ddydd ar ôl dydd. Daeth i wybod yn raddol sut brofiad oedd gorfod dysgu cerdded unwaith eto. Teimlai fel plentyn blwydd.

Ar ôl bron i dri mis yn orweddiog daeth parsel iddo gan blant Kate, ei chwaer – wyau wedi'u berwi a'u haddurno. Teimlai'n ddigon cryf i sgwennu adref.

Ward 10B
West Hampshire Military Hospital
Southampton
1 Rhagfyr 1916

Annwyl Tada, Magi a Tom

Gobeithio eich bod yn cadw'n eitha tua Craig y Garn. Gwn eich bod yn gwybod 'mod i wedi cael fy nghlwyfo yn Mametz Wood. Cafodd degau o soldiwrs ifanc eu lladd yno, a llawer ffrind i mi. Rydw i'n lwcus iawn 'mod i'n fyw. Rydw i wedi bod yma ers wythnosau yn barod, ac mi fydd hi'n fisoedd eto mae'n siŵr cyn caf i ddod adra.

Mi roddodd cawr o Fritz ei fidog yn fy nghefn i a chymryd sglisian go dda o fy nghlun. Mae arna i ofn 'mod inna wedi gwneud dipyn o niwed iddo yntau. Ar hyn o bryd, prin y gallaf i gerdded. Ond mi wnaiff y briw wella efo amser (gobeithio), neu dyna mae'r doctors i gyd yn ddweud, beth bynnag. Dywedwch wrth blantos Kate fod 'na nyrsys od o glên a del yma.

Diolchwch iddyn nhw am yr wyau hefyd. Wyddech chi iddyn nhw ferwi wyau'n galad, ac i'r plant baentio lluniau arnyn nhw a'u hanfon ataf fi? Mi o'n i wedi gwirioni efo bob un wan jac. Llun y mul gan Magi, ieir (os mai ieir oedden nhw) gan Meg, poits taclus gan Wil, ac wrth gwrs llun ysgol bach gan Alis. Ardderchog oedd cael y plantos i baentio ar bob un. Maen nhw'n siŵr o roi nerth i mi fedru gwella.

Sut mae Tada a Tom yn gwneud efo'i gilydd? Gobeithio bod Magi wedi ffendio cariad bellach (tynnu coes).

Wel mae gwair rhuffau wedi darfod a'r papur yn drybeilig o brin.

Hwyl, ac mi'ch gwela i chi i gyd yn fuan.

Huw

27

Ward 10B
West Hampshire Military Hospital
Southampton
7 Rhagfyr 1916

F'annwyl Luned

Sut wyt ti ers misoedd? Yn cadw'n iawn ac yn iach, gobeithio. Dw i'n gweld dy golli di'n ofnadwy, Luned, ac yn breuddwydio am dy weld eto.

Mae'n siŵr dy fod ti wedi clywed bellach i mi gael dolur go hegar ym mrwydr Mametz Wood ar y Somme. Ro'n i a phawb arall yn meddwl 'mod i ar farw am ddyddiau. Ond mi ddes i drwyddi, ac mi ydw i bellach mewn hospitol ger Southampton efo degau o soldiwrs eraill, a rhai wedi'u clwyfo yn lot gwaeth na fi. Mae briw dychrynllyd yng ngwaelod fy nghefn i, a fedra i ddim cerddad ond efo help y nyrsys.

Rydw i'n cael gofal da, ac mae'r rhan fwyaf o'r nyrsys yn ofnadwy o ofalus a del. Ond yr un ohonyn nhw cystal â chdi yn eu gofal a'u ffys. Mae pawb yn dweud clwydda 'mod i'n mendio bob dydd.

Ges i focs o wyau wedi berwi'n galad o Borth Cenin rhyw bythefnos yn ôl. Roedd plant Kate wedi paentio lluniau arnyn nhw. Roeddan nhw mor grand do'n i ddim isio torri'r plisgyn i'w bwyta nhw. Ond o'r diwadd dw i wedi gwneud ac yn trio cadw'r plisgyn i f'atgoffa i o Langybi ac Eifionydd.

Mi gei di hanes y cwffio ym Mametz pan wela i chdi nesa – mewn rhai misoedd eto mae arna i ofn. Does gen i ddim calon i roi'r peth ar bapur ar hyn o bryd.

Beth ydi dy hanes di? Mae'n braf iawn arnat ti'n cael gweithio yn heddwch Llŷn. Dim sŵn peli tân na gynnau mawr i fyddaru clustiau neb. Maen nhw'n dweud fod sŵn y gynnau mawr i'w clywed yn ne Lloegr, ond mwy i'r dwyrain na lle rydw i.

Ydi'r hen was gwirion 'na Ifan yn dal i dy ffansïo di a phinsio dy din di? Diawl lwcus! Ond rho glustan go dda iddo fo – a dweud

mai fi sy'n ei rhoi hi. Ydy Ledi'r Plas yn dal i fynnu ei thendans
fel arfer, a chdithau'n dal i redeg a dandwn iddi? A beth am deulu
Foel Dafydd? Petai Craig y Garn ar ochr arall Garn Pentyrch mi
lasat ti weld y lle bob bore.

Cofia 'mod i'n dal i feddwl y byd ohonat ti. Mi ydw i'n dyheu
bob nos am gael dy wasgu di'n dynn fel ers talwm. Ti ydi'r prif
reswm dros imi fynnu mendio.

Cariad a chusannau fil.

Nadolig Llawen iawn hefyd i bawb 'na.

x x x x

Huw

Llythyrau fel y rhain oedd unig gysylltiad Huw â'i hen fywyd.
Ceisiai gasglu ei nerth cyn cyfansoddi epistol, a sgriblai ddegau
o fersiynau ar draws tudalennau ei feddwl blêr.

Roedd bywyd yn yr ysbyty yn anhygoel o undonog, a
doedd y ffaith nad oedd yn rhugl ei Saesneg ddim yn llawer
o help, chwaith. Cafodd afael ar Feibl Cymraeg, ond doedd
prif ffrwd bywyd diwylliannol Cymru ddim yn ei gyffwrdd.
Roedd tri neu bedwar Cymro arall ar y ward a châi gysur
yn hel atgofion efo'r rheiny. Dyheai'n barhaus am ateb i'w
lythyrau prin, a sioc bleserus oedd derbyn llythyr ganol Ionawr
â stamp Pwllheli arno. Bu'n aros am hydoedd cyn cael y
dewrder a'r nerth i'w agor.

Llythyr gan ei annwyl Luned!

Foel Dafydd,
Mynytho
Caernarvonshire
5 Ionawr 1917

Annwyl Huw

Mi oeddwn i wedi gwirioni wrth dderbyn dy lythyr di wythnos diwetha. Ches i mohono fo nes imi ddod adra o'r Plas ar y pnawn Sadwrn cyn Dolig. A dyma fi rŵan yn cael plwc i drio'i ateb.

Falch o ddeall yn gyntaf dy fod ti'n mendio. Pawb yn o lew yma, er bod Mam yn cwyno digon o hyd, a hen Ledi'r Plas yn dal i ddandwn ei thendans. Dw i a'r teulu'n mynd i capel Horeb rŵan – mynd o barch i'r hen Barch. Evan Jones, am wn i. Rhyfadd mor fyr ydi cof gwlad am yr hen seintia – mae'r rhan fwyaf o hen Annibýns y cylch 'ma wedi mynd i'r Nant. Mae canu gwych yno, meddan nhw. Dwn i ddim sut mae gen i wyneb i fynd i unrhyw gapel ar ôl yr holl felys chwanta hefo chdi, Huw! On'd oedden nhw'n ddyddia da!

Gawn ni feddwl o ddifri am dy friw di. Gobeithio'r nefoedd ei fod o'n gwirioneddol fendio. Mi faswn i'n torri 'nghalon petasat ti'n clafychu eto. Alla i ddim diodda ffraeo efo Mam yn Foel Dafydd am yn hir.

Mi gawson ni Ddolig digon diddan o ystyried yr amgylchiadau. Digonedd o bopeth yn y Plas, fel arfer. Gwych deall am hapusrwydd Kate a William efo'r holl blant.

Cofion annwyl iawn a phwysi o gariad.

Swsus gwlyb a sych yn filoedd hefyd.

Luned

x

Cododd Huw ei galon ar ôl derbyn llythyr Luned. Roedd yn graddol setlo i lawr i fywyd y ward, er mor hirfaith oedd y dyddiau. Roedd rhyw bump o'r Cymry wedi dod yn dipyn o ffrindiau, a chaent gryn sbort yn dweud straeon wrth ei gilydd. Roedd rhai o'r straeon yn bur goch eu cynnwys, a Huw yn cymryd arno nad oedd yn deall yr hiwmor. Gwyddai yn nirgelion cudd ei galon ei fod yn gwybod mwy na neb o'r milwyr clwyfedig eraill am gampau rhyw. Ond ni chymerai arno ei fod yn gwybod unrhyw beth.

Ar ôl Luned, y ferch bwysicaf ym mywyd Huw oedd Alis, hogan Kate ei chwaer hynaf. Priododd Kate yn ifanc a chael tyaid o blant. Gwas fferm o gyffiniau Garndolbenmaen oedd William Gruffudd, ac roedden nhw'n byw ym Mhorth Cenin, tyddyn bychan ar lethrau Mynydd Cenin. Roedd dau o'r plant eisoes wedi gadael y nyth, sef Ann a Dic. Gadawai hyn bump o rai pur fân ar ôl ym Mhorth Cenin. Roedd Jenat yn dair ar ddeg, Alis yn un ar ddeg, Wil yn wyth a Magi'n chwech. Roedd un hogan fach iau o'r enw Megan, roedd hi'n deirblwydd.

Daethai Alis a Huw yn gryn dipyn o ffrindia sbel go lew cyn i Huw ymuno â'r fyddin. Penderfynodd Huw sgwennu llythyr at Alis ei nith yn sôn am rai o'i brofiadau.

Ward 5A
West Hampshire Military Hospital
Southampton
3 Chwefror 1917

Annwyl Alis

Diolch yn fawr am y cerdyn Dolig a'r wyau. Er 'mod i wedi eu derbyn nhw ers dros ddeufis, doedd gen i ddim calon i sgwennu, ond o'r diwedd dw i'n dechrau teimlo'n well. Yr wyau a'r cerdyn Cymraeg wedi gwneud lles i mi, mae'n siŵr! Mi rois i'r cerdyn i fyny uwch ben fy ngwely i bawb gael ei weld o.

Sut wyt ti, tybed? Mae'n siŵr dy fod ti'n dal i ddisgleirio efo dy waith ysgol. Cofia, mae'n rhaid iti basio'r scholarship eleni i gael mynd i'r Penygroes County School. All dy dad byth fforddio talu am d'ysgol di ac yntau ond yn was fferm.

Rwy'n deall y bydd Ann yn dechrau gweini yn Llundain yn fuan, efo Anti Lisi. Gobeithio y bydd yr hen ryfal 'ma wedi gorffen cyn iddi hi fynd yno. Mi wyt ti a Jenat yn llawer o help o gwmpas y tŷ rŵan, dw i'n siŵr. Lwc fod Dic wedi cael gwaith yn gweini yn agos i'w gartra. Sut mae'r plant bach eraill tybed?

Mae 'na filwyr o bob rhan o Gymru yma — Aberdâr, Pontypridd, Rhos, Abergwaun, Llanelli a sawl llan arall. Mae'r rhan fwyaf yn siarad Cymraeg ond ei fod o'n reit wahanol i'n Cymraeg ni. Mae ganddyn nhw andros o straeon difyr hefyd. Rhaid imi drio cofio'r rhai gweddus i'w hailadrodd i ti pan wela i di nesa!

Pawb yn dweud y caf i ddod i ysbyty yn nes at adra yn fuan. Os ydy rhif y wardiau yn arwydd o rywbeth maen nhw'n iawn. Mi o'n i yn 10B a rŵan mi dw i'n 5A. Taswn i'n symud i fyny'n ôl mi fyddai hynny'n arwydd go ddrwg!

Cofia fi at bawb. Dangos y llythyr hwn i dy rieni a hefyd i Tada, Magi a Tom.

> Cariad mawr,
> Dewyrth Huw
> xx

Erbyn hyn roedd Huw wedi cael ei symud i ward arall lle roedd mwy o Gymry Cymraeg. Ond roedd rhaid gwneud ffrindiau newydd a dygymod â chriw hollol wahanol rywsut. Tybiai bod ei Saesneg yn graddol wella, ond poenai fwy na dim nad oedd fyth wedi cael ateb gan Alis. O'r diwedd, a hithau'n ddechrau mis Awst daeth y llythyr. Gwyddai Huw oddi wrth yr amlen fawr a'r ysgrifen blentynnaidd mai llythyr gan Alis oedd hwn.

Annwyl Dewyrth Huw

Yr wyf yn falch iawn o glywed eich bod yn dal i wella. Ysgrifennaf hwn ar ran Taid a Magi. Maen nhw'n dweud nad ydyn nhw'n gallu ysgrifennu yn rhy dda, felly dyma fi'n gorfod trio yn eu lle nhw.

Mae gennyf un newydd da iawn i chi. Cefais wybod yn ddiweddar fy mod wedi pasio'r 'scholarship' ac y caf ddechrau yn County Penygroes ddechrau mis Medi. Mi roedd Nhad wedi gwirioni. Bydd rhaid imi gymryd llety yno ar hyd yr wythnos a dod adra ar y trên nos Wener. Mae Mam a fi yn chwilio am y dillad a'r llyfrau iawn rŵan. Gwych te!

Mae Yncl Tom yn dal i grwydro i berfeddion gwlad i drio gwella trywingod a'r ddafad wyllt. Dim ond ar anifeiliaid mae o'n fodlon rhoi'r eli, er mi fuasai'n gwneud ei ffortiwn petai o'n fodlon ei drio ar grwyn pobol hefyd meddai Nhad. Mae 'na deulu o Bencaerau yn Llŷn yn gwneud arian mawr felly. Maen nhw'n dweud mai'r un eli yn union ydi o.

Mae Taid yn lladd ei hun yn trio cadw dau ben llinyn ynghyd yn Craig y Garn, a Magi'n gwneud ei gorau glas i'w helpu o hefyd. Mae Tom yn dal i bryfocio a thynnu'n groes! Brysiwch adra, wir, i roi trefn arnyn nhw.

Mae Ann wedi mynd i Lundain bellach a dw i'n gweld ei cholli – ond mae mwy o le yn y gwely hebddi! Mi fydd Dic yn dod â'i bres i Mam i gyd ar bnawn Sadwrn, sy'n dipyn go lew o help.

Mae pawb yn cofio'n arw atoch chi – Magi, Taid, Mam, Tada a'r plant eraill.

Cofion a chariad
Alis
xxx

Bu Huw yn gorwedd yn Southampton am flwyddyn a hanner, yn ceisio gwella. Roedd ing hiraeth yn ei lethu, ac atgofion erchyll y brwydro'n ei ddeffro'n chwys oer berfeddion nos. Roedd y cyfan yn un gymysgfa ddryslyd yn ei feddwl.

Lle diflas oedd ysbyty filwrol. Ogla marwolaeth. Cnawd yn pydru. Cachu. Ogla'r bîb a phiso'n gymysg ag ogla glân diheintyddion, sebon carbolic, gwlân cotwm a phob math o eli. Milwyr ungoes, milwyr unfraich, milwyr un llygad. Darnau o ddynion efo hanner pen, hanner sgyfaint a hanner sawl peth arall. Ac yn eu canol, Huw – sgleisen go dda o gnawd ei gefn wedi diflannu a'r clwyf yn gwrthod yn glir â chau.

Yna, un prynhawn ym mis Mawrth 1918, daeth nyrs fach lygatddu at erchwyn ei wely a dweud wrtho, *"You'll have a visitor tomorrow afternoon, Mr Williams. A proper gentleman."*

Gwenodd Huw. Roedd ei Saesneg yn ddigon prin, ond roedd o wedi deall y gair *visitor*.

Bu'n ceisio dyfalu pwy allasai'r fisitor fod. Doedd o'n nabod neb yn ne Lloegr, ac roedd ganddo bedair awr ar hugain o ddyfalu ofer o'i flaen. Cropiai bysedd y cloc yn araf at fore trannoeth. Caeodd ei lygaid ar ôl cinio ac aeth i gysgu. Torrwyd ei gwsg anesmwyth gan lais cyfarwydd.

"Huw, y pwdryn! Braf iawn – pendwmpian yn fyn'na a'r bechgyn dewr yn dal i frwydro. Rwy'n siŵr dy fod ti wedi gwneud d'ore i gael y clwyf 'na!"

"Ianto Tonypandy, y cenna powld! Finna 'di bod yn trio gesio ers diwrnod cyfa pwy oedd y fisitor."

"Oeddet ti'n gobitho y bydde dy weinidog neu rhyw hen ewythr cyfoethog coll yn dod i fisitio, sbo. Dere mla'n, smo ti'n falch o weld dy hen gyfaill?"

"Wrth gwrs 'mod i. Dw i 'di dotio dy weld di, ond pam ddiawl na dach chi byth wedi llwyddo i stido'r Fritz 'na?"

"Smo hi'n jobyn hawdd, bachan. Ryden ni wedi taflu popeth ato fe yn y Somme ac yn Ypres a Verdun, ond 'dyn ni ddim nes i'r lan. Dim ond wedi colli miloedd o soldiers dewr fel Sam a Wilias."

"Ond mi wyt ti'n dal yn fyw ac iach."

"Y gath 'da naw bywyd, bachan. Blydi lwc, 'na i gyd."

Buont yn sgwrsio'n frwd am yn agos i ddwyawr. Aeth Ianto dros gwrs y prif frwydrau ac olrhain yr holl fethiannau a'r gwastraff a fu. Soniodd am y mwd yn Pachandale, y clefydau yn y Dardanelles a lladdfa'r Ffrancod yn Verdun. Dywedodd fel y dychwelodd Glyn i frwydro wedi gwella o'i anaf, dim ond i gael ei ladd ar y Somme wedyn. Dywedodd fod y milwyr yn codi'u gobeithion wrth feddwl bod yr Americanwyr wedi ymuno â nhw i ymladd ar dir Ffrainc o'r diwedd, ar ôl oedi bron i bedair blynedd.

"Fe setlan nhw'r blydi gelyn, Huw, gei di weld."

"Ma isio rhwbath cryfach na byddin o ddynion i'w setlo nhw," ochneidiodd Huw yn drist.

Sylweddolodd Ianto fod yr hen Huw wedi gwanio llawer yn ystod y cyfnod y bu'n sgwrsio efo fo. Roedd y gŵr ifanc tal, 'tebol, wedi gwisgo llawer yn ystod ei waeledd, a'r cnawd cydnerth wedi ei naddu oddi arno. Roedd yn hen bryd iddo fynd a'i adael i gael gorffwys, meddyliodd Ianto. Sylwodd fod y nyrs lygatddu'n nodio arno hefyd – arwydd pendant bod angen gorffen y sgwrs.

"Mae sôn y byddwn ni'n ôl ar y Somme yn weddol fuan. Ma'r peth yn ofnadw."

"Dim ond gobeithio y cewch chi well lwc na gawson ni."

"Alle pethe ddim bod fowr gwa'th, Huw. Pryd gei di fynd sha thre i Langybi, te?"

"Ma nhw'n fy symud i Landudno 'mhen tua mis. Y cam

cynta at gyrraedd Craig y Garn, gobeithio."

"Edrych, dyma 'nghyfeiriad i yn Nhonypandy – 34 Kenry Street. Cofia sgrifennu i whila shwt wyt ti."

"Siŵr o neud, sti."

"Ac fe ddo i lan i'r north i whilo am Graig y Garn os dof i trwy'r hen ryfel hyn."

Ffarweliodd y ddau gyfaill. Daeth deigryn distaw i lygaid Huw wrth wylio'i gyfaill yn cerdded o'r ward. Sylwodd bod corff sgwarog Ianto wedi cwmanu llawer yn ystod y brwydro. Camodd Ianto allan i oerni Mawrth i wynebu chwe mis arall yn y lladdfa yn Ffrainc.

– VI –

Craig y Garn, Haf 1918

"Faint barith yr hen ryfal 'ma eto dybiwch chi, Tada?" gofynnodd Tom. Yn y rhiwal o flaen y tŷ yr oedd y tad a'r mab, yn hogi pladuria ar gyfer lladd gwair.

"Am yn hir, gobeithio," oedd yr ateb swta a gafodd.

"Sut medrwch chi ryfygu deud y ffasiwn beth?"

"Wel, am y tro cynta ers imi ddŵad i'r hen ffarm 'ma mi dan ni'n dechra gneud pres. Cael tro ar betha a thalu'n dyledion." Edrychodd yr hen ŵr yn sarrug ar ei fab.

"A chitha'n ddiacon parchus yn Sardis! Ma 'na gannoedd ar filoedd o hogia ifanc wedi'u lladd yn y gyflafan 'na. Ydach chi'n synnu bod pobol fatha fi yn troi 'u cefna ar y capeli?"

Roedd hi'n fore hyfryd o Fehefin unwaith eto, a Gruffudd Williams a Tom yn dadlau fel arfer. Roedd Magi, chwaer Huw a Tom, yn bwydo'r ieir ac yn clywed y sgwrs.

"Dyffeia i chi Tada, yn mentro deud y fath lol!" meddai hi. "Brolio'ch bod chi'n dechra talu'r dyledion, a Huw ni wedi diodda am bron i ddwy flynadd mewn hospitol."

"Dim brolio ydi deud eich bod chi'n dechra stopio bod yn dlawd."

"Tlawd? Choelia i fawr! Ma gynnoch chi ddigon o bres i'w daflu at Gapal Sardis."

"Puntan yma ac acw!"

"Puntan na fedrwch chi ei fforddio."

"Puntan i roi tipyn o urddas ar Dŷ'r Arglwydd, i gael organ newydd."

"A phwy fedar ganu'r organ newydd?" holodd Magi'n sych.

Anwybyddodd Gruffudd Williams ei chwestiwn.

"Mi fydd Huw adra gyda hyn, yn ôl y sôn. Ond mae'n gwestiwn gin i hefyd faint o waith fedar o'i neud," meddai'r tad.

"Gwaith? Fedrwch chi feddwl am ryw air arall, Tada? Ma'r hogyn wedi ei sigo gan fidogau gelyn y wlad 'ma."

Sleifiodd Tom o'r rhiwal. Fedrai o ddim diodde gwrando ar hefru ei dad. Eithriad oedd cael diwrnod mor rhyfeddol o braf yng Nghraig y Garn. Edrychodd Tom ar y cae uwch ben y tŷ – hyd yn oed yn haul Mehefin doedd o ddim yn gweld harddwch y lle. Doedd Tom ddim eisiau bod yn ffermwr, doedd o ddim eisiau bod yng Nghraig y Garn a doedd o ddim eisiau bod yng nghwmni ei deulu. Roedd o wedi syrffedu, ac yn ysu am adael – ond wnai o byth ymuno â'r fyddin fel ei frawd bach.

Edrychodd i lawr am Langybi. Rhyw filltir i ffwrdd, roedd to Capel Sardis yn sgleinio yn haul y bore. Yn syth o'u blaenau ymestynnai holl ysblander Eryri, ac yn llawer nes atynt rhimyn main y Lôn Goed yn gwau ei llwybr ddigyfeiriad i lawr am Afon Wen. Yn agos at ben draw honno, hen gapel Brynengan a'r ysgol sinc fechan yn llechu yn ei gysgod. I'r de, pentref hynafol Llangybi a mynwent y llan lle claddwyd sawl bardd enwog. Nid nepell o'r fan honno wedyn, Capel Helyg a'r gladdfa i ddegau o deulu Craig y Garn.

Ar hynny, pwy gyrhaeddodd ond postmon yr ardal, Cybi. Rhoes hynny daw ar y cecru am dipyn. Roedd y postmon yn chwys diferol ac yn gyffro i gyd.

"Cardyn i chi, Gruffudd Williams. Gin Huw. Ma'n rhaid ei fod o'n cael dŵad adra."

Rhoddodd Cybi y cerdyn yn llaw Tom. Darllenodd hwnnw'r geiriau a'i lais yn crynu.

Annwyl bawb

Maen nhw'n dweud fy mod i'n ddigon da bellach i gael dod adra. Mi fydda i yn stesion Llangybi tua dau, dydd Sadwrn, 1 Gorffennaf. Edrych ymlaen yn ofnadwy at eich gweld chi i gyd. Cofiwch fi at William, Kate, a'r holl blant bach, ac anfonwch air at Luned hefyd, os gwnewch chi.

Cofion
Huw

Roedd dagrau yn llygaid Magi. "Gobeithio'n wir 'i fod o'n iawn bellach," meddai.

"Twt, mae o'n siŵr o fod yn iawn, neu fasa fo ddim yn cael dŵad o'r hospitol," atebodd Gruffudd Williams.

"Wel, mi gawn ni weld bnawn Sadwrn. Ond dowch i'r tŷ, Cybi, am banad neu dipyn o lasdwr."

Ar ôl cryn hanner awr o fyrwela, aeth Cybi ar ei daith i lawr am ffermydd ardal Brynengan. Nid yn aml y byddai ganddo lythyr i Graig y Garn, felly cafodd Magi flas ar niwsys yr ardal – hanes Côr Huw Gwrnallt, y ffraeo yn Sardis am yr organ, a gwaeledd hwn a'r llall. Ond y prif newydd i Magi oedd bod Huw yn dŵad adra.

Cochan oedd Magi fel llawer o'i thylwyth. Merch fain, dal a heglog, a'i gwallt coch yn syrthio'n donnau dros ei hysgwyddau. Roedd brychni'r haul yn glwstwr ar draws ei hwyneb a'i llygaid glas golau, golau yn wirioneddol ddeniadol. Ond doedd gan Magi ddim hyder yn ei phryd a'i gwedd. Roedd wedi byw ei bywyd er mwyn eraill, a threuliai ei hamser yn tendio ar ei theulu. Gan bod Kate, y chwaer fawr, eisoes wedi priodi, bu'n rhaid i Magi adael yr ysgol yn ddeuddeg oed i ofalu am ei mam a oedd yn gwaelu'n gyflym.

O fewn dwy flynedd bu hi farw, ac ers hynny doedd Magi ddim wedi symud rhyw lawer o Graig y Garn, dim ond gofalu am ei thad a'i dau frawd. Roedd hi'n carlamu at ei deg ar hugain oed bellach.

Fel pob merch fferm dda, y peth cyntaf ar ei meddwl oedd bwydo. Byddai'n paratoi clamp o wledd i groesawu Huw adra. Siawns na fyddai gan ei thad oen yn barod bellach a hithau bron yn ddechrau Gorffennaf. Roedd digon o gwsberis a chyraints duon yn yr ardd i wneud tarten go flasus hefyd. Roedd digon o le yn llofft Tom i roi gwely arall ar gyfer Huw. Ac mi fyddai'n rhaid gyrru Tom draw i Borth Cenin i ddweud wrth Kate, William Gruffudd a'r plantos, a threfnu i anfon gair at Luned ym Mynytho hefyd. Mi fyddai pawb wedi gwirioni efo'r newyddion.

Erbyn un ar ddeg fore Sadwrn, y cyntaf o Orffennaf roedd popeth yn barod. Cwta awr o daith oedd hi i lawr i stesion Llangybi ond roedd Gruffudd Williams yn barod oriau ynghynt.

"Ddaw y trên ddim cynt, Tada. Waeth ichi heb â chynhyrfu," meddai Magi.

"Hy! Pwy sy'n cynhyrfu? Gwneud cacenna a theisennod ers dyddia a mynnu rhostio'r oen tewa sy gen i. Y llo pasgedig i'r mab afradlon, myn diawl."

"Peidiwch â meiddio galw Huw yn fab afradlon a fynta wedi diodda cymaint!"

Daeth Tom i'r tŷ a thawodd y cecru. Am un o'r gloch bnawn Sadwrn roedd y trap, Poli, Gruffudd Williams a Tom yn stesion Llangybi yn aros y trên ddau.

Doedd Huw ddim yn siŵr a oedd o'n ffit i gael mynd adra o gwbwl. Roedd o'n amau bod y nyrsys wedi blino trio'i wella. 'Os mendith rhywun fi, Magi fydd honno – llond bol o fwyd maethlon, a digon o awyr iach Garn Pentyrch,' meddai Huw wrtho'i hun.

Roedd y trên yn llithro i bentref Penygroes rŵan. Gallai Huw weld dwsinau o dai teras unffurf yn ymestyn draw am Dalysarn a Llanllyfni. Yn y pellter gwelai domenni anferth chwareli Dorothea, Cilgwyn a Phen yr Orsedd.

'Weithia i ddim mewn run chwaral na gweithdy saer eto. Mae'n gwestiwn gen i fedra i ddal cryman, heb sôn am swingio pladur,' meddai wrtho'i hun. Mi fyddai ei dad o'i go. Penderfynodd Huw y byddai'n rhoi ei fymryn pensiwn i gyd i'w helpu nhw.

Meddyliodd am Tom ei frawd yn poetshio cymaint efo gwella anifeiliaid. Chafodd neb ond ambell fuwch a chasag fendith o'i eli fo. A be gythral oedd o'n neud efo'r pres? Doedd ei dad druan yn gweld prin geiniog ohonyn nhw.

Nadreddodd y trên trwy stesion Pant Glas, Bryncir a Rynys. Roedd Huw yn bur gyffrous ers iddo godi'r bora hwnnw, ond pan welodd ddail y Lôn Goed a wynebau cyfarwydd ar stesion Rynys, roedd ei galon yn curo fel gordd. Chwiliodd am ei ffyn a dechrau straffaglio am ei gefnsach. Trwy drugaredd, daeth rhyw ffarmwr boliog i'w helpu.

"Dyma chdi ngwas i. Peth lleia alla i neud i gefnogi rhyfal Lloyd George."

Breciodd y trên yn sydyn wrth iddyn nhw nesáu at stesion Llangybi a gorffwysodd Huw ei gefn yn erbyn drws y cerbyd i'w sadio'i hun. Gallai weld Tom ar y platfform a'i drwyn i fyny. Stopiodd y trên yn herciog a chrafangiodd Huw i lawr oddi arno.

Aeth Tom draw ato i dderbyn y sach. Wedi i Huw ddiolch i'r ffarmwr, ysgydwodd law yn wresog efo'i frawd. Aeth y trên yn ei flaen am Chwilog, ond roedd Tom yn dal i afael yn llaw Huw. Gwyddai Huw ei fod wedi dychryn ei weld.

"Be sy, Tomos? 'Ngweld i'n edrach fel drychiolaeth ar ôl dwy flynadd mewn hospitols?" gofynnodd gan geisio ysgafnu tipyn ar yr awyrgylch.

Anwybyddodd Tom y cwestiwn.

"Tyd, ma Tada yn fan'cw efo Poli a'r trap. Lwc ar y naw 'i bod hi'n ddiwrnod braf."

Daeth Gruffudd Williams i lawr o'r trap wrth weld Huw yn ymlusgo tuag atynt. Llwyddodd i guddio'r sioc o weld yr olwg ar ei fab, ac roedd hanner gwên ar ei wyneb bochgoch.

Bu cryn ysgwyd llaw nes y teimlai Huw ei friw yn dechrau ei boeni eto.

"Iesgob, pwyllwch Tada, neu mi fydda i 'nôl yn Llandudno. Dw i ddim 'di gorffan mendio eto, cofiwch."

"Nag wyt, ddyliwn i, neu mi fasat ti'n edrach yn well o lawar nag wyt ti. Ond y peth pwysig ydi dy fod ti 'di cyrradd adra."

Codwyd y milwr, ei gefnsach a'i ffyn i'r trap a chychwyn yn hamddenol i fyny am bentref Llangybi. Roedd hi'n dros filltir o daith heibio i'r ffermydd cyfarwydd, a doedd dim brysio ar yr hen ferlen. O'r diwedd – ar ôl pasio eglwys y Llan, yr elusendai, a Thy'n Llan – dyma droi i lawr y ffordd a arweiniai at Graig y Garn. Wedyn trodd y trap i lawr y ffordd arw a arweiniai at y fferm. Deng munud arall a châi Huw weld ei chwaer a'i gartre unwaith eto.

Roedd Magi'n methu byw yn ei chroen ar drothwy'r drws wrth wylio'r ferlen a'r trap yn cropian i fyny at y tŷ. Rhedodd at y trap ac ni fedrai aros i gofleidio'i brawd.

Fedrai Huw ddim cofio'i chwaer yn ei gofleidio o'r blaen. Gwasgodd ef ati, ac roedd dagrau yn ei llygaid glas pan ollyngodd hi o'r diwedd.

"Fydda i fawr o dro yn cael lliw yn ôl ar y bocha llwyd 'na, Hiwi, a chnawd ar dy sgwydda di. Be ma nhw 'di neud i ti yn yr hen hospitols 'na, dŵad?"

"Dim byd ond trio'u gora glas i fy mendio i, Magi. A gyrru eirch allan drwy'r drysa cefn."

Chwarddodd ei chwaer yn nerfus. Arweiniodd Tom y ferlen a'r trap i'r gadlas, a phranciai Pero wrth ei gwt.

"Dowch i'r tŷ y cnafon. Mae 'na glamp o de yn barod i chi."

Cyrcydodd Tom yn y stabal am rai munudau a dechreuodd fwytho Pero yn lle dychwelyd i'r tŷ. Doedd ganddo ddim awydd mynd i ganol y ffysian a gwrando ar straeon ei frawd am sut yr anafwyd o. Roedd y brawd bach wedi dŵad adra, ac yntau wedi bod yn slafio ers tair blynedd tra oedd o'n galifantio. Gobeithiai y byddai Huw yn gwerthfawrogi'r ffys. Cododd a mynd tua'r tŷ i edrych be roedd Magi wedi baratoi'n de iddo fo.

– VII –

Cinio Croeso

Drannoeth, ar y Sul, roedd y cinio croeso i'r mab colledig wedi'i baratoi. Roedd Luned yn swp o annwyd trwm ac yn methu dod i weld ei chariad – er mawr siom iddo fo. Ond daeth holl giwad Porth Cenin – heblaw am Ann, a Dic – draw i wledda a chroesawu eu Dewyrth Huw yn ôl o'r fyddin.

Gallai Alis glywed ogla'r oen yn rhostio wrth iddi gyrraedd y buarth. Doedd neb yn coginio gystal â'i modryb. Doedd Alis ddim wedi gweld ei Dewyrth Huw ers iddo fynd i'r rhyfel ac roedd hi'n teimlo'n ofnadwy o gyffrous.

Pwtan fach dywyll yn tynnu am ei deuddeg oed oedd hi, a'i Dewyrth Huw rhyw ddeuddeg mlynedd yn hŷn. Peth hawdd iawn oedd i ferch ysgol wneud arwr o ŵr ifanc mewn lifrai.

Roedd Wil, oedd yn tynnu am ei naw oed, wedi rhedeg o'i blaen i'r tŷ ac yn bloeddio'i groeso.

"Dan ni yma, Magi!"

"Wel ydach ddyliwn i, yn ôl y sŵn! Dw i'n siŵr bod pawb lawr yn Llangybi yn eich clywad chi."

"Lle ma Dewyrth Huw?"

"Yn gorwadd yn y parlwr. Wedi blino ar ôl ei daith ar y trên ddoe."

Stwffiodd gweddill y teulu i'r gegin nes ei llenwi i'r ymylon. Roedd hi'n fore mor boeth fel nad oedd angen cymell tynnu côt, ac eisteddodd pawb yn un pentwr blinedig o gwmpas y tân fflamgoch. Roedd Wil eisoes wedi tynnu'i glocsia ac yn ei gwneud hi'n slei am y parlwr. Dilynodd Alis o'n swil.

Agorodd Wil y drws, ac yna roedden nhw ar eu penna yn y parlwr. Welai Alis ddim byd am sbel gan fod golau'r haul yn ei dallu, ond yn raddol dyma hi'n gweld amlinell fregus ei hewythr yn lled-orwedd ar y soffa. Roedd gwên lydan o groeso ar ei wyneb, er mor wantan yr olwg oedd gweddill ei gorff.

"Wel dyma chi, wedi cyrraedd o'r diwadd y cnafon! Ro'n i'n clywed eich twrw chi ers meitin. A hon ydi Alis? Prin y baswn i'n dy nabod di ar ôl yr holl amsar."

Roedd Huw yn ffond o'r hen Alis. Roedd rhyw ddwyster yn perthyn iddi rioed – roedd o'n ei weld ei hun ynddi rywsut.

"Be amdana i, ta?" holodd y brawd bach yn ddigywilydd.

"Mi wyt titha 'di prifio, fachgan – diawcs, rwyt ti bron cyn dalad â dy dad."

Gwenodd Wil yn falch.

Roedd Alis a Wil wedi tawelu cryn dipyn erbyn hyn. Un peth ydi breuddwydio am y pleser o groesawu rhywun adra, ond peth braidd yn wahanol ydi gwneud y peth go iawn. Aeth Alis draw at ei hewyrth a derbyn clamp o gusan ar ei boch. Gallai deimlo'i fwstash yn ei chosi. Sefyll draw yr oedd Wil, wedi swilio drwyddo.

Daeth Magi i'r adwy a dweud, "Dos i'r ardd i chwilio am fintys imi, Wil, mae'r cig oen yn barod ac mi gewch chi glampan o dartan gwsberis wedyn efo pwdin reis."

Toc galwyd ar bawb i ddod trwodd i'r gegin i ymestyn at y cinio. Daeth Huw ac Alis o'r parlwr a chafodd Huw glamp o groeso gan weddill tylwyth Porth Cenin, roeddynt wrth eu boddau ei fod yn ôl. Cafodd pawb eu gwala wrth sgwrsio'n ddiddan am brisiau'r farchnad a'r cynhaeaf gwair. Aethant i drafod y rhyfel ymhen dim.

"Faint barith o eto, Huw?" gofynnodd William Gruffudd.

"Am byth yn ôl synnwyr y mulod cadfridogion 'na sy gynnon ni'n taflu miloedd o hogia i'r ffrynt ers dros dair blynadd. Be 'di tywallt gwaed iddyn nhw?"

"Ond ma pris da i'w gael am anifail – gwell na dw i'n ei gofio ers tro," meddai Gruffudd Williams.

"Peidiwch â dadla eto'ch bod chi'n cefnogi'r fath laddfa, a Huw druan wedi hanner 'i ladd yno, Tada." meddai Magi wedi cynhyrfu

"Dim cyfiawnhau rhyfal ydw i, dim ond sôn am fyd y ffarmwr. Mi wyddoch i gyd siawns fod arna i gannoedd i'r banc ym Mhwllheli am yr hen le 'ma."

Diflannodd Magi, Kate a Jenat i olchi'r llestri. Roedd y plant ieuengaf yn yr ardd yn chwarae ers tro, ond closiodd Alis i wrando ar sgwrs y dynion. Synhwyrodd Huw fod y sgwrs yn drom a diflas a newidiodd ei thrywydd.

"Ac mi fyddi di'n gorffan dy flwyddyn gynta yn Cownti Penygroes mewn rhyw bythefnos. Sut wyt ti'n lecio yno?"

"Wrth fy modd, Dewyrth Huw, a ma'r pyncia newydd mor ddifyr."

"Mae hi'n gorfod cymryd lojing yno o ddydd Llun tan ddydd Gwenar. Digon o gyfla i wneud ei hômwyrc, medda hi," ychwanegodd ei thad. Roedd gwên lydan ar ei wyneb am ei fod mor falch o'i ferch.

Meddyliodd Alis mor debyg oedd ei thad i Huw er nad oeddynt yn perthyn dafn o waed i'w gilydd. Roedd croen tywyll gan y ddau a danheddiad amlwg wrth iddynt wenu. Roedd ei thad yn ŵr cyhyrog yn ei ddeugeiniau canol, a'i Hewyrth Huw tua ugain mlynedd yn iau ond bod cystudd gwaeledd rhyfel wedi naddu cryn dipyn ar ei gorff.

Am tua hanner awr wedi dau penderfynodd teulu Porth Cenin ei bod hi'n bryd troi am adre a hwylio i oedfa'r nos ym Mrynengan, lle roedd William Gruffudd yn godwr canu.

"Sgin ti adnod newydd erbyn heno, Wil?" holodd Huw'n bryfoclyd.

"'Cenwch yn llafar i'r Arglwydd.'" atebodd Wil ar ei ben.

"Mae o 'di deud honna 'geinia o weithia o'r blaen. Mi ydw i'n gwbod araith Paul yn Areopagus i gyd ar fy ngho," meddai'i chwaer yn browd.

"Alis yn brolio eto," anadlodd Wil.

"'Ha wŷr Atheniaid, mi a'ch gwelaf ym mhob peth yn dra choel grefyddol...'"

Adroddodd Alis yr araith gyfan o Lyfr yr Actau. Dotiai pawb at ei chof rhyfeddol. Yna dyma gychwyn yn ôl i Borth Cenin, er bod Wil yn protestio digon.

Aeth Gruffudd Williams a Tom i odro. Byddai'r tad yn mynd i'r oedfa yn Sardis, a'r mab i lawr i Gapel Helyg am chwech. Roedd plant Gruffudd Williams wedi symud i Gapel Helyg ers rhai blynyddoedd gan fod gormod o lawer o ffraeo yn Sardis. Dewisodd yr hen Gruffudd lynu fel gelen yn Sardis.

Penderfynodd Huw ei fod yn teimlo'n ddigon da i'w mentro hi i Gapel Helyg, ond i Tom ei ddanfon yno. Roedd Magi'n betrus ar y cychwyn nes penderfynu mynd efo'r ddau ei hun.

Fe gafodd Huw ei blesio gan bregeth raenus y Parch. Thomas Williams, gweinidog Capel Helyg a Sardis. Roedd cynulleidfa reit barchus yno hefyd a mynd da ar y canu. Yr emyn olaf i'w ganu oedd emyn gwych Elfed:

O am yr hedd sy'n llifo megis afon
Trwy ddinas Duw, dan gangau'r bywiol bren,
Yr hedd sy'n llanw bywyd yr angylion,
Yr hedd wna nefoedd imi byth, Amen.

Roedd ystyr y canu a'r geiriau mor gignoeth addas, fe wnaeth Huw rywbeth nas gwnaeth yn ei fywyd o'r blaen, sef ail daro'r pennill cyfan. Dilynodd y gynulleidfa, a'r tenoriaid yn dringo o gwmpas y nodau. Doedd ond gobeithio bod trwch y gynulleidfa yn deall rhan fach o ystyr gyfoethog y geiriau.

Yna cododd y Parch. Thomas Williams ac meddai yn ei lais tawel, "Mae'n amlwg fod Huw Craig y Garn dan gryn deimlad heno. On'd yw'r geirie'n addas?"

Ac ailadroddodd yntau'r geiriau roedd y gynulleidfa newydd eu canu, gan geisio eu hesbonio'n ofalus. Aeth ymlaen wedyn i gyfeirio at Huw, "Mae'n siŵr ein bod fel eglwys yn neilltuol o falch o weld Huw wedi dod adref o'r rhyfel erchyll 'ma, ac yn amlwg yn graddol wella o'i glwyfe difrifol. Does ond gobeithio y bydd e'n gallu dod aton ni i addoli i Gapel Helyg yn weddol reolaidd. Gawn ni weddïo am nerth i ofalu'n deidi amdano fe."

Gwnaethpwyd y casgliad a chyhoeddodd y gweinidog y fendith.

Cyn iddo orffen siarad, roedd Tom eisoes yn brasgamu am y drws i nôl y ferlan a'r trap o gae cyfagos. Cafodd Huw gryn groeso gan bawb cyn iddo ddringo'n flinedig a diolchgar i'r trap a throi am Graig y Garn.

Roedd hi'n amlwg bod Tom yn flin fel tincar. Ddywedodd o ddim byd am sbel, ond wedyn ffrwydrodd y rheswm am ei dymer dros ei wefusau surbwch. "Rhag dy gywilydd di'r cena bach yn tynnu sylw fel 'na aton ni. Doedd hi ddim yn ddigon gin ti i gael croeso cyhoeddus. O na, roedd rhaid i ti ail daro'r bali emyn a'n gneud ni i gyd yn ganolbwynt pob gogoniant. Byth eto, Mot."

Ddywedodd Huw a Magi 'run gair.

– VIII –

Luned

Roedd Luned yn ysu am deithio i Langybi i edrych am Huw, ei chariad. Roedd y daith i Langybi yn drafferthus er nad oedd yn bell. Penderfynodd Luned y byddai'n dal coitsh Tocia i Bwllheli ac yna mynd efo sharibang y siop i fyny am Langybi. Cawsai wahoddiad i aros yng Nghraig y Garn am ddwy noson. Roedd hi wrth ei bodd, a derbyniodd y croeso'n llawen.

Bu am oesoedd yn penderfynu beth i'w wisgo. Roedd wedi golchi'i gwallt nos Wener ac erbyn bore Sadwrn roedd yn gorwedd yn donnau sgleiniog, tywyll. Doedd hi ddim am wisgo colur – byddai Huw yn siŵr o fod yn llwydaidd, a pha bwrpas oedd tynnu sylw at ei wendid. Y ffrog werdd ysgafn oedd yn gweddu orau, penderfynodd, a chardigan felen yr oedd hi ei hun wedi ei gwau i fynd efo honno. Sgidiau lledr brown cryf dros bâr o sanau gwlân tenau, a bag bach i gario'i dillad sbâr. Gwnaeth yn siŵr fod ganddi bersawr ysgafn, yr un roedd Huw yn arfer gwirioni arno. Taflodd un cipolwg arni ei hun yn y drych mawr yn ei llofft. Roedd hi'n ferch ifanc ddeniadol gyda'i chorff tal main a'i chroen tywyll.

Am dri o'r gloch y pnawn, cyrhaeddodd groesffordd Refail, Llangybi. Ochneidiodd mewn rhyddhad wrth weld merlen a thrap Craig y Garn yn aros amdani. Tom oedd yn gyrru, a Huw yn eistedd yn y trap a gwên lydan o groeso ar ei wyneb. Roedd ei wedd fel y galchen a phrin bod unrhyw gnawd ar ei wyneb esgyrnog. Ceisiodd Luned gymryd arni nad oedd yn sylwi ar ei wendid. Rhoddodd glamp o gusan iddo. Tynnodd Tom ei phecyn bychan i'r trap ac eisteddodd Luned gyferbyn â Huw.

"Be sy, Luned, 'ngweld i'n edrach yn giami wyt ti?"

"Paid â rwdlan. Sut fasa unrhyw un yn edrach ar ôl dwy flynadd gron mewn hospitols? Buan iawn y cei di liw ar dy focha eto a chnawd ar dy sgwydda."

Roedd y ferlen yn trotian a'r trap yn bownsio ar y ffordd wledig. Sgleiniai offer y ferlen yn yr haul ac roedd Huw'n cyferbynnu'i sglein i wallt du bitsh Luned. Ysai am gael cyfle i wasgu'i llaw yn dynn, ond ofnai i Tom weld ei angerdd rhwystredig. Mewn dim amser roedden nhw wedi troi i'r ffordd a arweiniai drwy'r cae am Graig y Garn.

Yno, roedd Magi wedi paratoi clamp o de i bawb, a tharten riwbob i ddilyn efo hufen melyn o dop y llefrith arni. Bu teulu Craig y Garn yn ddigon call i adael Huw a Luned gael y parlwr iddynt eu hunain am y pnawn. Dyma'r tro cynta i'r ddau fedru ymlacio a chofleidio go iawn. Rhoddodd Huw holl nerth ei freichiau o gwmpas Luned, ond roedd coflaid Luned yn fwy angerddol na'i goflaid o.

"Sori, Luned, ond sgin i 'mo'r nerth, wsti."

"Paid â phoeni, ti'n siŵr o gryfhau."

"Ti'n rhyfeddol o ddel – delach nag y gwelis i ti rioed."

"Paid â rwdlan. Chdi sy ddim yn cofio ar ôl yr holl amsar."

"Dw i 'di trio dy ddychmygu di yn fy meddwl filoedd o weithia, ond roedd y darlun yn toddi'n ddim bob tro."

"Dyma chdi'n rwdlan eto."

"Wir yr! Faswn i byth yn breuddwydio dyfeisio clwydda wrth f'annwyl Luned."

"Paid â disgwyl i mi dy goelio di. Tair blynadd heb 'y ngweld i. Allat ti byth fyw heb ferch ifanc am yr holl fisoedd 'na. Mi wn i'n well na neb am dy nwyda gwyllt di, cofia!"

"Cofia 'mod i wedi bod yn wael am y rhan fwya o'r amsar."

Gwenodd y ddau'n swil ar ei gilydd. Roedd Magi wedi gofalu bod tân bach siriol yn y grât a rhoddai hwnnw wrid annaturiol ar fochau Huw.

Meddyliai Luned yn drist y byddai angen gwyrth i roi tir cadarn dan draed ei chariad. Roedd gweld yr olwg legach, wantan a main ar yr Huw cydnerth wedi bod yn andros o sioc iddi. Ceisiai wneud ei gorau i guddio'i siom. Roedd wedi disgwyl gweld golwg dila arno, ond nid mor dila â hyn. Doedd ond gobeithio y byddai hi a Magi yn medru cyflawni'r wyrth yr oedd ei hangen ar Huw. Ceisiodd Luned droi'r stori.

"Wel, sut digwyddodd y clwyfo, ta?"

"Yng Nghoed Mametz. Dwn i ddim ai lwcus ta anlwcus ydw i mod i wedi dŵad o'r goedwig felltith 'na'n fyw."

"Paid â siarad fel 'na, Huw."

Rhoddodd Huw amlinelliad byr o waradwydd y diwrnod, ond gwyddai Luned nad oedd o'n dymuno trafod y frwydr, a cheisiodd droi'r stori.

"Pryd cei di fynd yn ôl at dy waith?" Gwyddai Luned cyn gorffen ei chwestiwn iddi roi ei throed ynddi.

"A'i byth, dŵad?"

"Ei, siŵr iawn, ond wyt ti'n ddigon cry i ddringo i'r llofft i'r gwely?"

"Ydw. Ddaw fy iechyd i'n ôl byth, dŵad?"

Wnaeth Luned ddim ateb ei gwestiwn chwerw.

Cyn noswylio aeth y ddau am dro i'r gadlas. Machludai'r haul yn fflamgoch draw i'r gogledd orllewin ac roedd arogl y das wair fel arogl gwin y duwiau.

Roedd Luned yn rhannu ystafell wely efo Magi a honno'n fusnes i gyd wrth astudio dillad isaf Luned. Rhyfeddai at y blwmar bach tila a wisgai.

"Iesgob, lle wyt ti'n cael y syniada 'ma, Luned?"

"Copïo'r byddigions. Dyna pam rydw i wrth fy modd yn cael mynd i Blas Nanhoron. Dw i'n prynu defnyddia ym marchnad Pwllheli wedyn a gwnïo at fy chwaeth fy hun."

"Mi ddylet ti agor siop ym Mhwllheli. Siop ddillad merchaid. Gwerthu ffrogia, peisia, dillad isa, hetia ac ati. Mi wnaet dy ffortiwn."

"Mi faswn i wrth fy modd, Magi. Ond ma isio pres a syniada i agor siop. Rhyw ddiwrnod, ella."

Buont yn trafod dillad am sbelan go lew, cyn troi wedyn i drafod Huw.

"Mi o'n i wedi dychryn o'i weld o mor wan, Magi. Sut wyt ti'n ei weld o?"

"Ydi, mac o'n drybeilig o wan. Ond cofia'i fod o wedi ei glwyfo'n ddrwg, a dydi dwy flynadd mewn hospitols ddim wedi gneud llawer o les iddo fo. Fydd o ddim 'run un ar ôl chwe mis o fwyd iach Craig y Garn ac awyr Llangybi, gei di weld."

"Gobeithio'r nefoedd dy fod ti'n iawn."

Saboth oedd y Sul yng Nghraig y Garn. Gwnâi Gruffudd Williams ei orau glas i ofalu bod pawb yn cadw at lythyren yr Hen Destament. Porthi anifail, bwydo'r corff a godro. Byddai Gruffudd yn Sardis deirgwaith y Sul yn gloddesta ar y cecru.

Am un o'r gloch diflannodd am ei hoff Sardis. Aeth Tom i'w wely i orffwyso, a Magi i bendwmpian o flaen y tân bob yn ail a smwddio. Penderfynodd Huw a Luned fynd am dro i ben Garn Pentyrch i fanteisio ar haul braf Gorffennaf. Parhâi'n Orffennaf hirfelyn.

Syllai Magi drwy'r ffenest â deigryn yn ei llygaid wrth weld ei brawd yn hercian yn boenus ym mraich Luned am gopa'r Garn. Pa mor hir y parhâi hi'n ffyddlon iddo tybed? Cafodd Magi yr argraff neithiwr bod Luned yn awyddus i'w bywyd symud yn ei flaen ar ôl blynyddoedd hesb y rhyfel. Eisoes roedd Magi a Huw wedi cael eu ffrae gyntaf ynglŷn â pha mor gryf oedd ei brawd i ddringo'r Garn. Wnaeth Luned ddim ochri gyda hi ac felly tawodd.

Cymerodd y daith i ben y Garn yn agos i awr. Gallai Huw ei chyrraedd yn hanner yr amser cyn y clwyfo. Ond roedd yr olygfa ryfeddol o'r copa yn werth yr holl ymdrech. Eisteddodd y ddau yno am sbel, yn dotio at yr ysblander oddi tanynt. Roedd Capel Helyg yn syth o'u blaenau a Sardis ar yr ochr ogleddol. Roedd y ffynnon hynafol o'r golwg yng nghysgod y winllan. Gwelent yr eglwys wedyn, a'r elusendai. Enwodd Huw y ffermydd cyn arwain llygaid Luned at amlinell y Lôn Goed. Draw i'r gorllewin roedd Mynytho a Garn Fadryn ac allan yn y môr, Ynysoedd Tudwal.

"Glas ydi lliw Eifionydd, wsti. Glas y tir, glas tywyllach y coedydd yn asio efo glesni'r môr. Mae o mor wahanol i fwd llwydgoch Picardy."

A dyma nhw'n syrthio gan chwerthin i ganol twmpath trwchus o lwyni llus, a'r ffrwythau ar fin aeddfedu. Stwffiodd Huw lond ei geg o'r aeron duon bach. Gwnaeth Luned yn union yr un fath nes bod cegau'r ddau yn strempiau piwsddu.

"Dyma be ydi iechyd," meddai Huw, "awyr iachus y mynydd a'r ffrwythau gwyllt. Mis o hyn, ac mi fydda i rêl ebol blwydd."

"Sobra, nei di, a gad imi hel tipyn o'r llus 'ma i Magi a finna gael gneud jam neu deisan."

Syllodd Huw wedyn i ddyfnder duwch llygaid ei gariad.

"Ond yn dy lygaid duon di mae'r lliw hardda y gwn i amdano," sibrydodd.

Gwenodd Luned arno. "Ti'n farddonol iawn pnawn 'ma."

"Mae fy meddylia i y foment hon ymhell o fod yn rhai barddonol! Dw i isio dy gyffwrdd di, dy deimlo di a theimlo gorfoledd fel erstalwm yn dy gorff di."

"Pam na wnei di hynny ta?"

Gafaelodd Huw yn ei llaw a'i gwasgu'n shitrws bron.

"Ti dipyn cryfach na neithiwr, dybia i."

Roedd bysedd Luned eisoes yn chwarae'n ysgafn rhwng ei goesau. Teimlai Huw yr iasau rhywiol yn rhedeg i lawr asgwrn ei gefn. Ond doedd dim caledwch yn dod i'w ddarn. Agorodd Luned fotymau ei falog yn araf a chyffwrdd yn ei bidlan lipa.

"Waeth iti heb, Luned. Dw i dy isio di'n fwy nag erioed. Ond fedra i ddim cael codiad. Ma'r offer wedi rhydu ac yn da i ddim."

Cuddiodd Luned ei siom. "Paid â phoeni'r ffwlbryn. Mi fyddi di'n iawn unwaith cei di dy nerth yn ôl."

"Ti'n siomedig, dwyt?"

Wnaeth Luned ddim ateb, dim ond gwenu'n ddireidus a chodi'i ffrog laes gan agor ei choesau'n wahoddgar. Gwyddai Huw mai arwydd oedd hwn iddo'i chwilio fel erstalwm. Rhoddodd ei ben i orffwys ar ei bronnau a llithro'i fysedd main dan ei dillad. Teimlodd amlinell ei trowsus cyn claddu'r bysedd yn ei gwlybaniaeth. Pam, o pam, na fedrai ymateb gyda'i gorff i barodrwydd ei gariad?

Gwyddai Magi nad oedd y daith i gopa'r Garn wedi bod yn llwyddiannus. Roedd y ddau yn ôl erbyn amser te a'r tyndra rhyngddynt yn gwbl amlwg. Ond roedd Gruffudd

Williams yn anymwybodol o unrhyw broblem – doedd dim ar ei feddwl o ond y ffraeo yng nosbarth yr Ysgol Sul.

Bu Luned yn hir cyn cysgu'r noson honno. Bu'n troi a throsi am dalpiau hir o'r nos. Ceisiai beidio ymrengian gormod rhag deffro Magi wrth ei hochr. Beth petai Huw byth yn gwella? Oedd hi'n ei garu ddigon i roi ei bywyd i weini ar ŵr a oedd yn fethedig yn yr ystyr bwysicaf iddi hi? Ni fedrai fod yn sicr. Ysai am gael symud o Foel Dafydd fel na fedrai ei mam fusnesu byth a hefyd yn ei bywyd. Roedd ar dân eisiau gwireddu ei breuddwyd – cael siop ym Mhwllheli, fel y soniodd Magi neithiwr – ac ysai'n fwy na dim am gael babi bach i'w fagu. Ymddangosai fel petai ei holl obeithion yn ofer.

Cymerai Magi arni nad oedd yn ymwybodol o wingo poenus Luned. Swatiodd yn llonydd ar erchwyn y gwely. Onid oedd ganddi hithau ddigon o broblemau ffeindio cymar heb ddechrau ymyrryd ym mherthynas Huw a Luned?

Cododd Magi am chwech fore trannoeth. Roedd haul y Sul wedi diflannu. Gafaelai gorchudd o niwl trwchus am Graig y Garn. Cerddodd Luned yn araf at groeslon Stellcoed i ddal y goitsh un ar ddeg am Bwllheli.

– IX –

Yr Haf yn Cilio, 1918

Bu'n haf digon ciami yng Nghraig y Garn, fel mewn sawl tyddyn a llan arall yng Nghymru. Rhygnai'r rhyfel yn ei flaen heb arwydd bod y naill ochr na'r llall yn fodlon ildio, ac roedd nifer y lladdedigion yn cynyddu o ddydd i ddydd. Sobrwyd y Cymry Cymraeg gan hanes trist y Gadair Ddu ym Mhenbedw. Parhâi Lloyd George yn arwr yn Sir Gaernarfon, ond roedd sglein ei lifrai yntau, hyd yn oed, yn dechrau pylu bellach.

Doedd fawr o arwydd chwaith fod Huw yn mendio.

Tri pheth a roddai amrywiaeth i wythnos Huw: ymweliad wythnosol Nyrs Ellis i lanhau ei glwyfau, y trafodaethau â'i weinidog, y Parch. Thomas Williams, a'r hwyl a gâi pan fyddai plant Porth Cenin yn galw draw. Byddai'r rheiny'n cyrraedd ar benwythnos, fel huddugl i botas, yn llawn pryfôc a thwrw. Roedd Huw yn dotio at eu cwmni.

Deuai Luned i Graig y Garn yn aml hefyd, a byddai'n ceisio anfon llythyr bach ato bob hyn a hyn i godi'i galon. Yr un oedd ei phatrwm – cyrraedd ar y brêc ddau o Bwllheli bob yn ail brynhawn Sadwrn, a gadael yn blygeiniol fore Llun.

Deuai Nyrs Ellis i Graig y Garn bob pnawn Llun, gan deithio ar feic a'i holl feddyginiaethau mewn bag tu ôl i'r sêt. Roedd hi tua deng mlynedd yn hŷn na Huw a châi o lawer o hwyl yn ei chwmni. Gwraig dal, denau oedd hi, yn gyflym ei chorff a'i thafod. Byddai Huw yn clywed sŵn cloch ei beic ymhell cyn iddi gyrraedd y buarth. Clywai ei llais main wedyn yn sgrialu'r ieir o'i ffordd wrth iddi frysio am y tŷ a'r llais yn gweiddi, "Lle rydach chi, Magi? Mi gymra i'r banad ond ichi'i gwneud hi reit sydyn."

Clustfeiniai Huw ar y sgwrs o'i barlwr, ac ysai am iddi orffen ei phaned iddo gael ei gweld. Ugain munud i'r eiliad fyddai o'n gorfod aros bob tro cyn iddi hi ruthro i mewn ato.

"Wyt ti'n byhafio, Hiwi Wilias?"

"Sgin i fawr o ddewis, nag oes? A finna heb fedru symud fawr lathan o'r parlwr 'ma."

"Digon o amsar a mynadd ac mi fyddi di allan efo'r dynion cyn pen dim."

Edrychodd Huw yn amheus i'w llygaid. Daliodd hithau ei edrychiad yn herfeiddiol. Roedd ei gwallt wedi britho cyn ei amser ac roedd chrychni o gwmpas ei llygaid glas caled. Mor wahanol i lygaid Luned, meddyliodd. Roedd meddalwch a thlysni yno, ond yma gwelai gadernid a phenderfyniad. Eto roedd y ddwy yn dlws yn eu ffyrdd eu hunain.

"Tyrd imi gael newid y clytiau 'na ar dy ddoluria di."

Trodd Huw yn araf ar ei fol ar y soffa. Estynnodd hithau am y siswrn a thorri'r clytiau'n gyflym cyn eu rhwygo i ffwrdd yn gadarn. Clywai Huw ogla drwg y dolur yn llenwi'i ffroenau.

"Hy, dydi o ddim wedi mendio rhyw lawar ers i mi 'i drin o y tro diwetha. Be wnawn ni efo chdi, dŵad?"

"Gadael llonydd imi ddihoeni'n ara deg fan hyn fasa ora."

"Paid â chyboli wir. Magi! Tyrd â dŵr poeth i mi, os gweli di'n dda. Mi olchwn ni'r briwia 'ma'n lân cyn rhwbio eli arnyn nhw. Tro i orwadd ar dy ochor, i mi gael lle i weithio."

Golchwyd ei ddoluria â dŵr berwedig, a brathodd Huw ei dafod rhag sgrechian mewn poen wrth i'r nyrs rwbio'r eli i'r briwia. Rhoddodd wadin a chadachau glân yn lle'r hen rai. Rhybuddiodd Nyrs Ellis o i fyhafio, cyn iddi fynd at ei chlaf nesa. Mor fendithiol fuasai ymweliad nyrs fel hon bob dydd. Ond doedd fawr o bwrpas dyheu am hynny neu byddai'n ôl yn Ysbyty Llandudno ar ei ben.

Pnawn Iau oedd amser ymweliad y Parch. Thomas Williams. Cerddai'r llwybr i'r ffermdy beth bynnag y tywydd. Fel arfer galwai ar ei rawd fugeiliol yn ardal Sardis, gan wybod y byddai paned, sgonsan a chlamp o dân yn ei aros yng Nghraig y Garn. Edrychai Huw ymlaen at yr ymweliadau hyn er mwyn cael miniogi'i feddwl â'r dadleuon diwinyddol a gwleidyddol a gaent. Roedd Magi'n mwynhau'r ymweliadau lawn cymaint â Huw hefyd, gan fod ymwelwyr nad oeddynt yn deulu yn brin iawn.

Ar yr ail brynhawn Iau cyrhaeddodd Thomas Williams am bedwar o'r gloch i'r eiliad. Dyn bychan o gorffolaeth ydoedd, a chwys ei gerddediad yn byrlymu trwy'r brychni haul ar ei dalcen.

"Shwt y'ch chi ,bobol?"

"Dewch trwodd, Mr Williams, yn lle gori ar y trothwy 'na. Ma Huw yn dyheu am eich gweld chi."

Gallai'r gweinidog arogli eli Nyrs Ellis ac oil lamp wrth iddo nesáu at y parlwr lle gorweddai Huw a gwrid y tân yn goch ar ei ruddiau.

"Bachan, bachan, shwt wyt ti?"

"Cryfhau bob diwrnod, meddai'r Magi glwyddog 'ma. Ond na, dw i'n siŵr 'mod i'n well."

"Mae o'n lot gwell, Mr Williams, a gwae chdi am 'y ngalw i'n glwyddog. Rhag dy gywilydd di, y coblyn!"

"Tynnu coes diniwad, Magi. Dw i'n siŵr y ca i, y cnaf, faddeuant."

"Mi gymrwch banad a sgonsan fach, Mr Williams?"

"Dim ond os yw Huw a chithe'n cymeryd hefyd."

"Siŵr iawn, Mr Williams, mi ddo i â'r cwbwl drwodd i'r parlwr 'ma."

Diflannodd Magi i wneud y banad a thaenu jam riwbob yn dew ar y sgons newydd eu pobi. Doedd dim brys amlwg ar y gweinidog. Ar ôl claddu dwy neu dair o'r sgons, dechreuodd y sgwrs y bu Huw'n dyheu amdani.

"Ges ti gyfle i bori tipyn yn Y Dysgedydd, fachgen?"

"Dw i wedi eu darllen nhw o glawr i glawr, Mr Williams."

"Ie, ie, ond beth oeddet ti'n feddwl o'r cynnwys?"

"Pur siomedig a deud y gwir."

"Ho, shwt felly? Rwy'n synnu bod milwr ifanc fel ti'n gallu galw cynnwys cylchgrawn parchusaf dy enwad yn siomedig."

"Wel, mae'r erthyglau'n hollol amherthnasol i'r oes 'dan ni'n byw ynddi. Prin bod 'na air am waed a dioddefaint y rhyfel. Mi allasai lladd fod yn digwydd ar y lleuad o ystyriad faint o ddiddordeb sy gan sgrifennwyr Y Dysgedydd ynddo. Dach chi wedi ystyried y cynnwys yn feirniadol erioed, Mr Williams?"

"Beth sydd ar dy feddwl di, Huw?"

"Wel, dyna ichi rifyn Ionawr eleni. Pregeth hirfaith ddiflas gan y Parch. Stanley Jones, Caernarfon, ar weinidogaeth y cymod. Ho, cymod, heddwch medda fi wrthyf fy hun. Ond na, doedd dim gair am y rhyfel. Stori feddal am deulu tlawd o Gymru'n aberthu'r cyfan i anfon eu mab i Rydychen. Hwnnw'n ofera'r cyfan a'i fam druan yn marw o dor-calon. Dim sôn am gymodi dyn a dyn yn y rhyfel gwaedlyd 'ma. Y golygyddol yn annog y Volunteer Movement i ymwrthod â'r ddiod gadarn, a D Miall

Edwards yn poeni am adfywio'r Ysgol Sul. Ac mi allwn i fynd ymlaen ac ymlaen, Mr Williams."

"Mae 'da ti bwynt. Ond falle bod y ddiod feddwol yn dinistrio mwy o aelwydydd yng Nghymru na hyd yn oed y rhyfel."

"Dirwest! Dach chi ddim wedi symud cam ers ugain mlynedd, Mr Williams bach."

"Mae'r hen ddiafol yn dal yn y gasgen gwrw, Huw. Gwae'r aelwyd a gaiff ei phoeni ganddo."

"Ond rhaid ichi gytuno fod petha pwysicach yn poeni pobol yn y dyddia blin yma."

Aeth y dadlau ymlaen am gryn hanner awr arall cyn i Thomas Williams glywed y cloc mawr yn taro pump. Penderfynodd bryd hynny ei bod hi'n bryd iddo hel ei draed.

"Edrych. Dw i wedi dod â phentwr o'r *Cymro* iti'r wythnos hon. Mae'n siŵr y bydd cryn dipyn am y rhyfel yn hwnnw."

"Siŵr o fod. Mi ddowch chi bnawn Iau nesa eto, Mr Williams?"

"Mi fydda i'n edrych ymlaen, Huw."

Gwaeddodd Huw ar Magi i ddweud fod y gweinidog ar fin gadael. Daeth Magi o rhywle gan roi potiad o jam llus i'r gweinidog.

"Peidiwch â phoeni am y potyn. Mi cawn ni o'n ôl pan fyddwch chi'n galw 'rwythnos nesa."

– X –

Dyddiau Duon, Dechrau Tachwedd 1918

Daeth Tachwedd a'i niwl a'i stormydd i Graig y Garn. Roedd Huw'n diflasu fwyfwy ar y dyddiau duon byr a'r nosweithiau duon hirfaith. Ni chredai chwaith ei fod yn gwella fel y byddai wedi dymuno.

Ond doedd hi ddim yn nos fagddu i gyd. Er na allai Luned, y seren a oleuai ei fywyd, ymweld ag ef o Fynytho yn hawdd yn ystod y gaeaf tywyll, deuai Alis i edrych amdano'n rheolaidd bob pnawn Sadwrn o Borth Cenin. Bellach roedd hi ar ei hail flwyddyn yn Cownti Penygroes, ac roedd ei brwdfrydedd ynglŷn â'r pynciau newydd roedd hi'n eu dysgu'n heintus. Lladin oedd y pwnc mwyaf diddorol dan haul, meddai hi, a doedd Hanes ddim yn bell ar ei hôl hi chwaith.

"I be ddysgi di hen iaith farw fel 'na, Alis bach?" gofynnodd Huw iddi hi.

"I mi gael gwybod tarddiad geiria fel ffenast, porth, milwr a channoedd o rai eraill. Be am i mi drio dysgu dipyn o Ladin i chitha?"

"Ond be fasa'r pwynt?"

"Mi fedrach chi ddysgu darllan llyfrau gan enwogion fel Iŵl Cesar sy'n mynd yn ôl dros ddwy fil o flynyddoedd."

"Taw di, ond fasa hi ddim yn rheitiach i mi ddysgu Saesnag yn well, dŵad?"

"Ella'ch bod chi'n iawn. Ond dudwch hyn ar f'ôl i: *Lupus, Lupe, Lupum, Lupi, Lupo, Lupo.*"

"Be di ystyr *Lupus*, dŵad?"

"Blaidd."

"Taw hogan. Ond fuodd 'na ddim blaidd yn yr ardal yma ers cannoedd o flynyddoedd!"

"Naddo siŵr. Ond mae hi'n iaith mor gryno a thaclus."

"Taswn i'n ddisgybl yn yr ysgol 'na, mi faswn i'n mynnu dysgu French a German."

"Mi dan ni yn dysgu dipyn bach o French."

"Ond dim German?"

"Iesgyrn, nac 'dan ni siŵr, a ninna yng nghanol y rhyfal. A sut dach chi, o bawb, o blaid dysgu German?"

"O'r Almaen ma rhai o feddyliwrs mwya'r byd wedi dŵad. Dach chi'n dysgu rwbath am y rhyfal ta?"

"Ma 'na ddigon o siarad amdano fo. Ond os enillwn ni, ma isio setlo'r Almaen am byth, does Dewyrth Huw?"

Oedodd Huw cyn ateb, roedd ei feddwl yn bell, yna edrychodd ar Alis, "Ti'n licio chwara tidli-wincs, dwyt?"

"Mi o'n i erstalwm – pam dach chi'n gofyn?"

"Reit ta, be ddigwyddith os pwysi di'n drwm ar y tidli-winc bach?"

"Mi neidith o."

"A thryma'n y byd y pwysi di, pella neidith o. Beryg iawn i bwy bynnag enillith bwyso gormod, Alis."

"Ew, dw i ddim yn meddwl. Faint o hogia Cymru ma'r Almaenwyr 'di'u lladd? Faint sy 'di cael 'u clwyfo'n ddrwg fel chi? Dw i ddim yn gwbod digon i ddadla efo chi, Dewyrth Huw."

"Mi wyt ti'n gwbod dy Feibl, hogan, ac yn gwbod na ellith cadfridogion fyth fyhafio fel mulod eto a gyrru miloedd o soldiwrs diniwad i gyfarfod pelenni dur a thân."

"Ar bwy mae'r bai, dwch?"

"Ma lot o'r bai ar gapeli ac eglwysi Cymru a Lloegr. Does 'na ddim trafod 'di bod bron am y rhyfal ym mhapura'r enwada Cymraeg. Cywilydd ar y golygyddion ddeuda i. 'Cerwch eich gelynion', wir!"

"Ew, pregethwr ddylach chi fod."

"Faswn i byth isio bod yn bregethwr. Ma capeli Cymru wedi colli'u cyfla. Chân nhw byth un eto. Ella nad ydi'r hen Lupus yn fyw o gwmpas Craig y Garn, ond mae o'n pesgi'n braf yn Ewrop."

Daeth Magi i'r parlwr i dorri ar y sgwrs. Roedd bochau tywyll Alis yn fflamgoch ar ôl cyffro'r sgwrs, a gwrid tebyg yn amlwg ar ruddiau gwelw Huw. Ond roedd y ddau'n gwenu'n siriol.

"Rhaid i ti ddŵad yma'n amlach, Alis, i roi'r wên yn ôl ar wynab dy Ewyrth Huw. Mi dach chi'ch dau wedi bod yn y parlwr 'ma ers yn tynnu at ddwy awr yn sgwrsio."

"Paid â phalu clwydda, Magi."

"Wir yr. Ond be gymerwch chi i de? Brechdan efo jam eirin duon arni hi?"

"Ew, ia plis, Anti Magi."

"A tyd â sglisian neu ddwy o'r bara brith hefyd, Magi – dw i jest â llwgu," ychwanegodd Huw.

"Wel, wel, dw i'n falch o dy glywed di'n deud hynna," meddai Magi gan wenu, cyn diflannu i hwylio'r te.

Bu sglaffio ar y brechdanau a'r bara brith wedyn. Cyn bo hir daeth Tom i'r tŷ ar ôl bod yn rhoi gwair i mewn a phorthi'r anifeiliaid at y Sul. Roedd yn chwys doman ac yn amlwg yn eiddigeddus o'i frawd bach. Ni allai ddal ei dafod.

"Braf ar rai yn gwag-symera trwy'r pnawn o flaen tanllwyth, a finna'n chwysu chwartia yn y cytia 'na."

"Mi faswn i wrth fy modd taswn i'n ddigon cry i dy helpu di, Tom."

"Paid â gwrando arno fo, Huw," meddai Magi. "Mae Tom yn crwydro llawer gormod a Tada druan yn lladd 'i hun o achos hynny."

"Hy, un dda wyt ti i sôn am grwydro! Pwy sy'n

galifantio am y dre 'na bob pnawn Mercher i wario a hel dynion?" meddai Tom yn faleisus.

"Hel dynion, wir! Dydi hi ddim yn hen bryd imi briodi, a finna 'mhell dros fy ugain oed? Hel diod wyt ti'r sgiamp, ac mi fyddi di lawr yn y Ty'n Porth 'na heno yn slochian y cwrw coch efo pres na all neb yn Craig y Garn 'i fforddio. Mi fasa'n rheitiach o lawar i ti 'u rhoi nhw i Tada i glirio dipyn ar ddyledion yr hen le 'ma, yn lle gollwng dŵr yn erbyn wal Ty'n Porth."

Roedd Alis wedi dychryn. Clywsai ddigon o ffraeo rhyngddi hi a'i brodyr a'i chwiorydd, ond peth pur wahanol oedd clywed oedolion yn ffraeo. Roedd Huw wedi cynhyrfu hefyd.

"Tewch wir," meddai'n siarp, "Rhag cywilydd i'r ddau ohonoch chi, yn gweiddi fel hyn o flaen yr hogan 'ma. Mae Alis a fi newydd fod yn trafod heddwch rhwng cenhedloedd, a dyma ninna'n methu cadw'r heddwch ar aelwyd Craig y Garn hyd yn oed."

Daeth tymer Huw â'r ddau arall at eu coed. Cliriodd Magi'r llestri'n ddistaw ac aeth Alis i'w helpu i'w golchi.

Cafodd Huw noson ddiflas iawn y nos Sadwrn honno. Bu'n ymrengian am oriau ar ei wely, gan lusgo at y comôd bob hyn a hyn. Roedd ei gnawd yn byrlymu o chwys, a chrafai hen beswch cas yng ngwaelodion ei ysgyfaint. Rhywbryd cyn cyfnos a gwawr syrthiodd i gysgu a dechreuodd taranau'r gynnau mawr ysgwyd muriau Craig y Garn at eu seiliau. Ymddangosodd Glyn, Wilias, Sam a degau o'i gyd-filwyr yn basiant o flaen ei lygaid – pob un ohonyn nhw'n martsio'n hyderus at goedwig drwchus Mametz. Ar flaen y rheng roedd llaw wen waedlyd Sam yn pwyntio'r ffordd. Toc, diflannodd ei ffrindiau i dywyllwch dudew y goedwig. Yna, ar gwr y coed, gwelai Huw flaidd yn llarpio Alis, ac yna Magi ac yna Luned. Rhedodd y bwystfil o'r goedwig, a'i ddannedd miniog yn diferu gwaed, cyn dechra cnoi llaw wen waedlyd Sam. Dechreuodd Huw weiddi yn ei gwsg, a deffrodd â'r chwys yn powlio oddi ar ei gorff. Ni allai feddwl am adael iddo'i hun fynd yn ôl i gysgu.

Cododd gan ymlusgo i'r gegin i wneud panad o de iddo'i hun. Penderfynodd yr âi i lawr i Gapel Helyg i'r oedfa ddeg y bore hwnnw i liniaru tipyn ar ei feddwl anniddig. Byddai'n rhaid perswadio Tom i'w ddanfon yno yn y trap.

Roedd Magi a Gruffudd Williams o gwmpas y tŷ'n reit fore. Cododd Tom yntau tua'r wyth i helpu'i dad i odro. Roedd ei wyneb yn gochach nag arfer, ac oglau'r ddiod ar ei wynt a'i chwys. Roedd yn amlwg ei fod wedi cael llwyth trymach nag arfer o'r coch y noson cynt. Pan glywodd Huw y dynion yn y gegin yn cael eu brecwast, aeth drwodd a mentro holi'i frawd.

"Ei di â fi i lawr i Gapel Helyg at oedfa ddeg?"

"Ia, iawn, os dyna wyt ti isio. Pwy 'di'r sgethwr, dŵad?"

"Yr hen Domos Wilias, dw i'n meddwl."

"Ia, mi ddo inna hefo ti – dim ond i ti addo peidio tynnu sylw aton ni fel gwnest ti'r tro o'r blaen."

Penderfynodd Magi beidio gwneud unrhyw sylw. Ella y byddai dos o grefydd yn gwneud lles i'r ddau frawd.

– XI –

Buddugoliaeth 1918

Cyrhaeddodd dau ddarn o newydd da i Graig y Garn cyn diwedd 1918. Ar yr unfed ar ddeg o Dachwedd datganwyd bod y Cynghreiriaid wedi cael buddugoliaeth yn y Rhyfel Mawr. Bu dathlu cyffredinol trwy'r wlad, ond prin bod gorfoledd y dathlu'n cyrraedd cyn belled ag Eifionydd.

Bu tipyn bach mwy o gwrw nag arfer yn llifo yn nhafarn Ty'n Porth. Syrthiodd baich poen oddi ar sawl aelwyd yng Nghymru a daeth y milwyr adref. Gwelid llawer mwy o glwyfcdigion yn yr ardaloedd a sefydlwyd pwyllgor y cofebau hefyd i gofio'r dewrion. Ond roedd teulu Craig y Garn y tu hwnt i'r fath drefniadau. Gwellhad Huw oedd eu prif bryder hwy o hyd.

Yna, ddechrau Rhagfyr 1918, cyrhaeddodd llythyr personol i Huw. Gwyddai nad ysgrifen Luned oedd ar yr amlen, ac agorodd hi yn gyffro i gyd ar ôl gweld iddo gael ei stampio ym Mhontypridd.

"Ianto Tonypandy," meddai ar ôl gweld y cyfeiriad ar y llythyr, "y twmffat lwcus!"

Darllenodd Huw y llythyr.

> *34 Kenry St.*
> *Tonypandy,*
> *Rhondda Valley.*
> *2 Rhagfyr 1918*

Annwyl Huw

Fel y gweli di, mi ddes drwyddi – ond dim ond jest. Fe ges grafiad bychan ym mrwydr ddiwethaf y Somme, ond dim byd tebyg i ti.

*Dyna sut ces i fy rhyddhau mor fuan o'r fyddin. Rwy'n meddwl
cyflawni addewid wnes i ti yn Southampton ddwy flynedd yn ôl,
a dod i edrych sut wyt ti. Nawr te, dyma fi'n bod yn uffernol o
ddigywilydd, fydde gwahaniaeth gyda dy chwaer petawn i'n aros dros
y Nadolig? Does 'da fi ddim amynedd mynd dan ddaear yn syth,
er bod digon o waith yng nglofa'r Cambrian yn ôl fy nhad. Bydd
fy nheulu'n siomedig fy mod i'n dianc lan i'r north a heb fod gartre
ond cwta fis – ond addewid yw addewid, ontefe, Huw? Ac rwy'n
moyn newid llwyr cyn tagu yn llwch y glo unwaith 'to.*

*Ysgrifenna'n ôl yn gloi i whila os oes croeso i bwdryn fel fi. Os
oes, rho wybodaeth am ba orsaf – a sut i gyrraedd dy gartre di. Wedi
sylwi bod y trên yn dod yn syth i Bwllheli.*

*Wel dyna ddigon amdana i. Y cwestiwn mawr yw, wyt ti'n
gwella? A beth am y Luned 'na roeddet ti'n sôn cymaint obeutu hi?
Gobeithio bod y berthynas yn parhau.*

Fe arhosa i o'r Sadwrn dros y Calan, os oes croeso.

Ymlaen y mae Canaan.

Ianto

Roedd Huw wedi gwirioni'n lân cael y llythyr. Byddai Ianto
a Luned yng Nghraig y Garn dros Dolig! Bodlonodd Magi
hefyd ar estyn ei lletygarwch i gynnwys un arall – unrhyw
beth i geisio iechyd i Huw.

Byddai gŵydd a sglaffyn o geiliog i wledda arnynt a
digonedd o chytnis, teisennod a phob danteith priodol arall.
Byddai Magi wrth ei bodd yn pesgi'r holl ymwelwyr.

Daeth Alis draw yn ôl ei harfer ar brynhawn Sadwrn cyntaf
Rhagfyr, a Wil yn glynu fel gelen ynddi. Aeth Alis yn syth
at ei Dewyrth Huw i'r parlwr, ond arhosodd Wil efo Magi.
Roedd hi'n amlwg bod 'na rywbeth yn ei boeni.

"Ydi o'n wir fod 'na Santa Clôs, Anti Magi?"

"Beth sy'n gneud i ti ama hynny, Wil?"

"Methu dallt ydw i sut mae o'n medru mynd o gwmpas yr holl ffermydd 'ma yn Sir Gaernarfon, Sir Fôn a Chymru i gyd."

"Duwcs ma 'na fwy nag un, 'y ngwas gwirion i."

"O dw i'n gweld, helpars ydi'r lleill, ia? Ond mi fydd yr un go iawn yn dŵad i tŷ ni, yn bydd... peth arall, sut mae'r ceirw'n cael bwyd?"

"Mi fydd dy dad wedi gadael tocyn mawr o rwdins iddyn nhw yn y gadlas."

"Ydi hi'n wir bod Luned a ffrind Yncl Huw yn dŵad yma i aros dros y Dolig?"

"Sgin ti rwbath ond cwestiyna hogyn? Ydi."

"Biti."

"Pam biti?"

"Fydd 'na ddim lle i ni felly."

"Bydd siŵr, fel arfar."

"Pa ddiwrnod?"

"Dydd Calan."

Ar y dydd Mawrth cyn Dolig, cyrhaeddodd Ianto'n dwrw i gyd, ar ôl taith hirfaith o Donypandy, a dechreuodd dynnu coes yn syth.

"Pwy wedodd nad yw Caernarfon ddim yn bell? Ma fe fel siwrnai i Dimbyctŵ, myn uffarn i!"

"Paid â chyboli a chwyno – mi rwyt ti wedi cyrraedd Craig y Garn, do ddim?" meddai Huw gan wenu. "Gwranda, mi gerddodd cefndar Nain, Dewyrth Owain, yr holl ffordd i Bontypridd i chwilio am waith yn y pylla glo – a hynny mewn wythnos."

"Roedd y daith honno'n ddigon am oes iddo fe, siŵr o fod!"

"Dim o'r fath beth. Doedd o'n hidio dim am yr hwntws, ac mi ddaeth yn ei ôl cyn pen y mis."

"Cerdded 'to?"

"Ia, Ianto, ond mi gymerodd bythefnos iddo fo'r eildro."

Cafodd Huw dipyn o hanes y rhyfel, a'r brwydro ffyrnig a fu yn ystod y misoedd diwethaf. Soniodd Ianto am y gwaed, y dioddef a'r lladd o'r ddwy ochr. Ond doedd ganddo fawr o awydd trafod y rhyfel am amser hir. Roedd ei fryd a'i feddwl ar y dyfodol, ac roedd wedi gwirioni'n ddiweddar ar gredoau sosialaeth danbaid. Ceisiodd argyhoeddi Huw.

"Cofia di nawr Huw y dywediad, 'Ymlaen y mae Canaan'."

"Ond pa Ganaan, Ianto?"

"Sdim ond un Ganaan i'w chael Huw, a'r Ganaan sosialaidd yw honno."

Chwiliodd Ianto yn ei boced ac estyn llyfr bychan gwyrdd allan ohoni.

"Prynis i e ar y farced yn Pontypridd – tri swllt, a bargen os bu un erioed."

"Ond be ydi o ta?"

"*Y Werin a'i Theyrnas*, David Thomas. Dyma'r ateb i holl broblemau Cymru fach. Ailddarllenes i'r rhan fwya ohono fe ar y trên. Fydd dim meistri a gweision dan y drefn newydd, na rhyfeloedd ffôl chwaith."

"Ond gweision dan ni 'di arfar bod, a gweision fyddwn ni hefyd. Ma Nhad wedi llafurio ar y ffarm 'ma am dros ddeugain mlynedd – ac i be? Claddu'i hun mewn dyledion… "

"Meddylia am Rwsia fawr a grynda ar hyn." Agorodd Ianto ei gyfrol garpiog a dechrau darllen a'i lygaid duon yn melltennu. "'Drwg digymysg yw rhyfel, a drwg digymysg yw'r angenrheidrwydd am fod yn barod i ryfel. Golyga aberthu bywydau a gwastraffu cyfoeth'."

Daeth Magi i'r parlwr i ddweud fod swper yn barod a rhoddwyd taw ar y trafodaethau, am y tro beth bynnag.

Ar y diwrnod cyn y Nadolig daeth Luned i Graig y Garn. Dim ond Tom aeth i'w nôl. Credai Magi a Ianto ei bod yn rhy oer i Huw fentro allan. Cytunodd Huw aros yn ei barlwr, serch ei fod ar dân am gael gweld Luned.

Sylwodd Tom ei bod mor brydferth ag erioed, a chôt gobog o wlân cynnes amdani. Oedodd ei lygaid yn hirach nag arfer ar ei hwyneb a siâp ei chorff. Tybiai Luned fod llaw Tom wedi cydio yn ei llaw hi am eiliad yn hwy nag y dyliai wrth iddo ei thynnu i'r trap.

Wrth i'r ferlen drotian i fyny am Graig y Garn roedd meddyliau gwirion yn carlamu drwy ei meddwl. Doedd Huw wedi gwella odid ddim yn ystod yr hanner blwyddyn y bu gartre. Roedd Ifan Tan Rallt yn dal i snwffian o'i chwmpas fel hen gi ar ôl gast, ond fedrai hi byth roi ei bywyd iddo – roedd o'n rhy hen, yn rhy gybyddlyd, yn rhy grefyddol ac yn rhy sawl peth arall. Fedrai hi yn ei byw chwaith ddweud wrth Huw ei bod am ei adael a chwilio am ddyn ifanc iach. Byddai hynny'n ergyd farwol iddo.

Sylwodd nid am y tro cynta ar ysgwyddau llydan Tom a'r wawr gringoch oedd i'r trwch gwallt a stwffiai o'r golwg o dan ei gap. Byddai dechrau canlyn y brawd hŷn yn ergyd hegrach fyth i Huw. Prun bynnag, clywodd sibrydion mai un digon diafael oedd Tom, a'i fod yn meddwl llawer mwy am grwydro i hwrjio'i eli nag am ffermio Craig y Garn. Roedd sôn am ddyledion anferth ar y fferm, a bod Tom wedi dechrau hel diod hefyd. Byddai'n well ganddi oddef dyn crefyddol a chybyddlyd na meddwyn, meddyliodd.

Erbyn hyn roedd y trap wedi cyrraedd buarth Craig y

Garn, a bu'n rhaid i Luned roi'r gorau i'w breuddwydion. Rhwystredigaethau merch ifanc ffôl sydd ag ofn cael ei gadael yn hen ferch, meddyliodd. Daeth Magi a gŵr ifanc cydnerth tywyll o'r tŷ i'w cyfarfod. Hwn oedd yr Ianto y bu Huw yn sôn cymaint amdano, felly. Roedd Ianto'n llawn hyder a hwyl.

"A hon yw wejen Huw, ife? Rydw i wedi clywed gyment o sôn amdanat ti."

"Petha da, gobeithio."

"Beth arall?"

"Ylwch, dowch i'r tŷ yn lle brygowtha yn fa'ma a hitha'n chwipio gwynt traed y meirw," meddai Magi.

Ufuddhaodd y ddau gan adael i Tom fynd i gadw'r ferlen a'r trap. Brysiodd Luned am y parlwr, ac er mawr siom iddi roedd Huw i'w weld yn fwy gwantan a di-hwyl nag arfer. Gwenodd yn llegach pan welodd Luned.

"Sori Luned, ond dw i fel cath fach heddiw, dim hwyliau o gwbwl."

"Duwcs, mi fyddi di'n well mewn dim. Cwyd dy galon wir, mae hi'n Ddolig fory."

"Dyna sy'n 'y mhoeni i. Dw i adra ers chwe mis ac yn gwella dim."

"Siŵr iawn dy fod ti. Byta di'r bwyd iach 'ma ac mi ddoi di gyda hyn."

"Gyda hyn ma pawb yn 'i ddeud, ond dydi'r 'gyda hyn' byth yn cyrradd."

Daeth Magi a Ianto i'r parlwr, a bu'n rhaid rhoi taw ar y sgwrs. Roedd llygaid Magi'n serennu a Ianto yntau'n amlwg wrth ei fodd yn ei chwmni.

"Oes cinio Nadolig sbesial i ga'l i hen soldiwrs?" gofynnodd Ianto gan wenu ar Huw.

"Dim tamad! Ma Nhad wedi penderfynu'ch gorfodi chi i gyd i fyw ar frwas a llymru," meddai Magi gan ateb ei bryfocio.

"Wyt ti rio'd yn gweud y gwir?" gofynnodd Ianto.

"Na, dydd Calan ma teulu Porth Cenin yn dŵad draw ac mi dan ni'n cadw'r ŵydd a'r pwdin tan hynny."

Chwarddodd pawb ond Huw. Sylwodd Luned yn syth nad oedd Huw yn ymateb i'r hwyl. Pan aeth Magi i'r gegin i hwylio paned aeth Luned ar ei hôl a'i pherswadio y byddai'n well i Huw gael llonydd a chwsg.

– XII –

Dydd Calan 1919

"Pam dach chi'n siarad yn rhyfadd, Ianto?" gofynnodd Wil ar ôl cinio go helaeth yng Nghraig y Garn.

"Smo fi'n wila'n rhyfedd, Wil."

"Dach chi ddim yn deud lot o betha fatha ni – petha fel siarad, merch, i fyny, a dega o eiria tebyg, nag dach?"

"Dych chithe ffordd hyn ddim yn gweud wila, menyw, lan a sawl gair deche arall."

"Ond pwy sy'n iawn, Dewyrth Huw?"

"Ma'r ddau'n iawn, siŵr iawn," meddai Alis yn hollol bendant.

"Sut wyt ti mor siŵr o dy betha?" gofynnodd ei mam.

"Addysg, Kate," atebodd Huw.

Aeth y sgwrsio ymlaen yn ddifyr nes ei bod yn ganol y pnawn. Dyna pryd y cyhoeddodd William Gruffudd a Kate y byddai'n rhaid iddyn nhw ei throi hi am Borth Cenin i gael godro a phorthi cyn nos. Ond cyn hynny aeth Magi ati i hwylio clamp o de iddyn nhw.

Yn fuan ar ôl i deulu Porth Cenin fynd, roedd yn amlwg bod Huw wedi blino'n lân. Bu raid iddo yntau encilio i'w barlwr. Aeth Gruffudd Williams a Tom i borthi a godro. Wedyn penderfynodd Ianto a Tom fynd lawr am Dy'n Porth i ddathlu'r flwyddyn newydd. Doedd yr hen ddyn ddim yn rhyw fodlon iawn, ond aeth y ddau i ben eu helynt yn bur lawen. Aeth Gruffudd Williams a Huw am eu gwlâu yn gynnar, gan adael Magi a Luned ar eu pennau eu hunain i gael sgwrs.

"Rwyt ti wedi mopio am Ianto, yndo Magi?"

"Rhaid deud ei fod o'n dipyn o gymeriad, ond mae mopio'n ddeud go gryf."

"Ga i ddeud dy fod ti'n ei lecio fo'n fawr, ta?"

"Mi wyt ti'n iawn, Luned, ond mae o'n mynd 'nôl i'r sowth 'na drennydd a 'ngadal inna i freuddwydio. Hen ferch fydda i am byth."

"Twt lol, ella bydd o 'di cynnig dy briodi di cyn hynny."

"Gobaith mul."

"Ma mul yn medru gobeithio!" a chwarddodd y ddwy cyn sobri.

Ymhen sbel, dechreuodd Luned holi wedyn, "Wyt ti'n gweld Huw yn gwella rywfaint?"

"Mae hi'n anodd iawn i mi ddeud wrth 'mod i'n ei weld o bob dydd. Mi fydda hi'n haws i ti ddeud na fi."

"Taswn i'n hollol onast efo fi fy hun, yn ei ôl rydw i'n ei weld o'n mynd. Pigo byta ac yn wantan. Mi oedd o'n well na hyn pan ddaeth o adra ym mis Gorffennaf."

"Ma'r gaea'n tynnu'r gwan i lawr, cofia. Ella mai cryfhau wneith o at y gwanwyn. Dw i'n poeni mwy am yr hen beswch 'na sy'n cosi yn ei frest o reit amal."

"Be mae Doctor Llanaelhaearn yn 'i ddeud?"

"Deud nag ydio'n ddim byd i boeni amdano ac y clirith o efo'r gwanwyn a'r tywydd cynnas."

"Ti ddim yn meddwl mai'r diciâu sy arno fo?"

"Mae arna i ofn gofyn i'r doctor... Fedrwn ni neud dim byd felly ond gobeithio, na fedrwn?"

"Dw i 'di aros a gobeithio am dros dair blynedd, ac ella bydd y cyfan yn ofer yn y diwadd."

"Paid â siarad fel 'na, Luned. Ti wedi cael nabod Huw a mwynhau ei gariad o. A fydd hogan ddel fel ti byth yn hen ferch."

"Mae hi mor hawdd syrffedu weithia pan ma rhywun yn gweld ei ieuenctid yn diflannu."

"Be tasa Huw druan yn gwybod ein bod ni'n siarad fel hyn amdano fo?"

"Paid â sôn wrtho fo wir, Magi."

Newidiodd y sgwrs wedyn i drafod Tom a Ianto. Roedd Ty'n Porth yn cau am naw, ond efallai y byddai Mrs Williams yn gyndyn i alw stop tap os byddai'r cwrw'n llifo.

"Ydi Ianto'n un am gwrw?" gofynnodd Luned.

"Be wn i? Dim ond tua wythnos sy 'na ers imi ei gyfarfod."

"Mi faswn i'n casáu cael gŵr meddw."

"A finna. Cofia di, ma Tom yn reit ffond o'r hen gwrw coch 'na."

"Un digon swil ydw i'n ei weld o."

"Wyt ti 'di'i weld o ar ôl iddo fo gael boliad bach? Dydi o ddim yn swil wedyn, cred ti fi!"

"Fasat ti ddim yn 'i hwrjo fo'n ŵr i neb, felly?"

"Bobol bach, na faswn! Mae o'n un diffaith iawn. Meddwl am ddim llawar ond am grwydro'r wlad efo'r hen eli goblyn 'na, gan adael pen tryma'r gwaith i mi a Tada. Ac mae hwnnw'n heneiddio."

"Ti'n cael cyflog, Magi?"

"Dim ffadan beni erioed. Dim ond prynu rhyw ddilledyn go neis at achlysur sbesial. Amsar cynhebrwng Mam ddeg mlynadd yn ôl ges i ddillad newydd ddwytha."

"Paid â deud! Mi wyt ti'n wirion iawn, cofia."

"Ma'r lle 'ma'n suddo mewn dyledion, Luned. Fasa gin i

ddim gwynab i ofyn i Tada am geiniog. Gweithio am ddim adra dw i i fod i neud, er Duw a ŵyr be ma Tom yn neud efo'i bres o. Gwario nhw yn nhafarna Meirion a Môn, m'wn."

Ar hynny clywsant forio canu yn nesáu at y tŷ o waelodion y caeau. Taflodd Magi foncyff onnen arall ar y tân a thoc clywyd cliced y drws yn codi. Daeth Tom a Ianto i'r tŷ a'u hwynebau'n sgleinio gan lawenydd. Gwnaeth Magi frechdan gig flasus i'r ddau a phanad go gryf. Bu tipyn o fân siarad am gymdeithas felys y dafarn, wedyn dyma Ianto yn gwneud llygaid bach ar Magi ac yn nodio at y grisiau. Cododd a gafael yn ei llaw a dilynodd hithau ef a sêr serch yn ei llygaid mawr glas. Doedd gan Luned ddim Obadeia i ba lofft roedd y ddau wedi mynd, a'r unig ddewis iddi oedd aros yn y gegin yng nghwmni Tom. Sut gallai hi ddal pen rheswm efo un mor surbwch? meddyliodd.

Doedd dim angen iddi boeni am hynny. Roedd y clymau ar dafod Tom wedi eu hiro'n go dda yn Ty'n Porth. Eisteddodd wrth ei hochr. Symudodd Luned cyn belled ag y medrai oddi wrtho gan wasgu'i hun i mewn i'r clustog esmwyth du. Gallai arogli'r cwrw ar ei wynt sur.

"Sdim isio iti fod fy ofn i, wsti."

"Dydw i ddim dy ofn di, Tom, dim ond yn byhafio fel y basa pob hogan ifanc yn neud efo dyn sy 'di bod yn yfad."

"Ti'n awgrymu 'mod i 'di meddwi? Tri pheint bach i ddathlu'r Calan – dyna'r cwbwl ges i. Tasa Ianto wedi cael 'i ffordd mi fasan ni'n dal i lawr yna."

"Hy, digon hawdd rhoi'r bai ar Ianto. Rhyw hwntw sy wedi arfar slochian gwinoedd a phob math o sothach yn Ffrainc, yn ôl Huw."

"Sgwn i be fuodd Huw yn neud cyn cael ei anafu?" pryfociodd Tom.

Wnaeth Luned ddim dilyn y trywydd hwnnw. Roedd Tom

wedi closio reit ati ac yn edrych i fyw ei llygaid. Sylwodd Luned ar y glesni yn ei lygaid, yr un llygaid yn union â Huw. Erbyn hyn roedd o'n sownd ynddi ac wedi rhoi ei fraich o amgylch ei hysgwyddau.

"Ew ti'n beth ddel, wsti," meddai.

Teimlai Luned ei chalon yn powndian. Pe bai hi'n sgrechian byddai'n rhaid iddi egluro pam wrth Huw, Ianto, Magi a Gruffudd Williams. Penderfynodd adael i Tom gael ychydig o'i ffordd gan obeithio y byddai'n callio rhywfaint. Bellach roedd un llaw yn mwytho'i bronnau, a'i dafod yn cosi dan ei chlust. Ceisiodd roi hergwd i ffwrdd iddo, ond roedd y crymffast yn llawer rhy gryf. Er ei gwaethaf teimlai Luned ei hun yn cynhyrfu. Doedd neb ar wahân i Huw wedi cyffwrdd ynddi ers blynyddoedd. Credai Tom ei bod yn bodloni ar y sylw a roddai iddi, ac roedd ei law bellach yn chwarae â'i phengliniau. Roedd chwant yn tynhau corff Luned. Ond sut gallai hi adael i frawd meddw ei chariad chwarae â'i chorff ar nos Calan yng nghegin Craig y Garn? Ceisiodd ymresymu ag ef.

"Plis, Tom. Meddylia be fasa Huw'n ei ddeud tasa fo'n digwydd codi."

"Ella basa fo reit ddiolchgar imi am neud yr hyn mae o'n fethu neud."

"Rhag dy gwilydd di! Os na fyhafi di mi sgrechia i dros y tŷ 'ma."

"Go brin – ti'n mwynhau gormod, Luned bach."

Trwy drugaredd clywodd y ddau sŵn traed ar ben y grisiau. Roedd Ianto a Magi'n dod i lawr. Cythrodd Tom i ben pella y sgiw a chododd Luned i sythu'i dillad yn frysiog.

"A be fuoch chi'ch dau yn neud? Ma golwg euog iawn ar Luned," meddai Ianto'n bryfoclyd.

"Trafod Huw," atebodd Luned yn flin.

"Dim ishie iti bwdu, Luned. Paid â becso – dim ond tynnu coes oedd yr hen Ianto."

Roedd sêr disglair yn parhau i fflachio yn llygaid Magi.

Roedd Huw wedi clewtio tipyn ar ôl blinder ceisio cynnal yr hwyl gyda theulu Porth Cenin. Daeth y nyrs eto drannoeth i drin ei glwyfau ac edrychai'n bur galonnog. Erbyn hynny roedd Tom wedi cychwyn i ben ei helynt – ac roedd Luned yn reit falch o hynny gan nad oedd eisiau ei wynebu ar ôl y ffal-di-ral. Roedd hi, Huw, Ianto a Magi yn sipian eu paned dri a Ianto fel arfer yn berwi o syniadau.

"Wyt ti 'di cwpla *Y Werin a'i Theyrnas*, Huw?"

"Naddo wir, dw i ddim wedi cael yr egni na'r cyfle eto."

"Fe gei di 'i fenthyg e, bachan!"

"Sut gythral alla i fenthyg llyfr a finna ddim yn dy weld ti eto, ella am flynyddoedd?"

"Paid ti â bod mor siŵr o 'ny."

"Be ti'n feddwl, Ianto? Ddoi di ddim fyny ffordd 'ma'n fuan eto?"

"Falle wir. Ma Magi a fi 'di dechre… wel ti'n gwbod."

Gwelodd Huw fod wyneb Magi'n fflamgoch.

"Wel yr hen genna powld i ti, Ianto! Dod yr holl ffordd i Langybi dan yr esgus o ymweld â hen gyfaill clwyfedig o filwr, a dechra canlyn 'i chwaer o!"

"Dod i dy weld di oedd y bwriad, ond wyddai Ianto ddim am y wejen 'ma y'ch chi 'di cwato yng Nghraig y Garn ers blynydde."

"Pwy 'di honno?" gofynnodd Huw yn bryfoclyd.

"Magi! Ond edrych, darllena di'r llyfr 'na ac mi wnaiff e

fyd o les i dy syniade di am grefydd a gwleidyddiaeth."

Cychwynnodd Ianto'n blygeiniol drannoeth i ddal y trên ar gyfer y siwrnai faith i Donypandy. Rhybuddiodd Huw: "Dal ati i wella, bachan, a fe fydda i'n ôl 'ma 'to whap i dy weld ti a dy whâr."

– XIII –

Pasg 1919

Ofnai Luned fod Tom yn graddol gymryd lle Huw yn ei bywyd. Daliodd ei lygaid yn oedi fwy nag unwaith ar ei rhai hi yn ystod ei hymweliadau diweddar, a llwyddodd i ddal yr edrychiad cyn cochi mewn cywilydd. Roedd o'n llabwst cryf. Tybed a fyddai o'n gystal carwr â'i frawd iau? Gwthiodd ei meddyliau anllad, dirgel ymhell i gefn ei meddwl.

Doedd Tom ddim yn mynd ar ei deithiau mor aml chwaith. Yr unig esboniad ym meddwl Magi oedd ei fod wedi cymryd ffansi at Luned, ond doedd fiw sôn am hynny rhag ei wylltio'n gacwn. Roedd o'n gwisgo'n daclusach hefyd, yn golchi'i wallt bob nos Wener ac yn siafio ar fore Sadwrn. Roedd graen gwell byth arno bob yn ail Sadwrn, pan yr ail i nôl Luned o Langybi. Roedd hi wedi dechrau ymweld bob pythefnos wrth i'r gwanwyn ymestyn y dyddiau. Poenai hyn Magi. Doedd Tom rioed yn trio rhedeg ei frawd bach? Ond prif bryder Magi o ddigon oedd nad oedd fawr o siâp mendio ar Huw.

Roedd Ianto wedi dechrau ysgrifennu llythyrau serchus at Magi'n rheolaidd. Un bob pythefnos, a chyrhaeddai'n ddi-feth ar fore Mawrth. Treuliai Ianto brynhawn Sul cyfan yn ei gyfansoddi. Doedd Magi'n fawr o sgwenwraig, ac roedd hi'n rhy swil i ofyn i Alis ei helpu efo epistol serch. Roedd Ianto wedi cael gwaith rheolaidd erbyn hyn ym mhwll glo'r Cambrian yng Nghwm Clydach ac wedi trefnu gwyliau iddo'i hun dros y Pasg. Gwahoddodd ei hun eto i Graig y Garn, ac roedd Huw – fel Magi – yn gwirioni wrth feddwl am gael ei groesawu unwaith eto. Disgwyliai Ianto gyrraedd stesion Llangybi ar bnawn dydd Sadwrn cynta Ebrill, a gobeithiai y deuai Tom i'w nôl i'r stesion.

"Rêl hwntw digywilydd," oedd ymateb Tom, ond credai Magi ei fod yntau hefyd, yn ddistaw bach, yn edrych ymlaen at gwmni'r hen Ianto.

Cyrhaeddodd Ianto yn fawr ei dwrw, fel arfer. Trefnasai i fynd i Gaernarfon ddydd Mercher am dipyn o swae ac, wrth gwrs, roedd yn disgwyl i Magi fynd yn gwmpeini iddo. Gruffudd Williams a Tom oedd i gadw llygad ar Huw. Roedd Ianto i gael benthyg beic Tom, a Magi ar ei beic ei hun i fynd lawr i stesion Rynys er mwyn i Ianto gael cip ar y Lôn Goed.

Digwyddai fod yn Ebrill gwanwynol ac roedd yr awel, er yn ffres, yn lled gynnes. Mewn tri chwarter awr roedden nhw ar y trên yn teithio am Gaernarfon.

Roedd Ianto'n benderfynol o gael gweld rhyfeddodau'r hen dref y bu Huw yn sôn cymaint amdani. Y cei, y castell, swyddfeydd y papurau newydd – a chael peintyn bach yn yr Anglesey, cyn cychwyn yn ôl am Graig y Garn. Doedd Magi ddim yn or-frwd i'w ddilyn i'r Anglesey.

"O'n i'n wila 'da rhyw fachan ar y maes, a'r lle gore o ddigon am bryd a chwrw yw'r Anglesey, medde fe."

"Mi fasa rhyw foi'n deud hynny'n basa, ond be taswn i'n digwydd gweld rhywun dw i'n nabod yno?" holodd Magi.

"Pa wahaniaeth? Ddylen nhw ddim bod 'na chwaith. Ma dirwest wedi gafel ynddoch chi lan sha'r north 'ma."

Bu'n rhaid i Magi ddilyn Ianto trwy borth y dafarn. Roedd y cinio'n rhyfeddol o flasus. Yfodd Ianto ddau beint o'r ddiod dywyll cyn i'w gig eidion gyrraedd. Sglaffiodd y pryd yn awchus a chafodd bowlenaid o bwdin bara i ddilyn.

"Ardderchog! Trueni na fydden i ar fy ngwylie bob dydd

o'r flwyddyn, ontefe?"

"Ti 'di byta dy wala, beth bynnag."

"A 'styried taw ond colier bach tlawd ydw i'n ymlafnio drwy fisoedd y gaea heb hyd yn oed gweld yr houl o gwbwl."

"Hy, heb weld gola ddydd? Choelia i fawr, Ianto!"

"Perffaith wir, cwni am bump, tan ddaear am hanner awr 'di whech a dim dod lan 'to nes bod hi'n bedwar y prynhawn. Hynny, cofia di, yng nghanol y dwst brwnt, a'r perchnogion fel arfer yn gwneud eu miliynau ar gefen y werin dlawd."

"Da chi'n gwneud cyfloga lled dda."

"Gwael iawn, Magi fach!"

"Ystyria faint o gyflog ma Tada a Tom yn 'i neud. Dim o gwbl am y rhan fwya o'r flwyddyn."

"Dim? Chreta i mo hynny! Alle neb fyw ar y gwynt."

"Ar y gwynt ma teulu Craig y Garn 'di byw ers cyn co. A Tada druan wedi rhoi cannoedd am 'i ffarm dila ac yn talu'n ôl i'r banc bob dima goch gaiff o wrth werthu anifail."

"Odi hi cynddrwg â hynny ar y creadur… Ond, cofia, mae e a Tom mas yn yr awyr agored a ddim yn gorfod mynd dan ddaear i grafu yn y llwch, a cholli iechyd yn ifanc fel cannoedd yn y Rhondda. A dyw Tom na dy dad ddim yn gweithio'n rhy galed. Dim ond am ambell blwc amser y cynhaea, 'na'i gyd."

"Ti'n iawn, Ianto. Be rydd dyn am iechyd. Edrach ar Huw druan yn nychu yn ei barlwr. Ddoist ti drwy'r rhyfal heb ddim byd ond crafiad. Mi oedd hanas Huw'n bur wahanol. Faint o amsar ti'n feddwl sy gynno fo eto?"

"Chydig o flynydde ar y gore. Smo fe'n gwella, yw e?"

"Hiwi bach." meddai Magi gan ochneidio. "Dw i'n teimlo dros Luned hefyd. Mae hi 'di aros blynyddoedd amdano fo. Dw i'n arswydo wrth feddwl be sy'n digwydd i'r ddau. Tom yn llygadu Luned a Huw druan yn graddol farw."

"Tom ar ôl Luned? Diddorol. Os gobeth 'da fe?"

"Dim tra bydd Huw yn fyw. Ond ma arna i ofn fod y diciâu felltith arno fo. Sut byddwn ni'n gallu dygymod â hynny, does neb ar y ddaear 'ma'n gwbod."

Talodd Ianto am y cinio a'r cwrw. Teimlai Magi'n reit bwysig yn cerdded o'r Anglesey allan i wynt Aber Menai. Aethant i fyny at y Castell a cherdded ei furiau. Crwydrodd meddwl Magi i ystyried pam y bu i Ianto ei holi gymaint. Doedd o'n gwybod dim am y Fagi a fu'n byw fel alltud unig yng Nghraig y Garn ers pymtheg mlynedd bron. Prin y gwelodd hi ŵr ifanc ers gadael yr ysgol. Yr unig gyfle gâi Magi i ymlacio oedd Capel Helyg, marchnad Pwllheli a ffair bentymor.

Cyrhaeddodd y ddau'n ôl i Graig y Garn tua chwech, a Tom, Gruffudd Williams – a hyd yn oed Huw – yn bur ddrwg eu hwyl am iddynt gael eu gadael am ddiwrnod cyfa heb ofal merch.

Daeth Luned i Graig y Garn yn ôl ei harfer y Sadwrn dilynol. Sylwodd hi fod Tom unwaith eto'n aros amdani'n brydlon ar groeslon yr Efail. Petai hi'n onest â hi ei hun, byddai'n cyfaddef ei bod yn edrych ymlaen fwyfwy bob pythefnos at ei weld. Roedd Huw'n gwaelu, ac er ei bod yn ei garu doedd hi ddim bellach yn ei chwantu. Oedai ei llaw ar law Tom wrth ddringo i'r drol. Roedd hi mewn penbleth, a'r dryswch a'r poeni diddiwedd am Huw a'i dyfodol yn ei blino'n lân.

Ar ôl swper hudodd Tom ei gyfaill i lawr i Dy'n Porth, er nad oedd hynny'n fawr o waith! Rhybuddiodd Magi'r ddau i beidio â bod yn hwyr.

"Gytre cyn hanner awr wedi naw, addo. Bydd Mrs

Williams yn cau'r bar am naw whap," atebodd Ianto.

Ni allai Luned atal ei hun rhag gwneud llygaid llo bach ar Tom. Gwyddai hefyd bod Magi wedi ei gweld.

Eisteddodd y ddwy o flaen tanllwyth y gegin a gadael llonydd i Huw bendwmpian yn ei barlwr.

"Paid â 'ngadael i ar 'mhen fy hun efo Tom heno, Magi."

"Duwcs, ti rioed 'i ofn o?"

"Nac 'dw, mwy o ofn fi fy hun. Mi drïodd o fi Dolig a fuodd ond y dim i mi ildio. Sôn am gywilydd!"

"Ia, cywilydd faswn inna'n ddeud, a Huw druan mor wantan. Ti cystal â chynnig dy hun iddo fo."

"Ti'n gwbod dim amdani, Magi. Dw i'n ysu am ddyn bob nos ers tair blynadd bellach."

"Dw i rioed 'di cael dyn, Luned. Ac mae Ianto'n chwa o awyr iach yn yr hen ffarm 'ma."

"Dw i ddim yn meddwl y gwneith Huw byth fendio. A be wna i wedyn, dŵad?"

"Tasa fo'n ama am eiliad bod 'i frawd mawr o'n trio'i redag o, fasa fo byth dragwyddol yn mendio. Dim ond Doctor Llanaelhaearn fedrith ddeud wrthon ni faint o siawns gwella sy gan Huw. A phwy sy'n ddigon dewr i'w holi fo?"

"Ia, mae o'n medru bod reit blaen 'i dafod weithia."

"Dw i ffansi mynd â Huw i lawr i Bwllheli i'r tai newydd mae Solomon Andrews wedi'u codi ar y traeth. Mae 'na Demprans bach yno, a fasa pythefnos ym mis Mai ddim yn costio lot."

"Ti'n meddwl basa fo'n cytuno?"

"Efo cefnogaeth gennot ti, basa."

"Mi wna inna roi pres i ti at y llety, ac mi allwn i'ch cyfarfod chi, neu chi ddŵad i Lanbedrog ar y tram ataf fi."

Aeth y mân siarad ymlaen am sbel go lew wedyn. Roedd Magi'n bur ddigalon ynglŷn â'i gobeithion am ddyfodol.

"Duwcs, pa ferch gall fasa isio cau'i hun i fyny yn fa'ma yng Nghraig y Garn? A pha ddyn call fasa isio priodi un mor hyll a di-siâp â fi?"

"Gwranda, Magi, dwyt ti ddim yn hyll na di-siâp. Ac mae hwntws yn gneud petha digon gwirion yn amal!"

Toc clywyd y dynion yn straffaglu am y tŷ. Aeth Magi i wneud brechdan a phanad i geisio sobri tipyn ar y ddau. Ianto oedd y gwiriona, yn rwdlan am ba mor serchus oedd Magi. Doedd Tom ddim hanner mor siaradus, ond gwyddai Magi mai dyma pryd roedd o fwya chwil. Eisteddai ger y tân, ei wyneb yn fflamgoch a gwên hanner pan ar ei wyneb.

Yfodd y ddau eu paneidiau a llyncu'r brechdanau caws. Wedyn dyma Ianto'n annog Magi i ddod allan am dro i edrych ar lewyrch y lleuad ar y môr ym mae Cricieth.

"Dyw pwt o hwntw fel fi ddim yn gweld rhyfeddode fel hyn o gwm cul y Pandy. Mae duwch y tipie'n llethu'r lle. Dere, Magi. Chwarter awr fach – ac mae hi mor fwyn mas."

Ddyliai hi fentro gadael Luned nwydus ar ei phen ei hun gyda'i brawd hanner meddw tybed, meddyliodd Magi. Ond wedyn, doedd Ianto ddim o gwmpas bob penwythnos... Byddai'n rhaid i Luned ofalu amdani ei hun. Rhoddodd olwg fygythiol i Tom.

Atebodd Tom honno'n wawdlyd gyda gwên.

Arweiniodd Ianto ei annwyl Fagi allan i fuarth y fferm. Suddodd calon Luned pan welodd ei bod wedi ei gadael ar drugaredd Tom. Beth wnâi hi? Ffoi am ddiogelwch y parlwr a deffro Huw o gwsg anesmwyth, neu aros efo Tom? Penderfynodd aros, a cheisio creu sgwrs naturiol.

"Oedd hi'n go fywiog tua'r Ty'n Porth 'na?"

"'Run rhai, Luned. 'Run rhai. Ond diawl, mae Ianto'n hael. Peintia'n ymddangos o bob man, a'r hen Mrs Williams yn ei gwaith yn cario inni. Fynta'n mynnu talu am y cwbwl."

"Phrynist ti'r un peint drwy gyda'r nos?"

"I be 'nawn i hynny, a Ianto'n talu? Gwell i mi gadw'r pres at nos Sadwrn nesa. Ga i ddŵad i ista atat ti? Ti'n edrach mor ddel."

"Mi fethist ti fyhafio dros Dolig."

"Oeddat ti isio i mi fyhafio, tybad? Heblaw bod Magi a Ianto 'di dŵad i lawr o'r llofft, mi fasa ni'n dau 'di cael hwyl dda iawn."

"A difaru am byth wedyn."

"Wneith Huw ddim mendio, wsti."

"Paid â deud peth fel 'na – a sut wyt ti mor siŵr o dy betha beth bynnag?"

"Mi ydw i'n reit saff o 'mhetha, creda ti fi. Tasa 'na rwbath yn digwydd i Huw mi priodwn i di a rhoi ocsiwn ar yr hen le 'ma."

"A be am dy dad a Magi?"

"Ella bydd Magi'n iawn efo Ianto, a wnaiff Tada ddim byw am byth."

"Iesgob, mi wyt ti'n un calad!"

"Dim calad, ond un sy'n edrach yn onast ar betha. Ma gas gin i'r hen le 'ma, a dw i'n casáu ffarmio'n fwy fyth. Pa lanc ifanc fasa isio cau'i hun mewn rhyw anialwch fel Craig y Garn am byth?"

"Mae o'n lle tlws iawn, a distaw."

"Ofnadwy o anghysball faswn i'n ddeud."

Ar hyn dyma ddrws y llofft yn agor a phen llwydaidd Huw'n rhythu trwyddo. Gwisgai ei ŵn nos a phwysai'n drwm ar ei ffon.

"Meddwl 'mod i'n clywad lleisia."

"'Mond Tom a fi, Huw. Tyd, mi swatia i di'n ôl yn y gwely bach 'na cyn i ti gael andros o annwyd. Mae hi'n hen bryd i bobol gall fod yn eu gwlâu."

"Dw i 'di aros yn 'y ngwely am dair blynadd, ac i fawr bwrpas." grwgnachodd Huw.

"Tyd, Huw, mi helpa i Luned i dy roi yn dy wely." meddai Tom.

Ar hynny dyma cliciad drws y gegin yn agor a daeth pen llawen Magi i'r golwg. Roedd yn gwbl amlwg fod o leia un yng Nghraig y Garn wedi cael ei phlesio y noson honno.

Roedd Ianto'n gorfod ei throi hi'n ôl i lawr i'r de ar ôl ei wyliau, ond cyn mynd roedd o'n benderfynol o gael sgwrs go iawn efo Huw. Daeth ei gyfle fore trannoeth pan oedd Huw yn llawer mwy hwyliog nag arfer, ac wedi mentro allan i'r buarth. Pwysai ar giât y gadlas yn edrych yn hiraethus i lawr at y môr. Aeth Ianto ato a sefyll wrth ei ochr. Gwrandawodd y ddau ar gân yr adar.

"Tipyn mwy heddychlon na Dyffryn y Somme, achan. Doedd 'na ddim mwyalchen na chornchwiglen yn tiwnio a sgrechian yn fa'no," meddai Huw.

"Y gynnau mawr oedd wedi hala ofan arnyn nhw i gyd. A hala ofan ar y bechgyn 'fyd, neu'u lladd a'u clwyfo nhw. Dyna i ti oferedd rhyfel. Nawr te, be oeddet ti'n feddwl o *Y Werin a'i Theyrnas,* y llyfr fenthyces i ti?"

"Ia, y llyfr hwnnw. Deud calon y gwir, achan. Ond sut ma perswadio gwerin Arfon pan ma nhw wedi hurtio ar ryddfrydiaeth feddal Lloyd George a'i debyg? Dydi'r capeli hyd yn oed ddim yn gweld y gola. Dw i 'di bod yn dadla efo'r gweinidog – hwntw ydi hwnnw hefyd – ac ma gynno fo lot o gydymdeimlad efo'r farn yn erbyn rhyfal, ond dwn i ddim be am sosialaeth, chwaith."

"O, mi ddewch chi o hyd i'r gole ffordd hyn hefyd rywbryd, sbo. Gei di weld. Pan ddaw bechgyn y chwareli i ddechre deall egwyddorion sosialaeth bydd hi 'di cwpla ar y Liberals, a dyw'r dydd hwnnw ddim yn bell."

"Beth am y gweision ar y ffermydd?"

"Dilyn wnewn nhw. Dilyn y tân ddaw o'r diwydianne trymion."

"Cha i byth weld hynny rŵan."

"Pwy ŵyr a ga i, hyd yn oed, weld hynny? Ond fi'n llawn ffydd. Ymlan y mae Canaan, Huw."

"A ti'n mynd 'nôl i'r sowth 'na fory?"

"Odw i. Gwaith yn galw, ond fe ddo i'n ôl 'to. Unweth daw'r haf."

"Magi 'di'r fagned rŵan, te?"

"Ie, ma hi'n shwt fenyw ffein, yn byrlymu o garedigrwydd a chariad."

"Diolch byth fod ti 'di dŵad yma, neu hen ferch fasa hi am byth, beryg."

"Dwli."

Bu'n rhaid i'r ddau newid eu sgwrs yn gyflym gan fod Magi a Luned wedi dŵad draw i weld beth oedd hanes y bechgyn.

"Ar berwyl drwg ma'r ddau ohonyn nhw, Luned. Ma golwg euog arnoch chi."

Chwarddodd Huw a Ianto'n braf a gwneud lle i'r ddwy ddod i bwyso rhyngddynt ar giât y gadlas.

Trannoeth diflannodd Luned am Lŷn a Ianto i Donypandy.

– XIV –

Tom ym Môn

Daliodd Tom y trên yn blygeiniol fore Llun am y Felinheli.
Ffoi unwaith eto o fyd pobol i'r byd yr oedd o fwyaf
cyfarwydd a bodlon ynddo – byd gwella anifeiliaid a gwerthu'r
eli gwyrthiol. Roedd Tom yn cicio'i hun. Pam ei fod o'n
methu bob gafael â chael hwyl arni efo Luned? Dyma'r unig
ferch iddo wirioni'n bot amdani erioed, a gwyddai ei bod
hithau'n ei ffansïo yntau. Bob tro roedd o'n dechrau arni deuai
rhywbeth i'w rwystro. A dyma fo'n troi'n ôl at brif ddileit ei
fywyd – trampio ffermydd a Pero wrth ei gwt. Ond mi gâi o
'i gyfle efo Luned. Teimlai'n sicr o hynny.

Bu'n cerdded ffermydd Môn am dridiau, a doedden nhw
ddim wedi bod yn dridiau da. Doedd o ond wedi gwerthu
tri photyn o'r eli. Coron yr un. Prin ddigon i'w gadw
mewn cwrw. Erbyn bore Mercher teimlai'n ddiawledig o
sychedig.

Pam y syched parhaus 'ma? Roedd brawd ei dad wedi troi'n
ddyn ofer. Gwario'i bres i gyd yn nhafarnau Pwllheli a chysgu
mewn tai allan. Roedd o wedi rhynnu i farwolaeth cyn bod
yn hanner cant oed. Ei ffendio fo'n gorffyn rhewllyd yn un o
stablau tafarn Penlan Fawr. Dyna'r drwg efo'r teulu ochr ei dad
– doeddan nhw'n methu gwneud dim yn gymedrol. Roedd
ei dad wedi gwirioni efo capel Sardis, dim efo egwyddorion
crefydd, ond efo adeilad – gwirioni ar frics a mortar. Ella mai
fo Tom oedd y calla, yn gwirioni ar yfad cwrw.

Dyma fo yng ngheg y lôn drol a arweiniai i lawr at Tyddyn

Haint. Yn ôl y sôn, roedd caseg werthfawr yma efo clamp o ddafaden wyllt dan ei chlust. Gwnaeth yn siŵr bod y potiau i gyd yn ei sgrepan cyn ei chychwyn hi'n dalog i lawr at y fferm. Trotiai Pero wrth ei ochr gan ysgwyd ei gynffon yn jarff i gyd.

Doedd dim golwg o neb o gwmpas y beudai ac aeth Tom i'r stabal i gael cip sydyn ar y gaseg, gan edrych yn ofalus ar y dolur. Roedd o'n andros o hen beth hegar, ond dim tu hwnt i wellhad. Roedd o wedi codi 'geinia o rai tebyg yn bur ddiweddar. Bechod, caseg ifanc deirblwydd oed.

Aeth am y tŷ a Pero'n sgrialu'r ieir i bob cyfeiriad. Cnociodd yn uchel, a thoc daeth gwraig ganol oed i ateb. Roedd hi'n reit smart ond yn dechra camu.

"Ydi mistar i mewn, misus?"

"Nag di siŵr, ar bnawn Merchar."

"Lle mae o 'ta?"

"Ym marchnad Llangefni. A ddaw o ddim yn 'i ôl tan ar ôl godro yn saff i chi. Fi sy'n gorod gneud pen tryma'r gwaith i gyd yn yr hen le 'ma."

"Doedd o ddim yn gwbod 'mod i'n dŵad yma pnawn 'ma? Tom – Dafad Wyllt – o Langybi."

"Mi fuodd yn damio amsar cinio 'i fod o wedi bod yn disgwyl rhyw ddyn dafad wyllt drw'r bora, ond fasa 'na ddim byd yn 'i stopio fo rhag mynd i jolihoitio ar bnawn Merchar."

"Wel waeth i mi ei thrin hi gan 'mod i yma. Mi ydw i wedi gweld y gasag yn barod. Allwch chi ddŵad â dŵr berwedig i mi, a thocyn o glytia glân a thipyn o ddisinffectant."

"Rhowch bum munud i mi. Gwenno ydi enw'r gasag os ydi hynny rywfaint o help."

"Help bob amsar gwbod enw anifail, tydi, Pero?"

Dychwelodd Tom a Pero i'r stabal. "Mi fasa'n help tasa

ti'n cael bwyd, yn basa Gwenno fach. Yli, mi a' i i fyny'r ysgol 'na i lofft yr ŷd i chwilio am dipyn o haidd i ti," meddai Tom yn fwyn.

Clymodd Pero'n ofalus wrth ei dennyn yng nghornel bella'r stabal.

Cafodd Tom afael ar fwced a'i llenwi. Daeth i lawr yn araf a'i gwagio i finsiar Gwenno. Dechreuodd honno gnoi'n awchus gan roi cyfle i Tom archwilio'r dolur yn fanwl.

Cyn pen dim roedd gwraig y fferm yn y stabal hefo pwcedaid o ddŵr berwedig a photel fach o ddiheintydd ym mhoced ei brat.

"Ma hi i'w gweld yn reit llonydd, Tom. Mae'n siŵr bod gynnoch chi ffordd efo anifeiliaid."

"Haws o lawar i'w trin na sawl person."

"Dach chi rioed yn deud, Tom. Ond synnwn daten nag ydach chi'n berffaith iawn."

Pam gebyst oedd y wraig 'ma'n mynnu ei alw'n Tom bob gafael? Doedd hi rioed ei ffansïo? Ella'i bod hi wedi cael llond bol ar fywyd unig yn Nhyddyn Haint efo'i gŵr calad.

"Reit ta, dowch â'r bwced 'na'n nes a stynnwch glwt neu ddau i mi gael golchi'r briwia'n lân. Rhowch fymryn o'r disinffectant ynddo fo hefyd."

Gwnaeth y wraig hynny a chlywyd ogla'r diheintydd, yn gymysg â thail y stabal. Gwingodd Gwenno rhyw fymryn wrth i Tom ddechra golchi'r dolur.

"'Na ti, Gwenno bach. Ma hwnna'n reit lân rŵan. Dydi'r boen go iawn ddim 'di dechra eto. Stynnwch botyn eli o'r sgrepan ar y postyn pella 'na, Misus."

"Iawn, Tom, ond galwch fi'n Elsi."

"Olreit Misus, Elsi."

Daeth Elsi â'r potyn iddo, a chafodd Tom gip go iawn

arni. Tybiai ei bod tua deng mlynedd yn hŷn nag o, ac ar un adeg mae'n siŵr iddi fod yn dipyn o bishyn. Ond roedd llafur caled yn Nhyddyn Haint wedi gadael ei ôl arni. Gwallt brith cwta a syth, llygaid glas golau, a gwefusau meddal, deniadol. Bronnau pur drymion a chluniau llydan cryf.

Agorodd gaead yr eli – eli gwyn efo ogla cry arno oedd o, ogla tebyg iawn i ddanadl poethion. Plannodd Tom ddau fys ei law dde yn yr eli a dechra rhwbio'r dolur dan glust Gwenno yn ysgafn gan weithio'i ffordd at ganol y briw.

"Dyna ti, Gwenno bach. Dydi o'n brifo fawr ddim, nag ydi."

Daliodd i rwbio'n ysgafn nes cyrraedd y canol. Yna dechreuodd y gaseg wingo a gweryru yn ei phoen. Daliodd Tom ati'n amyneddgar, a'r wraig yn dal i rythu arno mewn edmygedd. Ar ôl rhyw chwarter awr roedd Tom wedi gorffen y driniaeth.

"Mi fydd hi'n iawn rŵan, Misus, ond mi fydd raid i chi neu'r gŵr ddal efo'r driniaeth bob bora am tua wsnos. Mi ddylia hi ddechra mendio erbyn hynny. Mi adawa i'r pot ichi. Dydi o'n costio dim ond coron."

Ddeudodd Elsi ddim byd, dim ond gwadd Tom i'r tŷ am baned o de a chyfle i olchi'i ddwylo.

Rhoddodd hi'r tegell i ferwi ar ymyl y tân cyn holi, "Gymrwch chi frechdan, Tom, a thamaid o gaws neu jam efo hi?"

"Cymra'n duwcs; ma'r hen eli 'na 'ngwneud i reit lwglyd bob tro y bydda i'n potsio efo fo. Caws fasa ora gen i."

"Dyna chi ta, Tom, mi gawn ni'r te bach 'ma wrth y bwrdd o flaen y tân."

Daeth Tom o'r gegin gefn a'i ddwylo'n drewi o sebon. Sylwodd yn syth ar glamp o lun o Lloyd George uwchben y grât.

"Pobol Lloyd George eto, myn diawl. Liberals ydach chi i gyd yn Sir Fôn 'ma."

"Y gŵr, mi allwch fentro. Yn 'i ganmol o i'r cymyla am ennill y rhyfal a rhoi pres ym mhocedi'r ffarmwrs tra parodd o."

"Mi barodd yn ddigon hir – rhy hir i lot ohonan ni. Ma 'mrawd bach i yn marw adra, ar ôl cael ei anafu yn y Somme."

"Marw? Sut dach chi'n deud hynny, Tom?"

"Wneith o ddim mendio. Mi wn i a phawb sydd â llygaid i weld hynny. Mae pawb rhywsut ag ofn wynebu'r gwir. Ydach chitha'n ddynas Lloyd George?"

"Go brin. Fydda i ddim yn berwi efo politics."

Ar ôl gorffen y te, dywedodd Elsi y byddai'n rhaid iddi fynd am y beudy i wneud y godro. Dilynodd Tom hi gan ddisgwyl am ei dâl am yr eli. Roedd hi'n llwyd dywyll erbyn hyn a dyma'r wraig yn cynnau lantar cyn rhoi gwair i'r gwartheg i geisio'u llonyddu cyn y godro. Cyfrodd Tom bymtheg o wartheg duon Cymreig cyn dilyn y wraig i'r tŷ gwair tu ôl i'r beudy. Roedd y wraig yn brysur yn hel picwarchiad o'r gwair ac yn ymdrechu i'w godi. Aeth Tom draw i'w helpu. Cydiodd yn y bicwarch a theimlodd Elsi'n ei dynnu. Baglodd y ddau ar draws coes y bicwarch a syrthio i ganol y gwair esmwyth, meddal. Gwenodd Elsi'n ddireidus arno yng ngolau pŵl y lantar, a thynnu ei llaw'n ysgafn dros gyffiniau ei falog.

"Dewch yn eich blaen ta, Tom, i mi gael gweld be sgynnoch chi."

Doedd dim angen rhagor o anogaeth arno. Tynnodd hi ato gan deimlo'i bronnau trymion, ac roedd hithau wedi llwyddo i agor ei falog ac yn byseddu'i bidlan galed. Cododd o ei ffrog laes dywyll gan syllu'n fanylach ar ei chluniau llydan yng ngolau egwan y lantarn. Daeth chwa o wynt hegar o rywle a diffodd y lantarn a hongiai ar bostyn y tŷ gwair. Roedd hi'n dywyll fel y fagddu rŵan, ond doedd dim angen golau i gyflawni chwantau'r cnawd. Dychrynodd Tom braidd. Roedd Elsi wedi symud ei chorff trwm ac yn gorwedd ar ei hytraws a'i gwefusau'n sugno ar ei bastwn a llaw rydd yn cwpanu'i geilliau. Doedd dim chwinciad bron nad oedd o'n dŵad i'w cheg agored, flysiog. Ochneidiodd yn ddwfn mewn rhyddhad.

"Gobeithio y medrwch chi wneud hynna eto, Tom," sibrydodd Elsi o'r mwrllwch.

"Rhowch funud neu ddau imi."

Tro Tom oedd hi rŵan i fwytho'r llwynau llydain, ac roedd Elsi'n ei annog i frysio ond cymerodd Tom ei amser i'w thiwnio at ddibyn ei gorfoledd. Gwyddai fod yntau'n barod erbyn hyn. Yna llithrodd i mewn i'w chorff. Roedd gweflau ei dirgelwch yn gwasgu ar ei ddyndod. Symudai'n awchus oddi tano, ond daliai Tom ei hun yn ôl; daliai fel llew nes ei fod ar fin ffrwydro. Yna ildiodd gan deimlo Elsi'n crynu ar benllanw pleser.

Gorweddodd Elsi'n berffaith llonydd am tua deng munud yn adennill ei hegni. Yna cododd yn sydyn.

"Mi ydach chi'n dipyn o dderyn, Tom. Well imi frysio at y godro rŵan neu mi fydd mistar yn ei ôl a finna heb orffan."

"Mi ydach chi 'i ofn o, tydach?"

"Ma'i ddyrna fo reit hegar, yn enwedig ar ôl cael boliad o gwrw. Gweld bai ar bopeth a gwerthfawrogi dim."

"Dewch, mi helpa i chi efo'r godro ac wedyn mi a' i draw i Langefni i ofyn am fy mhres. Lle bydd o'n yfad?"

"Yn y Bull fel arfar, ond mi fyddwch chi'n lwcus i gael dim o'i groen calad o."

"Hy, gawn ni weld am hynny!"

Ymhen rhyw awr roedd y godro wedi'i orffen. Aeth Tom i'r stabal i nôl Pero a chael disgrifiad manwl gan Elsi o bryd a gwedd ei gŵr.

"Mae o'n llabwst mawr, a phawb yn 'i alw fo'n Wil Tyddyn Haint. Fedrwch chi ddim peidio â'i nabod o."

Cwta ddwy filltir oedd o Dyddyn Haint i ganol Llangefni. Gwyddai Tom y byddai'n siŵr o nabod Wil pe bai o wedi cychwyn ar ei ffordd am adref. Doedd dim golwg o neb ar y ffordd. Aeth Tom yn syth i'r dafarn a Phero'n trotian yn ddiddig wrth ei ochr. Roedd y bar mawr yn byrlymu o ffarmwrs hanner meddw a Wil Tyddyn Haint yn uwch ei gloch na neb. Archebodd Tom beint a chynllunio sut i gael gair efo Wil.

Gwelodd ei gyfle pan aeth hwnnw i'r tŷ bach. Aeth Tom ar ei ôl a Phero'n dal wrth ei sawdl. Pan oedd Wil ar ei ffordd allan, dyma Tom yn cyflwyno'i hun iddo.

"Fi ydi dyn y ddafad wyllt. Dw i newydd fod acw yn trin Gwenno a gadael potyn o'r eli i'ch gwraig. Ma arnoch chi goron i mi."

"Chdi ydi'r llymbar y buis i'n gwitiad amdano fo drw'r bora, felly. Sa well iti ddeud ma chdi sy ag arnat ti goron yn ddyledus i mi. Dos o'r ffordd i mi gael mynd i orffan fy mheint."

Safodd Tom ei dir yn y cyntedd cul. "Mi faswn i'n deud bod gynnoch chi reitiach petha i'w gneud efo'ch pres. Gneud yr hyn sy'n anrhydeddus." meddai Tom gan sgwario.

"A be 'di hynny, felly?"

"Talu'ch dylad i mi yn un peth, a thrin eich gwraig yn well."

Roedd Wil Tyddyn Haint yn graddol fyllio a'r mwnci eisoes yn trio dŵad allan o'r cratsh. Gwelodd Pero yn glynu'n ffyddlon wrth droed ei feistr ac anelodd gic ffiaidd at yr hen

96

gi. Derbyniodd yntau'r gic yng nghanol ei 'senna cyn rhuthro am goes Wil, codi'i wrychyn a chwyrnu'n fygythiol. Roedd Wil Tyddyn Haint yn griddfan mewn poen. Llwyddodd i weiddi, "Helpwch fi, hogia!"

Daeth tri o grymffastiau cydnerth o'r bar a dechra pwnio Tom ym mhobman o'i ben i'w sodla. Cyn pen chwinciad roedd Tom yn gorffyn diymadferth ar lawr y cyntedd a'r hogia'n ôl yn y bar fel petai dim byd wedi digwydd. Aeth yr yfed a'r lolian yn ei flaen, a'r lle yn un gyfeddach swnllyd. Daeth gwraig y dafarn at Tom o'r diwedd, a'i helpu i ddod trwodd i'r gegin.

"Dydi hyn yn ddim byd newydd ar noson marchnad, 'wchi. Y cwrw'n siarad, ac maen nhw'n arbennig o hoff o bigo ar rywun diarth. Mi fyddwch wedi dŵad atoch ych hun erbyn bora fory. Sgynnoch chi lojing am y nos?"

Ysgydwodd Tom ei ben.

"Hidiwch befo. Mi wna i wely ichi ac mi gewch chi aros yma am ddim heno."

Diolchodd Tom i'r landledi. Cafodd rymyn bach i'w gynhesu ac wedyn llusgodd ei hun i'r llofft.

Pan ddeffrodd drannoeth roedd golwg y fall arno – dau lygad du anferth a'i asennau a'i geilliau'n un ing o boen. Sylwodd fod Pero yn swatio'n ufudd wrth droed y gwely. Byddai'n rhaid iddo drio ei chychwyn hi'n ôl am Eifionydd. Ceisiodd godi, ond prin y medrai roi unrhyw bwysau ar ei goes chwith. Toc daeth morwyn y Bull i fyny – roedd y sioc yn amlwg ar ei hwyneb pan welodd yr olwg oedd ar Tom.

"Iesgob, ma rhywun wedi rhoi sgeg go iawn ichi neithiwr! Ewch chi i nunlla'n bell o'r Bull 'ma heddiw. Rhoswch yma – mi a' i i nôl panad o de ichi ac mi ga i air efo Mrs Jones."

Byddai'n rhaid i Tom aros am noson ychwanegol yn y Bull, a thalu amdani. Dyna'i goron ddwytha'n mynd i ebargofiant, a'r potiau eli'n un pentwr yn y sgrepan ar gefn y drws. Byddai'n rhaid iddo ofyn i'r forwyn ollwng Pero i'r cefnau am ryw awran hefyd. Roedd ei wythnos yn gorffen yn waeth na'i dechrau.

Dechreuodd feddwl am Elsi a'r gaseg ddolurus yn Nhyddyn Haint. Wnaeth o rioed feddwl y gallai ei gŵr fod yn gymaint o hen gythral creulon. Bron nad oedd o'n gobeithio na fuasai'r gaseg yn mendio, ond allai o fyth ddymuno poen i unrhyw anifail.

Wrth nyrsio'i glwyfau yn y Bull, crwydrodd meddwl Tom at Huw a'i ddioddefaint o ers blynyddoedd. Byddai'n rhaid iddo ddysgu cydymdeimlo mwy efo fo. Anaml y byddai'n cael cymaint o ail ar ei grwydradau, ond mi gafodd o un pleser nefolaidd neithiwr a fedrai neb ddwyn yr atgof am hwnnw oddi arno.

Aeth ei feddyliau'n naturiol at Luned. Byddai'n llawer mwy cyfrwys y tro nesa wrth geisio ennill ei serch hi. Caffed amynedd ei pherffaith ffordd, meddai'r Beibl. Yn y cyfamser, byddai'n rhaid iddo fodloni byw ar ddwyn pleserau'r cnawd wrth gyfarfod â merched rhwystredig fel Elsi druan.

– XV –

Gwyliau, Mai 1919

Roedd Magi'n poeni. Doedd Huw ddim yn gwella fel yr oedd hi wedi gobeithio. Weithiau roedd mewn hwyliau ardderchog, ond dro arall yn ffos ddu anobaith. Allai awel iach Garn Pentyrch ddim rhoi'r gwrid yn ôl ar ei fochau, a doedd bwyd maethlon Craig y Garn ddim yn llwyddo i roi cnawd ar ei ysgwyddau. Byddai'n rhaid dyfeisio rhyw gynllun arall.

Un o brif bynciau trafod yr ardal oedd datblygiadau uchelgeisiol Solomon Andrews ym Mhwllheli. Adeiladwyd tai crand ar y ffrynt, ac ymestynnent draw i gyfeiriad Llanbedrog. Ar un gornel roedd anferth o westy, sef y West End.

Gellid gweld Pwllheli'n eglur o Langybi, ond pur anaml yr âi'r trigolion i'r dref. Dim ond picio ar ddiwrnod marchnad ac i ambell ffair. Roedd Magi wedi cael syniad – beth pe bai Huw a hithau'n mynd am bythefnos o wyliau i Bwllheli ac aros yn un o'r tai newydd? Cerdded y traeth, bwyd wedi'i baratoi iddyn nhw, a chyfle i ymlacio'n llwyr. Temprans, wrth gwrs, ac roedd sôn wedi bod am 'Y Gwalia'. Fyddai prisiau mis Mai ddim yn wirion o ddrud, gyda'r perchnogion yn falch o gael unrhyw fisitors i dalu'r llogau ar eu benthyciadau. Byddai Huw'n siŵr o gytuno am y gallai drefnu i weld Luned yn bur ddidrafferth. Byddai'n rhaid i Tada a Tom glandro drootynt eu hunain am unwaith.

Cafwyd tywydd anghyffredin o wlyb ar ddechrau Mai, a bu Huw'n syllu'n hiraethus trwy ffenest ei barlwr i gyfeiriad y môr. Ar un o'r prynhawniau gwlyb hyn y penderfynodd Magi daflu'r abwyd.

"Fasat ti'n lecio gwyliau bach, Huw?"

"Mi faswn i wrth fy modd. Llandudno ta Aberystwyth? Sut gythral allwn ni fforddio'r fath esmwythyd?"

"Nunlla felly, siŵr. Mynd i aros ar lan y môr ym Mhwllheli am dipyn. Cymryd temprans bach ar y ffrynt. Fasa fo ddim yn rhy ddrud yr adag yma o'r flwyddyn."

Gwelai Magi fod Huw wedi cydio yn yr abwyd.

"Ac mae'n siŵr y basa awyr y môr yn gneud lles i'r hen dagu 'na sy'n dy boeni di."

"Dydi awyr y mynydd ddim wedi gwneud dim lles imi, beth bynnag."

"Wel, be ddeudi di?"

"Iawn, os wyt ti'n fodlon dŵad efo fi. Mi ro i'r pensiwn at gostau'r lojins."

"Ac mi gei di weld Luned yn amlach." Ymlaciodd wyneb Magi yn un wên lydan.

Câi Tom fynd i lawr i'r dre y Mercher canlynol i fwcio'r temprans.

Ar y Sadwrn diwethaf ym Mai roedden nhw'n barod i fynd. Dal y trên o Langybi a'r tram wedyn i demprans y Gwalia. Cafodd Huw ei lapio fel nionyn bach ar gyfer y daith gan nad oedd cynhesrwydd yr haf fyth wedi cyrraedd. Er cychwyn o Graig y Garn am ddeg y bore, doedden nhw ddim yn eistedd yn ffenest ffrynt y Gwalia tan ddau y pnawn.

Edrychodd Huw yn drist ar y glaw yn hyrddio yn erbyn gwydrau'r ffenestri a'r tonnau'n torri'n wyn ar y dwnan. Beth wnâi o fan hyn am bythefnos gron gyfan? Ond cododd ei galon. Câi fynd ar y tram i Lanbedrog ddydd Mercher i weld Luned. A fory âi i glywed y bregeth yng nghapel Penlan am ddeg a chael cinio yn nhŷ ei gyfnither ar sgwâr y stesion wedyn. Ond iesgob, roedd o wedi blino. Syrthiodd i gysgu yn ei gadair. Ddeffrodd o ddim nes clywed y gong swper yn canu'n fyddarol am chwech.

Brysiodd i wisgo'i lifrai filwrol cyn hercian at y bwrdd yn y deining rŵm. Edrychai'r gwesteion eraill yn bur dosturiol arno. Roedd clamp o swper i'r rhai a allai ei stumogi – cawl pys a Welsh Rarebit, ond doedd gan Huw ddim archwaeth at fwyd. Cymerodd rhyw lwyaid neu ddwy o'i gawl a phigo tua hanner ei gaws ar dost. Roedd wedi ymlâdd yn llwyr.

Fore trannoeth disgleiriai'r haul ac roedd Huw wedi deffro'n fore. Ni theimlai ei bod yn weddus gwisgo'i lifrai i fynd i deml cymod. Yn hytrach, gwisgodd ei siwt Sul, a oedd yn ddeg oed ond fawr gwaeth na newydd. Daliodd Magi ac yntau'r tram o'r West End i Lower Cardiff Road. Fu'r ddau fawr o dro wedyn yn ei gwneud hi am gapel Penlan er bod Huw yn gorfod hercian.

Capel mawr a'r haul yn sgleinio drwy'r ffenestri oedd Penlan. Cafwyd cynulleidfa barchus ar draws y cant, a chanu cynnes. Canwyd emyn enwog Eifion Wyn cyn y bregeth, 'Efengyl tangnefedd o rhed dros y byd'.

Gweinidog o Borthmadog oedd yn gwasanaethu, a chododd ei destun o efengyl Luc: "Mab y dyn pan ddêl, a gaiff efe ffydd ar y ddaear."

Roedd angerdd ym mhererasiwn cloi'r gweinidog.

"Dyma ninnau wedi cael pum mlynedd o ddyddiau Herod. Gwelsom rwysg yr anwir a chawsom olwg ar lwybrau dychrynllyd yng nglyn cysgod angau. Clywsom ochain a gweld dagrau Rahel yn wylo am ei phlant."

Cytunai Huw â phob gair. Ond gwyddai beth fyddai ymateb Ianto i'r bregeth. "Hawdd iawn disgrifio mor ofer ydi rhyfel. Ond beth yw ateb dy weinidog di?" Medrid gofidio am ddinistr rhyfel, ond rhyw ddydd bydd angen ateb i gweryl y cenhedloedd, meddyliai Huw. Ni allai'r byd fyth eto fforddio anfon y miloedd i ryfel fel yr un a oedd newydd orffen.

Croesawyd rhai ymwelwyr ar ddiwedd yr oedfa ac roedd Huw a Magi ymysg y rhai hynny.

"Aelodau ydynt yn hen eglwys enwog Capel Helyg, a Huw Williams wedi cael ei glwyfo yn y drin y clywyd sôn mor ardderchog amdani gan ein cennad y bore 'ma," meddai'r diacon. Bu cryn ysgwyd llaw, ac wedyn aeth Huw a Magi draw i dŷ Bet eu cyfnither am ginio Sul.

Llusgodd y Llun a'r Mawrth heibio ac ymddangosai'r tywydd fel pe bai wedi setlo. Ysai Huw am i'r Mercher gyrraedd iddo gael gweld ei annwyl Luned yn Llanbedrog. Dywedodd Magi nos Fawrth ei bod wedi penderfynu peidio â dŵad efo fo trannoeth. Roedd hi am fynd i'r farchnad i browla, a doedd dim lle i gwsberan efo dau gariad. Ceisiodd Huw brotestio ond roedd Magi wedi penderfynu.

Aeth Huw i ddal y tram i Lanbedrog o flaen y West End yn brydlon am hanner dydd. Daeth y tram a gwasgodd Huw y grôt am y daith i law'r gyrrwr. Doedd fawr neb ar y tram, dim ond rhyw dair boneddiges go grand. Doedd heidiau'r haf heb gyrraedd eto. Gwrandawodd Huw ar sgwrs y merched. Gallai ddeall Saesneg yn weddol, ond roedd ei fynegiant llafar yn anobeithiol. Cytundeb Versailles oedd testun eu sgwrs. Roedd gwrid yng ngwyneb y dewa o'r tair wrth iddi ganmol llymder gwledydd buddugol y gorllewin.

"It's so jolly good that Lloyd George and his fellow allied leaders are pressing for the severest terms against the cruel Germans."

Ychwanegodd un arall o'r merched, *"Think of the consequences if Germany had won. We would all be speaking German, no doubt."*

"Don't you agree, Sir?" meddai'r drydedd.

Teimlai Huw ei waed yn berwi. 'Sa waeth gin i siarad German mwy na Saesneg, meddyliodd. Nodiodd yn ôl ar y merched.

Wrth nesáu at Garreg y Defaid ar hyd gwastadedd y dwnan, aeth harddwch yr olygfa â'i fryd. Draw yn y pellter roedd Ynysoedd Tudwal, ond yn dipyn nes, Garn Pentyrch. Roedd yr haul uchel yn yr awyr ac yn disgleirio ar y môr, a'r awel fel balm. Gwelai Mynydd Tir Cwmwd wedyn yn dalp cadarn o ithfaen, a stemar fach yn llwytho sets o'r lanfa a lynai i'w drwyn. Yn nes at Lanbedrog roedd gwyrdd y coed pinwydd yn cyferbynnu â llwyd y graig a glas y môr. Dyma'r union fath o ddiwrnod i roi'r nerth yn ôl yn ei gorff. Cyn pen hanner awr roedd y tram wedi eu gollwng wrth y fynedfa urddasol i'r plas. Arhosai Luned amdano.

Dotiodd Huw unwaith yn rhagor at ei harddwch. Gwallt hir du bitsh a chorff main heb ddim bronnau amlwg. Llygaid du dwfn yn berwi o ddireidi. Gallai rhywun feddwl nad oedd gwres a nwyd yn agos i'w chyfansoddiad. Gwyddai Huw'n wahanol.

Daeth Luned at y tram i'w helpu i lawr. Roedd wedi'i gwisgo mewn ffrog laes werdd heb ddim ond ei fferau yn dangos, a chôt weu o wlân gwyn drosti. Roedd gweld ei harddwch bron â mygu Huw.

"Ble mae Magi? O'n i'n meddwl ei bod hi'n dŵad yn gwmpeini iti."

"Mi gwthis i hi i lawr cyn cyrraedd Carreg y Defaid."

Gwyddai Luned oddi wrth y wên ar wyneb Huw ei fod yn palu celwydd.

"Na, mae hi'n taflu ei harian prin ar bob nialwch ym marchnad Pwllheli, a doedd hi fawr o awydd dŵad i ddifetha pnawn dau gariad, medda hi. Wnes i ddim dadlau llawer efo hi, mae'n rhaid i mi gyfadda."

"Rhag dy gywilydd di! Ond mi fydd hi'n braf iawn cael y pnawn i neb ond ni'n dau."

"Chdi sy'n nabod yr ardal ora. Ble'r awn ni gynta?"

"I'r traeth – mi fydd o'n berffaith wag, dw i'n siŵr, yr adag yma o'r flwyddyn. Mae'n ddigon hawdd mynd i lawr, ac mi allwn ni gerdded yn ôl drwy goed y plas. Wyt ti'n ddigon cry, Huw?"

"Mi tria i hi, beth bynnag."

Llusgodd Huw ym mraich Luned ar hyd Lôn Nant Iago. Rhedai nant fechan ar yr ochr dde yn byrlymu'i thaith i'r bae, yna ar bob ochr roedd coed ffawydd uchel newydd ddeilio. Toc dyma nhw'n cyrraedd ceg y traeth, roedd y llanw'n uchel iawn a bron yn llyfu gallt y môr. Hances fechan o dywod melyn oedd   yno i gyd, wedyn rhyw hanner dwsin o gytiau ymdrochi lliwgar. Gwyddai Luned fod Huw wedi hario braidd, ac fe'i tywysodd i'r chwith at y tywod melyn. Dotiodd Huw unwaith eto at safle ddelfrydol y traeth. Tynnodd Luned ei sgidiau cerdded ysgafn cyn eistedd i lawr ar y carped melyn ac annog Huw i eistedd wrth ei hochr.

"Wel ta, Huw, wyt ti'n gwella?"

"Digon ara deg, ma arna i ofn. Fedra i yn fy myw weld 'mod i'n gwneud unrhyw gynnydd."

"Taw â dy rwdlan! Mae diwrnod braf fel heddiw yn ddigon i wella unrhyw un. A dw i'n siŵr nag ydi'r doctor a'r nyrs yn cytuno nad wyt ti'n gwella. Rhaid iti ddal ati."

"Dal ati, wir! Mae bywyd yn medru bod mor syrffedus ac ofnadwy o annheg. Tom fel y gneuen ac yn poeni dim am y ffarm acw. A Tada wedyn yn poeni mwy am y Capal nag am ffyniant y ffarm a iechyd ei blant."

"Chdi sy'n bod yn annheg rŵan, ac yn ofnadwy o chwerw."

"Ella bod chdi'n iawn. A dw i'n poeni hefyd am ddyledion Craig y Garn. Ond dydi Tada ddim isio trafod dim byd am bres."

"Cywilydd arnat ti'n poeni am ddyledion Craig y Garn. Ma gin ti hen ddigon i boeni amdano fo."

"Ti'n iawn. Be 'di hanes yr hen fochyn Ifan Tan Rallt 'na bellach, a be am y Plas?"

"Mae'r byddigions bob amsar yn ffynnu ac Ifan yn dal i fy llygadu a chwilio am gyfla."

"Gobeithio wir nad wyt ti'n rhoi dim lle iddo fo gael codi'i obeithion."

"Dim chwarter modfedd, Huw, ac mae o'n gwbod dy fod ti adra rŵan prun bynnag."

Buont yn sgwrsio am gryn awr, a haul Mai'n dal yn eithriadol o gynnes. Toc dyma Luned yn penderfynu y byddai'n well ei chychwyn hi am yr oriel a'r plas. Bellach, roedd y llanw wedi troi ac wedi cilio rai llathenni o allt y môr. Gellid mynd heibio bwthyn Fox Hole yn ddidrafferth a throedio'r ffordd at goed y plas. Dyma lusgo'n ara deg draw am Dir Cwmwd a'r Hen Dai. Cerddai Luned yn droednoeth, ac roedd Huw wedi gorfod tynnu'i sgidiau lledr uchel. Toc, dyma nhw'n troi i fyny o'r traeth am y coed a hamddena i ailwisgo'u sgidiau am eu traed.

"Go brin fod 'na draeth prydferthach na hwn yn y byd i gyd," meddai Luned.

"'Does 'na ddim hogan dlysach 'na chdi chwaith, Luned, taswn i'n chwilio pob gwlad dan haul."

"Tyd yn dy flaen, wir, yn lle dal i'w palu nhw!"

Roedd hi'n ymdrech dringo'r allt fechan nes cyrraedd cysgod y coed castanwydden anferth. Roedden nhw newydd ddeilio, a'u dail anferth yn cyrraedd hyd at y llawr. Gorffwysodd Huw ei gefn ar un o'r coed, a thynnu Luned ato.

Edrychodd yn hir i fyw ei llygaid tywyll cyn sibrwd, "Iesgob, dw i'n dy garu di. Tasa fo o unrhyw iws imi."

Llanwodd llygaid Luned yn ddau bwll o ddagrau. "Ti'n dal i rwdlan, on'd wyt ti."

Cawsant un gusan felys, hir, flysiog. Teimlai Luned ei chorff yn dynn gan chwant amrwd. Ond roedd Huw druan mor wantan a llipa. Roedd ei fysedd wedi codi'i ffrog laes yn uchel dros ei phengliniau. Gadawodd lonydd iddo gan obeithio y byddai'r rhyddid a gâi yn ei gynhyrfu. Agorodd ei gafl a llithrodd bysedd Huw dros ei blewiach a gwneud i'w phen droi mewn dyhead. Chwiliodd hithau am ei falog a'i agor, ond roedd y gala a fu unwaith mor finiog fel brwynen feddal.

"Waeth inni heb, Luned. Chodith y cacwn ddim. Does 'na ddim byd yn gweithio lawr fan 'na."

"Mi ddoi di, dim ond i ti gryfhau tipyn eto. Anghofiwn ni'r peth am y pnawn 'ma."

"Ma'r prif fwyniant rhwng mab a merch wedi'i wadu imi oherwydd y diawl rhyfal 'na."

Rhyddhaodd Luned ei hun o'i freichiau a sibrwd, "Dim ots, Huw. Paid â berwi dy ben yn poeni am rywbeth sy ddim yn bwysig o gwbl. Dim rhyw ydi cariad."

Cerddodd y ddau at lawnt y Pas. Cawsant fwrdd bychan i ddau yng nghysgod y coed. Archebodd Luned de efo sgons, hufen a jam mefus. Diflannodd y weinyddes i'r gegin i gyflenwi'r archeb. Ond roedd Huw yn dal yn ddistaw.

"Mae rhyw wedi bod yn rhan fawr o gariad pobol ifanc erioed, Luned."

"Pobol ifanc iach."

Melltennodd llygaid Huw. "Wyt ti'n deud, felly, nag ydw i ddim yn iach?"

"Ti'n gwbod yn iawn nad wyt ti'n berffaith iach eto. Mi

gest dy glwyfo'n ddrwg yng Nghoed Mametz, a dwyt ti ddim wedi dŵad dros hynny eto.''

Daeth yr hogan â'r te, a chawsant anghofio'r tyndra wrth sglaffio'r sgons. Chwarddodd Luned wrth syllu ar wyneb jamllyd ei chariad.

''Well iti sychu dy geg cyn mynd am y tram 'na. Mae o'n un sglyfaeth o jam a hufen!''

Gwenodd Huw yn wantan.

Ar ôl gorffen y te, cerddodd y ddau yn bwyllog o gwmpas yr oriel. Cafodd y Plas ei adeiladu gan Lady Parry, Madryn, i esmwytháu ei thrallod ar ôl marwolaeth ei gŵr – ond, yn ôl y traddodiad, ni chysgodd hi noson ynddo eriocd. Rhyfeddai Huw a Luned at ei safle a'i bensaernïaeth odidog.

''Sbia ar yr olygfa 'na i'r môr, Huw. Mae pres yn gallu prynu popeth, tydi.''

''Popeth ond iechyd. Os colli di hwnnw, sgin ti ddiawl o ddim ar ôl wedyn.''

''Plîs, Huw, paid â bod mor hunandosturiol.''

Aeth y ddau allan ac eistedd ar y grisiau llechi a arweiniai i lawr at y lawnt a'r gerddi. Roedd hi'n amlwg fod rhywbeth pwysig ar feddwl Huw, ond fedrai o yn ei fyw dorri'r garw.

''Tyd, dweda be sy'n dy boeni di, Huw. Dw i'n gwbod ei fod o'n rwbath go ddifrifol.''

O'r diwedd mentrodd Huw. ''Mi o'n i wedi meddwl gofyn iti fy mhriodi i ar ôl i mi ddechra mendio. Ond, a finna'n gwaethygu bob dydd, fasa ti'n lecio dod â'r berthynas i ben, Luned?''

''Ti'n siarad yn wirion iawn rŵan, Huw. Dwyt ti ddim yn gwaethygu bob dydd. Dydw i ddim isio stopio dy ganlyn di, ac mi wna i dy briodi gynta fyth ag y byddi di wedi cryfhau.''

Ymlaciodd wyneb Huw yn un wên heulog braf. ''Diolch

i ti am ddeud hynna, Luned. Mi fydd dy eiria di'n andros o hwb i mi. Gawn ni ddeud ein bod ni wedi dyweddïo, ta?"

"Siŵr iawn, Huw. Ac unwaith y byddi di wedi cryfhau yn iawn, mi gawn ni drefnu priodas fach efo gweinidog Horeb yn gweinyddu."

Bodlonodd Huw ar hynny. Teimlai Luned yn drist – ym myw ei chalon gwyddai na fyddai'r dydd hwnnw byth yn dod. Gwaelu oedd Huw, nid gwella.

Bellach, roedd hi'n tynnu am bump o'r gloch ac amser y tram dwytha i Bwllheli. Aethant i lawr am y dramfa ger giatiau'r Plas. Siom i Huw oedd gweld fod y dair Saesnes grand eisoes yn eistedd ynddo. Byddai'n rhaid iddo wrando ar eu baldorddi ar hyd y ffordd 'nôl i Bwllheli. Wrth weld ymdrechion Huw i gyrraedd sedd ôl y tram, dyma'r gyrrwr yn ei wahodd i eistedd yn nes at y ffrynt.

"Sdim isio i chdi lusgo dy hun mor bell, achan. Rho dy din i lawr yn nes at y ffrynt 'ma i ni gael sgwrsan fach."

Gwenodd Huw, ac eisteddodd. Am bump i'r funud roedd yr ebol wedi dechrau trotian.

"I'm sure that you had a lovely afternoon with your sweetheart, soldier," meddai'r Saesnes dewaf yn dalog.

Cwrtais eto oedd ymateb Huw. Iwerddon oedd pwnc doethinebu'r merched y tro hwn.

"Think of the Fenian cheek. Rebelling right in the middle of the war. Britain was quite right in shooting all the damn leaders." Yr un foneddiges grand oedd yn dal i draethu. *"And they're fighting for complete independence now. They would soon starve in another famine."*

Meddyliodd Huw y byddai'n rhaid iddo ddysgu tipyn mwy am y sefyllfa yn Iwerddon. Roedd hi'n gwneud llawer mwy o synnwyr i ymladd dros Gymru na thros yr Ymerodraeth Brydeinig.

– XVI –

Diciâu, Medi 1919

Fu fawr o drefn ar Huw ar ôl ei wyliau ym Mhwllheli.
Y stryffig gyntaf oedd symud ei wely i lawr o'r llofft i'r
parlwr. Roedd Huw'n mygu'n gorn wrth orfod bystachu am
y llofft sawl gwaith bob dydd. Cyngor y doctor oedd dod â'r
gwely a'r comôd i lawr i'r parlwr, a daeth proffwydoliaeth
felancolaidd Huw am y parlwr yn dod yn deyrnas fach iddo'n
hollol wir.

Yr ail elfen oedd i Luned benderfynu y byddai'n rhannu
baich y nyrsio efo Magi. Roedd yn bwrw pob Sul yng Nghraig
y Garn bellach, a Magi'n falch iawn o'i help. Sylweddolodd
Huw fod ei iechyd yn dirywio, ond roedd pawb fel petaent
yn osgoi trafod ei afiechyd yn onest. Bellach roedd peswch
Huw yn gwaethygu, a'r teulu i gyd yn ofni'r gwaetha.

Penderfynwyd gofyn y cwestiwn holl bwysig i Ddoctor
Llanaelhaearn. Roedd pob ymweliad meddygol yn costio'n
ddrud, ac incwm prin Craig y Garn yn diflannu'n frawychus
o gyflym. Ar fore Llun o Fedi niwlog, tamp, a Luned heb
fynd yn ôl i Foel Dafydd, penderfynodd Magi a hithau siarad
efo'r doctor ar ôl iddo weld Huw. Magi ofynnodd y cwestiwn
tyngedfennol.

"Deudwch i mi, doctor, be sy'n stopio Huw rhag
gwella?"

"'Dan ni wedi rhedag a dandwn iddo fo ers dros flwyddyn
bellach, a dydan ni ddim tamad nes i'r lan," ychwanegodd
Luned.

"Y gwir, plis, doctor – mi 'dan ni'n ddigon cryf i dderbyn hwnnw," meddai Magi gan edrych i fyw llygaid y meddyg.

"Pa fardd ddeudodd, dwch, 'Boed anwybod i'r byd yn obaith'? – ond dydach chi'ch dwy yn amlwg ddim isio credu hynny." Cliriodd y meddyg ei wddw cyn dechrau egluro. "Mi ydach chi'n gwbod yn iawn am y tagu cyson ym mrest Huw. Mae o hefyd wedi dechrau codi fflemiau, ac os sbïwch chi'n fanwl mae gwaed yn y rheiny. Arwydd o un peth yn unig ydi hynny, a mi dach chi'n gwbod cystal â finna be ydi hwnnw."

"Y diciâu felltith… " ochneidiodd Magi.

"Faint sy gynno fo, doctor?" gofynnodd Luned yn bwyllog.

"Fedra i na neb arall ddeud yn union wrthach chi. Chydig fisoedd ar y gora. Mi rydach chi wedi rhoi cynnig ar bob dim i'w helpu fo – awyr y môr a'r mynydd, bwyd da, gorffwys – a does dim wedi tycio."

"Pa mor saff ydi hi i blant bach fod yn ei gwmni fo?"

"Pwy ŵyr – ond y peth calla ydi eu cadw nhw o'i stafall o. Fedra i neud dim byd pellach iddo fo, eto felly waeth ichi heb â wastio pres yn fy ngalw i yma."

"Ydach chi'n meddwl 'i fod o'n gwbod 'i hun, doctor?" gofynnodd Magi eto.

"Synnwn i datan. Mae o'n ddyn deallus ac yn medru dallt arwyddion yr amsera. Ma'r hen TB 'ma'n gythral o salwch. Gobeithio wir y bydd 'na ryw angal yn dyfeisio meddyginiaeth iddo fo yn go sydyn."

Ffarweliodd y tri, a dychwelodd Luned a Magi i'r gegin i ddygymod â'r newyddion dychrynllyd.

Roedd calonnau'r ddwy wedi suddo i bwll du anobaith. Profiad hollol ysgytwol ydi clywed doctor yn dweud yn blaen nad oes gwella i berson y mae rhywun yn ei garu.

Meddyliodd Magi'n syth am Ianto. Roedd ei serch ato wedi datblygu llawer yn ystod yr wythnosau diwethaf, a phwy wyddai beth ddeuai o'i chysylltiad â'r hwntw rhadlon? Byddai ei siom yntau'n fawr o glywed am salwch ei ffrind. Ond roedd Huw wedi cychwyn ar ei fordaith dros orwel ei fywyd, a phob ymdrech i'w wella'n gwbl ofer.

Roedd dagrau'n llenwi llygaid duon Luned hefyd. Cofiodd am y chwerthin a'r sbort, am holl dynerwch Huw wrth ei charu; roedd hi wedi gweddïo a dyheu cymaint am iddo wella. Y gamp bellach fyddai cuddio'i siomedigaeth greulon.

"Yr hyn sy'n fy mhoeni i fwya ydi sut medrwn ni stopio Alis a Wil rhag mynd i'w barlwr o. Os gwnawn ni hynny, ma nhw'n siŵr o ama rwbath," meddai Magi.

"Alla i byth ddeud wrtho fo," atebodd Luned.

"Ella y bydd o wedi gesio, Luned bach."

Tua'r un adeg, roedd Huw yntau wedi dechrau amau'r gwir am ei afiechyd. Bu'n orweddiog rŵan ers dros dair blynedd, a siawns na fyddai wedi rhoi rhyw dro ar wella erbyn hyn, os oedd gwella i fod. Sylwai hefyd ar ei beswch cas a'r gwaed a godai'n gymysg â'r fflem. Dedfryd marwolaeth. Roedd yn gwaethygu'n gyson ers ei wyliau ym Mhwllheli. Poenai am iechyd ei dad, Luned, Tom a Magi ac, yn waeth fyth, plant bach Porth Cenin. Byddai'n rhaid iddo gael sgwrs efo Magi'n fuan iawn.

Rhyfedd sut y mae dyn gwael yn dod i ddibynnu cymaint ar ymweliadau serennog pobol iach. Cofiodd am y cysur a gâi o weld Luned, y dadleuon a gâi efo Alis am Gytundeb Versailles, y pryfocio cyson efo'r gweinidog, a'r hwyl yng nghwmni nyrs y gymuned. Dim mwy o hynny. Wel, yn sicr, dim rhagor o ymweliadau gan blant Kate. Ni allai wneud dim ond ymddangos yn ddewr a gwrando ar lais ei gydwybod. Mor drom yw'r ddedfryd!

Efallai mai ofni'r gwaethaf yr oedd. Ni allai ddioddef meddwl gwahanu â Luned. Dychmygodd ffarwelio â'i gariad am y tro olaf. Roedd dychmygu'r drychineb yn hollol amhosib. Anodd oedd gohirio'r sgwrs dyngedfennol efo Magi. Fory! Fory wedyn! Trannoeth…

Byddai'n rhaid wynebu'r gwir.

Ganol Medi, bron i dair blynedd a thri mis ar ôl trychineb Mametz, y magodd Huw ddigon o blwc i drafod y pwnc efo Magi. Roedd hi'n fore diflas eto, a'r niwl wedi cau am Graig y Garn. Doedd dim golwg cynnau ar y llygedyn tân yn y parlwr chwaith. Roedd Magi'n hofran yn betrusgar fel hen iâr o'i gwmpas. Rŵan amdani, meddyliodd Huw.

"Ella basa hi'n well i Alis a Wil beidio dŵad yma eto i edrach amdana i."

Cymerodd Magi arni ei bod yn ofnadwy o ddig wrth ei brawd am awgrymu'r fath beth.

"Bobol bach, be sy arnat ti'n siarad mor wirion? Chditha'n gwirioni yn eu cwmpeini nhw. A mi fasa Alis yn torri'i chalon."

"Ti'n gwbod yn iawn be sy, Magi. Ma'r diciâu arna i, ond dydach chi ddim wedi magu digon o blwc i ddeud y gwir wrtha i."

"Be sy wedi gwneud i ti hel y fath wag feddylia? Pendwmpian gormod ar dy ben dy hun yn fa'ma."

"Y gwir, Magi. 'Dan ni ddim isio colli plant bach Kate. Meddylia taswn i'n gyfrifol am farwolaeth un o'r petha bach 'na. Mi fyddwch chi'n gorfod dygymod â 'ngholli i fel ma hi."

Dechreuodd Magi grio, a methai'n lân ag ymateb i sylwadau ei brawd. O'r diwedd casglodd y gwroldeb i ddweud, "Diolch byth dy fod ti wedi cael y nerth i ddeud dy hun. Ma Luned a fi'n gwbod, ond yn methu'n lân â phenderfynu sut orau i ddeud wrthat ti."

"Deudwch wrth Kate am gadw'r plant draw. Ella y do i drosto fo mewn sbel. Mi fydd raid ichi ddeud wrth y gweinidog a'r nyrs hefyd."

Cyfarfu llygaid y brawd a'r chwaer. Am yr eildro mewn ugain mlynedd, roedden nhw ym mreichiau ei gilydd yn cofleidio.

Y pnawn Sadwrn olaf ym Medi oedd hi, a hithau'n chwip o ddiwrnod braf. Roedd Alis yn hel ei phethau, yn ôl ei harfer, wrth baratoi i fynd i Graig y Garn.

"Well i ti beidio mynd heddiw, Alis. Does gin ti ddim gormod o hômwyrc? A ma dy dad isio help Wil i godi tipyn ar y tatws."

"Dach chi ddim isio imi gael mynd i edrach am Dewyrth Huw rŵan, nag oes Mam?"

"I ddeud y gwir wrthat ti, nag oes. Dydi o ddim yn dda o gwbl. A ma'r doctor yn ama fod yr hen ddiciâu wedi gafal ynddo fo. Dwn i ddim sut mae o 'di para cystal am yr holl amsar."

"Mi fentra i. Mi fydd hi'n sobor ar y creadur yn dihoeni yng Nghraig y Garn ar 'i ben ei hun."

"Ma Luned, Magi, Tom a Tada gynno fo."

"Pam ma nhw'n cael bod efo fo?"

"Ma'r diciâu'n fwy heintus i blant, a ma rhaid i rywun dendiad arno fo. Pwy rheitiach na'i deulu? Mi weli di'n fuan mai fi sy wedi bod yn siarad sens. Coelia di fi plîs, Alis."

Aeth Alis i fyny i'w llofft i grio. Gwyddai ym mêr ei

hesgyrn fod ei mam wedi dweud y gwir wrthi hi, ond roedd ei chalon yn gwaedu. Iesgob, mi roedd y rhyfal yn greulon. Sigo dyn mor hegar fel ei fod wedi codi'r haint diawledig yna. Eto, roedd plant bach yn Nyffryn Nantlle ac Eifionydd yn marw wrth eu degau o'r afadwch. Mi fyddai'n rhaid iddi gael gweld ei Dewyrth Huw eto. Fedrai hi ddim meddwl ei amddifadu.

Ar yr un prynhawn yn union, roedd Luned wedi cyrraedd cegin Craig y Garn. Daeth Tom i'w nôl i groesffordd Cefn yr Efail, a gwyddai Luned oddi wrth ei ymateb tawelach nag arfer fod rhywbeth mawr yn bod. Llwyddodd i ddal ei thafod nes cyrraedd Craig y Garn. Byddai'n haws holi Magi. Gynted ag y cafodd ei hun a'i bagiau i'r tŷ gwelai oddi wrth wyneb Magi fod y sefyllfa wedi newid.

"Be sy wedi digwydd, Magi?"

"Mae Huw yn gwbod."

"Chdi ddeudodd wrtho fo?"

"Mi oedd o wedi gesio'r gwir ei hun. Y cwbwl oedd rhaid i mi wneud oedd cadarnhau. Mae o wedi penderfynu nag ydi o isio gweld plant Kate eto. Cadw Alis a Wil draw fydd y gamp."

"Well i mi fynd drwodd i'w weld o. Er, Duw yn unig ŵyr sut y medra i dorri'r garw."

"Ti'n siŵr o gael y nerth o rywle."

Agorodd Luned ddrws y parlwr yn ofalus. Roedd Huw yn pendwmpian flaen tanllwyth o dân. Edrychodd Luned yn hir ar ei wyneb a'i gorff main. Roedd ei ddwylo mawr caled bellach yn fain a meddal, a'i wyneb gwritgoch mor llwydaidd, ar wahân i wrid ei afiechyd ar ei fochau. Syllodd yn hir ar ei wallt gwinau llaes oedd yn crefu am gael ei dorri a'r ysgwyddau ceimion a naddwyd gan ei salwch. Doedd dim ar ôl ond sgerbwd y corff a fu unwaith mor solat a chryf.

Agorodd Huw ei lygaid tywyll fel petai'n ymwybodol fod rhywun yn rhythu arno. Daeth dagrau i lenwi'r llygaid rheini pan gyfarfu â llygaid dwfn tosturiol Luned. Aeth Luned i eistedd wrth ei ochr a gafael yn dyner yn ei ddwylo gan ddweud yn benderfynol, "Mi fydd rhaid i ni gwffio hwn i'r pen draw."

Atebodd Huw ddim. Dechreuodd feichio crio.

Gadawodd Luned i Magi fynd i'r llofft o'i blaen y noson honno. Roedd arni angen amser ar ei phen ei hun cyn cysgu. Roedd yn ei chael hi'n anodd dygymod â'r ffaith y byddai'n rhaid iddi fyw heb Huw yn fuan iawn. Roedd yn rhan mor bwysig o'i bywyd ers pum mlynedd a mwy. Aeth ei hymweliadau â Llangybi yn rhan o batrwm ei bywyd bellach. Byddai'n colli sefydlogrwydd cysurus Craig y Garn. Gruffudd Williams, yr hen ŵr tawel ond penderfynol, styfnig ei farn a'i arferion. Magi wedyn, yn fwrlwm o garedigrwydd a haelioni. Tom oriog a phur beryglus. Roedd hi wedi chwantu corff Tom fwy nag unwaith yn ddiweddar, ond allai Tom fyth gymryd lle Huw a oedd mor hwyliog a nwydus yn nyddiau ei iechyd. Roedd o hefyd yn sensitif a deallus. Daethai ei ddeallusrwydd yn fwy amlwg yn ystod cyfnod ei afiechyd. Doedd y brawd hŷn ond cysgod tila o gryfderau'r brawd bach. Sut allai fyw heb Huw, meddyliodd.

Eisteddodd Luned ar y setl a rhoi ei phen i orffwys ar wyneb melyn y bwrdd ffawydd caled. Cofiodd fel y cyfarfu â Huw gyntaf pan ddaeth hi ar wyliau at ei modryb i fferm y Gelli Ddu oedd ar y terfyn â Chraig y Garn. Roedd o mor olygus, ac yn fuan roeddan nhw'n canlyn yn selog. Deuai ar ei gwyliau'n aml wedyn i'r Gelli Ddu. Enlistiodd Huw yn y fyddin a bu farw ei modryb. Ond cyn hynny cafodd Luned fwynhau ei fedrusrwydd fel carwr a phrofi ei hiwmor byrlymus a'r un cryfder ystyfnig ag a nodweddai ei dad.

Ond palla chwant. Pan ddaeth o'r rhyfel, gwelodd Luned ei feddwl yn dechrau glynu wrth degwch a heddwch. Roedd ei bwerau fel carwr wedi cilio, ond daeth nerth arall i gymryd lle ei nwydau. Doedd Huw erioed wedi ei feithrin ar gyfer ffosydd y Somme. Llithrodd Luned yn raddol i gwsg herciog wrth iddi eistedd yn y gegin gynnes.

– XVII –

Ailafael yn y Dyddlyfr

Dydd Sadwrn olaf Medi 1919

Bydd raid i mi losgi hwn. Ond ddim rŵan. Dim ond wrth sgwennu y medra i dawelu tipyn ar yr hen felan 'ma sy ar fin fy llethu.

Fydd 'na ddim mendio i mi, ma hynny'n ffaith. O'n i wedi ama ers tro fod y sglyfath arna i. Roedd arna i ofn, gwirioneddol ofn, wynebu'r caswir. Ac mae wyneb Magi wedi cadarnhau fy holl amheuon. Wnaeth hi ddim trio'n galad iawn i wadu. Mi oedd popeth mor eglur a phlaen ar ei hwynab hi. Bron nad oedd hi'n falch mai fi oedd wedi gorod deud wrthi hi. A dyma fi bellach fel adyn, a holl blesera bywyd wedi carlamu oddi wrtha i. Dw i bron yn rhy wan i sgwennu, hyd yn oed.

Ma'r ffaith fod Tom yn trio bachu Luned yn fy nghorddi i. Ma'r peth yn gwirioneddol frifo. Mae o fel hunllef i mi, yn ei gweld hi'n ymateb i'w ffyrtio trwsgwl o. Pam, o pam, na fedran nhw guddiad eu chwant at ei gilydd? Diodda am ryw ddeufis eto, a fydda i ddim yn yr hen barlwr 'ma i ymyrryd efo'u misdimanars nhw. Dw i'n nabod holl ymateb Luned yn rhy dda. Ydi hi'n dŵad i Graig y Garn i 'ngweld i, neu i fflyrtio efo Tom, tybad?

Oni fyddai hi'n well taswn i wedi cael fy chwalu'n llwch yng Nghoed Mametz, fel Sam Sarn a Wilias? Cwestiwn pur sur.

Callia, Huw. Tyd at dy goed, da ti. Ma Tomos Wilias wedi trio fy nhywys i oddi wrth feddylia hunandosturiol fel hyn sawl gwaith. Ac ma Luned druan wedi aros yn ddigon hir i mi wella, a'r cwbwl yn ofer. Ma gynni hi a Tom berffaith hawl i'w bywyd eu hunain. Ac ma nhw'n gwbod 'mod i'n carlamu tuag at y 'tir neb' go iawn rŵan.

Caeodd Huw ben y mwdwl ar ei ddyddiadur. Rhoddodd y llyfryn bach yn ei guddfan yn saff dan garreg yr aelwyd gan feddwl y byddai'n rhaid iddo ei losgi cyn mynd yn rhy wael. Byddai isio rhywun go wirion i falu llawr yr hen barlwr i'w ffendio hefyd. Mi fyddai o a'r rhan fwyaf o'i dylwyth wedi hen bydru yn naear Capel Helyg cyn i hynny ddigwydd.

– XVIII –

Twyll, Hydref 1919

Unwaith roedd Huw yn gwybod fod y diciâu arno, ymddangosai fel petai'n ysu am y diwedd. Gwyddai Magi a Luned hynny, ond nid oedd ganddynt mo'r plwc i ffraeo efo fo.

Roedd y Parch. Thomas Williams wedi penderfynu y byddai ei ymweliadau wythnosol yn parhau. "Pa raid i'r iach wrth feddyg?" oedd ei sylw. Credai'r nyrs mai ei chyfrifoldeb proffesiynol oedd parhau i ymweld i geisio esmwytho'r doluriau ar ei gefn a'i ochr. Roedd y doluriau, os rhywbeth, yn fwy bynafus.

Ond os oedd corff Huw yn fwy gwantan, roedd ei feddwl yn finiocach nag erioed. Penderfynodd gael tipyn o hwyl ar gorn y llyfr *Y Werin a'i Theyrnas* trwy dynnu coes ei weinidog.

Wrth sipian ei de a'i sgons un prynhawn, estynnodd Huw am y llyfr a gofyn i'w weinidog, "Dach chi wedi gweld y llyfr yma o'r blaen, Mr Williams?"

"Naddo wir, fachgen. Dere imi gael gweld ei deitl e. *Y Werin a'i Theyrnas* gan David Thomas. Nage rhyw sosialydd penboeth yw'r David Thomas hyn? Llyfr eitha peryglus, dybiwn i."

"Peryglus – go brin! Cael benthyg y llyfr gin fy nghyfaill o Donypandy wnes i. Dach chi'n gwbod pwy oedd y sosialydd cynta? Iesu Grist."

"Iesu Grist yn sosialydd? Bachan, bachan. Ti'n deud pethe dansierus ofnadw nawr! Os prawf 'da ti?"

"Digon o brawf yn y Gwynfyda, Mr Williams."

"'Gwyn eu byd y tangnefeddwyr canys hwy a elwir yn blant i Dduw.'" adroddodd y gweinidog.

"A be ddeudodd y Meistr am arian?"

"Ni ellwch wasanaethu Duw a Mamon."

"A charu gelynion."

"Ond mae'n rhaid cymryd ei eirie fe yn eu cyd-destun, Huw."

"Geiriau Iesu Grist yn eu cyd-destun? Wnes i rioed dybio y clywn i'r gweinidog o bawb yn siarad geiriau cyfaddawd fel 'na."

Chwarddodd yr hen weinidog a daeth Magi i'r ystafell i dorri ar y pryfocio.

Roedd Alis yn benderfynol o gael gweld ei Hewyrth Huw. Cynllwyniodd mai ar y dydd Mercher cyntaf ym mis Hydref y byddai'n mynd. Gwyddai wrth glustfeinio ar sgyrsiau fod Tom ymhen ei helynt yn rhywle, ac âi Magi i farchnad Pwllheli yn ddeddfol bob yn ail ddydd Mercher gan adael Craig y Garn yn blygeiniol i ddal y brêc i'r dre. Byddai ei thaid allan yn y caeau, siawns, ac yn gorfod gwneud tasgau'r dydd i gyd.

Gan ei bod yn lojio ym Mhenygroes yn ystod yr wythnos, bu raid i Alis gynllunio'r trip yn ofalus. Bu'n ffugio bod yn sâl am ddau ddiwrnod cyn penderfynu ei bod yn ddigon da i fentro am yr ysgol ar y bore Mercher. Cychwynnodd yn ôl ei harfer am chwarter i wyth gan reidio'i beic i stesion Bryncir. Doedd ei mam yn amau dim. Trodd i'r dde yn Efail Pensarn gan gymryd y lôn am Graig y Garn. Padlodd yn ei blaen dow dow gan fwynhau'r golygfeydd godidog o'i chwmpas. Roedd trigolion amball ffarm ar dopiau Sardis yn edrych yn bur amheus ar yr hogan a reidiai'n dalog drwy fuarth eu ffermydd yn ei gwisg ysgol. Gwenodd Alis yn ddigywilydd arnynt. Doedd dim brys arni. Roedd ganddi dros awr a hanner cyn y gallai fynd i Graig y Garn. Gobeithiai nad oedd dim wedi atal Magi rhag mynd i Bwllheli.

Draw yn y gwaelodion gwelai amlinell Castell Cricieth ac un neu ddwy o sgwners bach Porthmadog yn cario llwythi o lechi draw am Lerpwl. Roedd hi wedi cyrraedd Capel Sardis yn llawer rhy gynnar. Cuddiodd ei beic mewn llwyth o frwgaits trwchus. Faint gebyst oedd hi o'r gloch, tybed? Doedd dim i'w wneud ond ei mentro hi.

Trodd i'r llwybr garw am Graig y Garn a cherdded ymlaen ling-di-long. Toc, gwelodd Magi'n brasgamu i'r cyfeiriad arall i lawr am Langybi. Roedd stumog Alis fel talp o uwd caled. Beth ddywedai hi petai Magi'n ei gweld? Beth ddywedai hi wrth ei thaid? Beth ddywedai hi wrth ei Dewyrth Huw?

Gwyrodd tu ôl i glawdd, a chyn pen pum munud roedd Magi wedi diflannu ar ei thaith i Langybi. Aeth Alis yn ei blaen, ac wrth nesáu at y tŷ gwelai ei thaid yn mynd â'i bladur ar ei gefn at ochr Garn Pentyrch. Roedd o am dorri dipyn o redyn ac esgyll – roedd hynny'n amlwg. Doedd neb i'w rhwystro, felly.

Ar ôl cyrraedd Craig y Garn, camodd i'r gegin. Roedd y mawn yn mud-losgi'n gynnes yn y grât, a'r gegin fel pin mewn papur. Fyddai Magi fyth yn gadael llanast ar ei hôl cyn mynd i jolihoitio am y dre.

Roedd sosbenaid o lobsgows ar gongl y grât yn ffrwtian berwi a'r ogla'n llenwi'r gegin. Yn gymysg â hwnnw, ogla diheintyddion a ffisig. Roedd Alis hyd yn oed yn fwy petrus rŵan. Galwodd yn swil cyn agor drws y parlwr.

"Oes 'ma bobol?"

"Oes siŵr, lle ti'n disgwyl cael dyn gwael?"

Aeth y dirywiad ym mhryd a gwedd ei Hyncl Huw â gwynt

Alis yn llwyr. Doedd y creadur yn ddim ond croen melyn ac asgwrn, a gwrid y diciâu'n amlwg ar ei fochau gwelw. Sylwodd Huw yn syth ar ei hymateb petrus.

"Mae'n amlwg dy fod ti'n fy ngweld i 'di clafychu'n ofnadwy. Ddyliat ti ddim dŵad ar fy nghyfyl i, a minna'n diodda o'r afadwch felltith 'ma."

"Mi oedd gynnon ni ddiwrnod o wylia, a lle gwell i ddŵad nag i edrach amdanoch chi?"

"Paid â phalu clwydda, Alis. Pam felly wyt ti'n gwisgo dy ddillad ysgol? Does bosib fod 'na wylia ar ganol wythnos, ac mi wyt ti 'di pigo dy ddiwrnod hefyd. Roeddat ti'n gwybod yn iawn fod Magi 'di mynd i farchnad Pwllheli a Tom yn galifantio."

"Mi oedd rhaid i mi gael dŵad i'ch gweld chi, a choelia i ddim bod unrhyw salwch mor beryg â hynny."

"Hy! Ychydig wyddost ti! Ond mi ydw i'n ofnadwy o falch o dy weld ti, cofia, a gan dy fod ti yma – pa niwsys sy gin ti o'r ysgol a Phorth Cenin?"

"Mi dw i 'di ffraeo efo pawb yn y dosbarth, Yncl Huw."

"Iesgob, pam wnest ti beth mor wirion, dŵad?"

"Dim ond ail-ddeud y petha fuoch chi'n eu deud wrtha i am lol Cytundeb Versailles a'r ffŵl Lloyd George 'na."

"Wnest ti rioed alw Lloyd George yn ffŵl?"

"Ddim lawn mor blaen â hynny, falla, ond dyna o'n i'n feddwl, Yncl Huw."

"Ti'n uffar o gês, Alis! Tynnu anfarth o nyth cacwn am dy ben."

"Mae'n bwysig bod pobol yn cael clywed y gwir."

"Y gwir yn ôl Alis Gruffudd a Huw Williams, ia!"

"Siŵr iawn – y gwir a saif, Yncl Huw."

Cododd ei hewythr i glirio'i ysgyfaint a chodi fflem i'w

gadach poced.

"Cofia di, Alis, mai Lloyd George ydi arwr Prydain Fawr a bod pobol y partha yma yn enwedig yn 'i addoli o."

"Sut mae pobol yn medru addoli dyn gwirion?"

"Am 'i fod o newydd ennill y rhyfal, a bod dyn felly'n medru dawnsio am sbel fel mwnci ar ben pric, a bod pawb yn llyfu'r geiria sy'n diferu o'i dafod aur o."

"Tafod aur i lyfu tinau arweinwyr y gwledydd."

"Fydda i fyth farw tra byddi di byw, Alis!"

"Peidiwch â sôn am farw."

"Mi dan ni i gyd yn gorfod marw rywbryd, Alis."

"Ydan − ond rhai yn llawar cynt nag erill."

"Meddylia, mi allwn i fod wedi cael fy chwythu'n gyrbibion yn Ffrainc, ond dyma fi 'di cael o leia dair blynadd o estyniad i ddysgu gwirionedda bywyd. Dw i'n ddyn diolchgar iawn."

"Diolchgar! Dach chi'n sant!"

Aeth Alis i wneud panad a galw ar ei thaid i'r tŷ. Chwarddodd Huw wrtho'i hun − byddai Magi a'i mam yn dawnsio mewn tymer pan gaent wybod ei bod wedi bod mor ddichellgar.

Y penwythnos canlynol roedd Tom yn dod adra o berfeddion Môn, a Luned yn ôl yng Nghraig y Garn i roi seibiant i Magi.

Roedd Luned yn siomedig a thrist wrth weld dirywiad Huw mewn wythnos. Bu'n adrodd ei hanes wrthi, ers iddo'i gweld ddiwetha − am y gweinidog ac Alis, a gwyddai Luned ei fod wedi cael cysur mawr o'r ymweliadau hynny.

Bwriadai Magi fynd i Borth Cenin i dreulio'r nos Sadwrn. Byddai ei thad, Tom a Luned yn hen ddigon tebol i ofalu am

Huw. Cytunodd Luned, er ei bod braidd yn bryderus wrth feddwl am fod ar ben ei hun yng nghwmni Tom.

"Wyt ti'n siŵr y byddi di'n iawn?" oedd cwestiwn Magi wrth hel ei phethau i fynd.

"Mi wyt ti'n mynd prun bynnag, dwyt? Ac mi neith les mawr i ti gael seibiant."

"Gwnaiff, decin i. Ond dw i ddim yn gweld Huw cystal heno."

I ffwrdd â Magi. Erbyn chwech o'r gloch roedd pob anifail wedi'i borthi a phob buwch wedi'i godro. Erbyn saith, roedd Tom yn chwibanu'i ffordd i lawr am Dy'n Porth. Am wyth roedd Gruffudd Williams wedi'i hel hi i'r ciando.

Doedd Huw ddim yn dda o gwbl. Roedd pob anadl yn ymdrech fawr. Rhoddodd Luned ddôs o'r ffisig gwyn iddo a dôs go dda o frandi wedyn. Roedd Huw'n cysgu'n anesmwyth cyn naw. Mentrodd Luned ei adael ar ei ben ei hun, a dychwelodd i'r gegin fawr i hwylio tamaid o swper iddi ei hun. Erbyn hyn, roedd Tom yn y gegin yn cynhesu'i din wrth y tân.

"Mi rwyt ti adra'n gynnar."

"Dallt nag ydi 'mrawd cystal, ac mi ddois i'n gynt, rhag ofn."

"Rhag ofn be, dŵad?"

"Rhag ofn i be dan ni i gyd yn 'i ddisgwyl ddigwydd, a chditha yma ar dy ben dy hun."

"Mae dy dad yma."

"Dw i ddim yn meddwl 'i fod o'n amgyffred pa mor wael ydi Huw, ac mae o ym myd ei freuddwydion ers meitin, m'wn."

"Gymri di banad a thamaid o swpar?" holodd Luned yn wan.

"Os wyt ti'n eu hwylio nhw."

Yn fuan roedd y ddau yn sipian te ac yn bwyta brechdanau cig, un bob pen i'r bwrdd. Roedd Tom yn fwy rhadlon nag arfer yn ei gwrw a Luned yn mwynhau ei gwmni, er ei bod yn trio peidio. Soniai Tom am rai o hen gymeriadau'r dafarn, Harri Jones Ty'n Llan a Daniel Evans y Siop, gan eu dynwared yn ddoniol. Gresyn na allai Tom fod mor hwyliog pan oedd yn sobor, meddyliodd Luned. Yna teimlodd yn euog am feddwl y ffasiwn beth – ystyried rhinweddau brawd ei dyweddi, ac yntau ar ei wely angau. Roedd hi wedi ymlâdd. Aeth i roi dŵr dros y llestri, oedodd ac edrych ar Tom cyn eistedd ar gwr y setl. Cododd Tom yntau i roi proc i'r tân a chafodd Luned bang arall o euogrwydd pan welodd ei fod yn mynd i eistedd ar y setl wrth ei hochr. Gwenodd yn ddireidus arni.

"Sdim isio iti fod f'ofn i, Luned."

"Dim dy ofn di ydw i, ond ofn fi fy hun. Ti'n gwbod yn iawn be sydd wedi digwydd yn y gorffennol ar y setl 'ma."

"Ia, bechod ar y naw i Magi a Ianto ddŵad i'r tŷ, ac i Huw godi o'i wely y tro hwnnw, neu mi fasan ni wedi cael hwyl iawn."

Roedd yn defnyddio'i wên lydan i geisio'i swyno. Closiodd ati a rhoi ei fraich am ei hysgwyddau. Gallai Luned deimlo'i fysedd cydnerth yn chwarae efo'r mân wallt ym môn ei gwddw. Gwyddai ei bod yn cael ei chynhyrfu.

Ochneidiodd Luned mewn hunandosturi. Pam goblyn roedd popeth yn ei hymwneud hi â dynion yn mynd o chwith? Gwyddai y dylai dosturio llawer mwy wrth Huw druan ac yntau'n marw lai na deg llath oddi wrthi, ond roedd ei feddyliau'n rhai cwbl hunanol.

Bellach roedd Tom yn agor y botymau ar gefn ei ffrog a doedd ganddi mo'r nerth na'r awydd i'w rwystro. Rhedodd ei fysedd garw ar ei chroen gan lacio'r bronglwm. Ni wnaeth

Luned unrhyw ymdrech i'w atal. Yn hytrach, roedd hithau wedi cythru yn y cnawd trwchus rhwng ei gluniau o a dyheai am iddo'i meddiannu. Cododd Tom, a heb drafferthu i'w ymesgusodi ei hun dywedodd, "Pisiad," gan ddiflannu i'r ardd gefn.

Gobeithiai Luned nad oedd hud y foment wedi'i ddifetha. Ond roedd Tom yn ei ôl mewn ychydig o funudau, a doedd y cena ddim hyd yn oed wedi trafferthu cau ei falog. Daeth i eistedd at Luned eto. Gwyddai hithau ei bod yn mynd i ildio iddo.

Wnaeth hi ddim cogio swildod rŵan, dim ond mynd yn syth am ei falog. Mewn chwinciad roedd ei bastwn caled yn ei llaw a hwnnw'n sgleinio yn fflamau'r tân. Mwythodd Luned ei gnawd yn ysgafn iawn. Ochneidiodd Tom, codi'i ffrog laes a rhedeg ei fysedd ar hyd ei choesau nes cyrraedd y cnawd noeth uwchben ei sanau. Fuodd o fawr o dro yn ffeindio'r llwybr llithrig parod.

Ysgydwodd Luned ei hun yn rhydd o'i afael a chodi, "Mi awn ni i'r llofft i'r gwely," sibrydodd yn nwydus.

Cododd Tom a'i dilyn, ond cyn iddi agor y drws am y grisiau roedd wedi ei sodro hi yn erbyn y pared. Gwyddai Luned ei fod yn mynd i'w chymryd yn y fan honno, a hithau â'i chefn at y drws.

Llaciodd ei fysedd y lastig ar waelod ei dillad isa, a heb oedi roedd o yn ei chorff a'i ddwylo cryfion yn cynnal ei phen-ôl. Roedd o'n fawr, yn boeth, yn gynhyrfus. Ymunodd Luned â rhythm rheolaidd ei gorff. Gwasgodd ei gwefusau rhag sgrechian ei boddhad. Roedd y cyfan ar ben mewn ychydig funudau.

Enciliodd Luned yn nhawelwch ei chywilydd at y tân ac eistedd mewn cadair galed ar ei phen ei hun.

Ymlaciodd Tom ar y setl gan syllu arni. Roedd yn ddyn

llawen a bodlon iawn. Dyna'r awr orau iddo ei chael ers blynyddoedd, meddyliodd. A'r ffaith fod Huw a'i dad mor agos oedd yn gwneud y peth mor gynhyrfus. Roedd o'n amau fod Luned yn cael gwefr o hynny hefyd.

"Huw gymerodd fi ddwytha, bron i bedair blynedd yn ôl," meddai Luned, hanner wrthi'i hun.

"Chymerith y creadur bach mohonot ti na neb arall fyth eto." Roedd Tom bellach wedi tynnu'i sgidiau mawr. Doedd o ddim eto wedi'i fodloni'n llwyr. "Ydi'r gwahoddiad i ddŵad i dy wely di'n dal ar gael i mi?"

Wnaeth Luned ddim ateb y cwestiwn ar ei ben.

"Dw i am gael cipolwg ar Huw," meddai. Yna wedi ysbaid, "Tyd i fyny wedyn."

Gwenodd Tom.

Aeth Luned i'r parlwr at Huw. Cysgai'n bur anesmwyth ar ei wely bychan. Goleuai'r lamp baraffin egwan lwydni ei wyneb a breuder ei gorff. Roedd Luned yn llawn euogrwydd. Roedd chwantau'r cnawd yn drech na'i ffyddlondeb. Fedrai hi ddim cadw'n driw hyd yn oed os nad oedd ond ychydig fisoedd ar y gorau ganddi i wneud hynny. Doedd dim pwrpas deffro'i hannwyl Huw. Aeth allan o'r ystafell yn dawel a llithro i fyny'r grisiau i aros i'r brawd mawr ddod i'w charu.

Tynnodd ei dillad yn araf, eu plygu'n ofalus a'u rhoi ar gefn y gadair dderw. Llithrodd ei phais dros ei hysgwyddau a thynnu'i sanau. Yn olaf tynnodd y bronglwm a'i throwsus isa. Meddyliodd pa mor annheg oedd y gwrthgyferbyniad rhwng gwendid Huw a chryfder amlwg Tom. Llithrodd yn noeth rhwng y cynfasau gwyn, glân.

Ymhen tua chwarter awr daeth Tom i'r ystafell. Roedd wedi diosg ei ddillad yn ei lofft ei hun a diffoddodd y gannwyll cyn dod ati i'r gwely. Yn nhywyllwch yr ystafell bu'r nwyd yn danbaid – bron fel yn nyddiau cryfder Huw. Dychmygai Luned mai Huw, nid Tom, oedd yn ei charu.

Yn oriau mân y bore sleifiodd Tom yn ôl i'w lofft ei hun.

– XIX –

Y Llaw Wen

Daliai Huw i droi a throsi'n anesmwyth ar ei wely cul yn ei barlwr y noson honno. Roedd yn ymwybodol fod Luned wedi bod yn yr ystafell, ond wnaeth o ddim cymryd arno ei fod yn effro. Teimlodd Luned yn lapio'r dillad gwely'n dyner o'i gwmpas. Gwelodd hi'n troi'r lamp baraffin i lawr yn isel. Sibrydodd ei enw'n ddistaw cyn gadael yr ystafell.

Clywodd hi wedyn yn cripian i fyny'r grisiau am y llofft a oedd yn union uwchben y parlwr. Wedyn clywodd sŵn traed trymach Tom yn dringo'r grisiau, ac ambell ris yn gwichian dan ei bwysau. Dychmygodd Luned yn diosg ei dillad yn yr ystafell wely. Gwyddai rŵan fod Luned yn swatio yn ei gwely oer unig, y gwely y gallai o fod yn ei rannu efo hi pe bai'n iach. Stwffiodd ei law rhwng ei goesau chwyslyd a byseddu'i gwd, ond ni allai deimlo unrhyw chwant na chyffro. Bu distawrwydd llethol wedyn.

Roedd ar fin llithro i gwsg anesmwyth eto pan glywodd sŵn traed trwm ar yr oilcloth uwch ei ben. Doedd Tom erioed wedi mentro i lofft Luned? Tawelwch, ac wedyn sŵn chwerthin cynhyrfus – sŵn a fu'n gyfarwydd iawn iddo yn y gorffennol.

Tawelwch eto. Mae'n rhaid ei fod wedi dychmygu'r cyfan. Ond na, clywodd y gwely'n curo yn erbyn y pared, griddfan dwfn ei frawd a sŵn ochneidio boddhaus Luned am amser hir. Yna sgrech ei gorfoledd.

Peth hyll ydi gwrando ar sŵn caru. Peth hyllach fyth ydi gwrando ar sŵn brawd yn cnychu dy gariad.

Gwasgodd Huw ei hun wrth ymladd am ei wynt, a llifodd dagrau i lawr ei ruddiau.

Roedd wedi ofni'r diwedd rywbryd rywdro yn y dyfodol, a throsglwyddo'r ofn hwnnw i ryw yfory ddaw. Ond rŵan roedd o'n gwybod fod y diwedd terfynol yn digwydd yn arswydus o fuan. Sylweddolai Huw fod yr hen elyn wedi gafael, a bod ei grafangau'n sownd ynddo. Ceisiai ddangos wyneb dewr i'r byd, ond anodd drybeilig yw gwisgo'r masg o flaen pawb.

Gwanhâi o ddydd i ddydd. Parhâi'r Parch. Thomas Williams yn od o driw iddo. Cyrhaeddodd y gweinidog ar y prynhawn Iau cyntaf yn Nhachwedd, a Huw yn wan fel brwynen. Tywyswyd ef i'r parlwr gan Magi, a Huw bellach wedi gorfod encilio i'w wely. Syllodd y gweinidog ar y chwys yn byrlymu ar dalcen llwydaidd Huw. Agorodd hwnnw ei lygaid a gwenu'n wantan ar ei ffrind. Penderfynodd Thomas Williams afael yn ei law a dweud dim, ond cafodd Huw ei sigo gan bwl o dagu creulon.

Pan ddaeth ato'i hun rhyw fymryn dywedodd, "Pur wantan ydw i heddiw, Mr Williams."

"Paid â phoeni, Huw, fe ddoi di drosto fe 'to, gei di weld."

"Dw i ddim yn meddwl. Ma'r ergyd farwol yn go agos. Ydach chi'n credu go iawn yn y nefoedd, Mr Williams?"

Doedd y gweinidog ddim wedi disgwyl i'r sgwrs fynd i'r cyfeiriad hwn. Ceisiodd osgoi ateb y cwestiwn ar ei ben a dyfynnodd adnod,

"Yn nhŷ fy Nhad y mae llawer o drigfannau, a phe amgen mi a ddywedaswn wrthych."

"Dowch rŵan, Mr Williams, mae hi'n bwysig i mi gael rhyw fath o sicrwydd."

"Oes, ma 'na nefoedd ac uffern, Huw. Cyflyrau o fodolaeth yn y tragwyddol ydyn nhw. Pobol 'da chalon lân a chywir gaiff fyw gyda'r Iesu. Rwy'n siŵr fod calon lân iawn gen ti, Huw."

"Cyn diwedd y mis mi fydda i'n gwbod Mr Williams. Ond mi fyddai hi'n well gin i orffan ym mhridd mynwent Capel Helyg."

"Twt, does dim lle i siarad fel 'na, oes e?"

Distewodd y sgwrs ymhen ysbaid. Llithrodd Huw i gwsg anesmwyth. Arhosodd y gweinidog wrth erchwyn ei wely. Toc, daeth Magi â phaned o de iddo. Erbyn hyn roedd Huw ym myd ei freuddwydion. Eisteddodd y Parch. Thomas Williams wrth erchwyn ei wely am ryw awr cyn penderfynu mynd am Langybi. Cododd yn dawel i adael, ond roedd Huw wedi'i glywed.

"Fedar Cymru fyth ddal ergydion fel y Rhyfel Mawr eto, w'chi. Cymaint o Lŷn ac Eifionydd wedi'u lladd, a rŵan mae 'na sôn am godi cofebau a neuaddau coffa iddyn nhw yn yr ardaloedd 'ma."

"Does dim isie i ti fecso am bethe felly nawr, machgen i. Gorffwys, Huw bach. Ceisia ymdawelu." Aeth ar flaenau'i draed allan o'r ystafell, ac i'r gegin at Magi

"Mi ddo i 'to, Magi. Gyrrwch Tom i lawr os bydd f'angen."

Taniodd y Parch. Thomas Williams ei lantarn a chamu i'r nos.

Penderfynodd Magi y byddai'n rhaid iddi gael gair efo Tada a Tom. Y nos Sadwrn dilynol, roedd Tom yn ôl ei arfer yn hwylio i fynd lawr i Dy'n Porth, a'i thad yn cynhesu ei draed wrth y tân. Roedd Luned yn gwnïo'n dawel yn y golau gwan.

Doedd hi ddim yn trafferthu mynd 'nôl i Fynytho rŵan, bron nad oedd hi'n byw yng Nghraig y Garn.

"Ti'n meddwl ei bod hi'n beth call i ti fynd i lawr i fan'na heno?" gofynnodd Magi i'w brawd.

"Pam ddim?" holodd Tom.

"Ti'n gwbod fod Huw yn ddifrifol wael. Mi allai fynd unrhyw funud. Pwy ddôi i dy nôl di i'r tŷ potas 'na? Ac mi ddylia chitha, Tada, fynd i'r parlwr 'na'n dipyn amlach."

"Fydd Huw ddim gwell wrth i mi aros adra."

"Ella na fydd Huw ddim yn well. Ond mi fyddwn i a Luned a Tada yn teimlo'n llawer gwell."

"Iawn ta. Mi eistedda i efo fo am rhyw ddwyawr rŵan," meddai Tom.

"Dw i'n ofnadwy o falch dy fod ti wedi deud hynna."

"Ma arna i ofn fod yr amsar wedi dod i ni i gyd eistedd yn ein tro wrth 'i wely fo rŵan," meddai Luned.

"Mi gymera inna 'nhro," meddai Gruffudd Williams.

Sylweddolodd Huw fod y diwedd yn agos iawn pan ddechreuodd y teulu gadw gwyliadwriaeth wrth erchwyn ei wely. Cymerai'r pedwar ddwyawr ar y tro i wylio, a chychwynnai'r orchwyl yn fuan ar ôl godro a swpera bob gyda'r nos.

Ar un o'r nosweithiau hynny, pan oedd Tom wrth ei wely a Huw i bob golwg yn cysgu, y clywodd Tom lais cryg yn sibrwd wrtho.

"Wyddost ti be sy'n poeni fwya arna i, Tom?"

"Na wn i wir, ond *fire away.*"

"Gadael yr hen fyd 'ma'n ddietifedd."

"Duwcs, pa etifeddiaeth sgin tlodion fath â chdi a fi i'w gadael i neb? A be am holl blant Kate?"

"Dim 'run fath o gwbwl, wsti. Cael dy blant dy hun i

gadw'r llinach i fynd, dyna sy'n bwysig. Ond fedrwn i ddim ar ôl dŵad adra o'r rhyfal, er i Luned roi sawl cyfla i mi."

"Doedd gin ti mo'r help, nag oedd. Gwendid, ma siŵr, a'r holl ffisig 'na wyt ti 'di bod yn 'i gymryd."

"Mi oedd o'n ddyfnach na hynny. Methiant yng ngwaelod y meddwl, rywsut, a finna â gormod o gywilydd hyd yn oed i sôn wrth y doctor am y peth."

"Hy, be alla hwnnw fod 'di 'i neud i dy helpu di, Huw? Ond meddylia mor debyg i chdi ydi Alis."

"Dim o gwbwl o ran pryd a gwedd."

"Nag ydi, ti'n iawn, ond mae hi'n debyg iawn yn ei holl natur a'i ffordd."

"Mi ddywedis i wrthi hi ychydig yn ôl na fyddwn i byth farw tra bydda hi'n fyw."

"Be ydi anfarwoldeb prun bynnag, dŵad? Pwy sy'n cofio am Mam? Pwy sy'n cofio am frodyr Tada? Pwy gofith amdana i a chdi, neu hyd yn oed am ddyn da fel Thomas Williams?"

"Ti'n iawn, Tom. Dyna pam ro'n i gymint isio plentyn, ond dyna fo – cha i byth 'run rŵan."

"Dim ots, achan."

"Un peth arall, Tom. Claddwch fi ar ben fy hun ym mynwant Capel Helyg, a rhoi carrag go solat arna i."

"Iawn, was."

Doedd Tom ddim isio dadlau efo'i frawd, ac yntau yn y fath wendid. Ond beth fyddai cyflwr mynwent Capel Helyg – na mynwent y Llan, hyd yn oed – mewn rhyw ganrif, er eu hynafiaeth? Sylwodd Tom fod Huw wedi llithro i gysgu ac yn ymladd am ei wynt, gan beri i sŵn crafu hyll godi o'i ysgyfaint. Clywodd y cloc mawr yn taro deg. Dyna'i gyfnod o o wylio ar ben. Tro Luned oedd hi rŵan. Diolch byth mai efo fo roedd Huw wedi codi'r cwestiynau am etifedd. Fyddai

Luned ddim wedi medru diodda'r sylwadau oedd yn mynd mor agos at yr asgwrn. Roedd Tom yn awyddus iawn i gael sgwrs efo hi am y noson honno rhyngddynt – roedd o wedi mopio arni, ond feiddiai o ddim tra roedd Huw mor wael.

Daeth Luned i'r parlwr ac eistedd wrth ochr y gwely. Cododd Tom ei fawd i arwyddo fod popeth yn iawn. Ochneidiodd Luned ei rhyddhad. Llwyddodd Huw i gysgu am y rhan fwyaf o'r nos.

Ymhen rhyw ddeuddydd wedyn dechreuodd Huw dynnu'n ffyrnicach at y wal ddiadlam. Weithiau byddai'n anymwybodol am bron i ddiwrnod cyfa, dro arall brwydrai ag ef ei hun yn ei salwch. Ar adegau prin roedd ei feddwl yn glir fel y grisial.

Cafodd Magi a Luned eu dychryn yn enbyd un prynhawn pan ddechreuodd Huw floeddio yn ei dwymyn. Doedd gan Magi a Luned ddim syniad beth oedd yn ei gyffroi, ond roedd hi'n amlwg ei fod yn gweld drychiolaethau a'i cynhyrfai at wraidd ei fod. Dim ond Huw, yn unigrwydd ei glefyd, a welai banorama'r trallod. Roedd o unwaith eto yng nghwmni ei gyd-filwyr yn ffosydd y Somme yn aros am y chwiban i'w gorfodi dros y top. Cafodd pawb eu dracht o rym cyn cropian yn haul y bore am Goedwig Mametz. Yna roedd o'n teimlo'r bwledi'n sislan, roedd o'n clywed sŵn y gynnau mawr a'r peli tân. Roedd o'n gweld ei ffrindiau'n syrthio o bobtu iddo. Glyn â gwên ddiolchgar ar ei wyneb, darnau o gorff Wilias... llaw wen Sam yn arwain pawb tuag at uffern y goedwig. Clywodd oglau'r cnawd. Gwelodd sglein y gwaed. Teimlodd drwch y tyfiant o gwmpas ei gorff a'r darnau drylliedig yn crogi o bobman. Gwelodd y Fritz cydnerth yn codi i'w ddarnio. Ymdrechodd yntau i'w ladd. Syllodd eto ar gorff yr Almaenwr cydnerth yn gorwedd yn farw wrth ei ochr yn y gwely – y gŵr truan a lofruddiwyd ganddo. A'r llaw wen yn helpu'i ymdrech. Yna roedd y llaw yn arwain tôn orfoleddus Joseph Parry, 'Côr Caersalem'. Ac yng nghanol y gybolfa roedd Tom yn trin Luned i sŵn y dôn. Sgrechiodd Huw dros y tŷ i geisio dianc rhag ei hunllef.

Bryd hynny y dadebrodd, a'r chwys yn syrthio'n dalpiau oddi ar ei gorff egwan, brau.

Y tath ofn! Pam na ellid claddu'r llaw ddychrynllyd yna fel na ddeuai i'w arswydo fyth eto?

– XX –

Y Diwedd, Tachwedd 1919

Cafodd Huw un diwrnod buddugoliaethus ychydig ddyddiau cyn syrthio i'r coma dwytha. Llwyddodd i godi o'i wely ar ei ben ei hun a llusgo at y ffenest. Roedd hi'n fore o farrug claerwyn. Rhuai'r tân yn y grât fach yn y parlwr. Pwysodd Huw ar y lintal a gweld amlinell y Lôn Goed islaw a Chastell Cricieth draw yn y pellter. Daeth holl funudau gorwych ei fywyd byr i lenwi'i ddychymyg.

Gwelai ei hun yn cerdded llethrau Garn Pentyrch ar fore fel heddiw, y barrug yn crensian dan ei draed a'r defaid trymlwythog o ŵyn yn sgrialu i bob cyfeiriad. Clywai ei hun yn morio canu yng Nghapel Helyg a'r dôn *Huddersfield* yn cael ei slyrio'n felys gan gynghanedd y pedwar llais. Daeth hwyl plantos ysgol bach Llangybi, a sglein ac arogl colbio'r concyrs brown, yn ffres i'w ffroenau. Direidi'r teithiau i Bwllheli ar ambell nos Sadwrn efo Tom – herian ei gilydd i gael cariad, ac yntau'n ennill bron bob tro. Pam ei fod o a Tom wastad wedi ffansïo'r un hogan? Ond ceisiodd daflu Tom ymhell o'i feddwl.

Y wefr o ddechra canlyn Luned, a dotio at ei thegwch. Methu coelio ei fod wedi bod mor lwcus, yn enwedig pan ddechreuodd Luned ymateb iddo gyda'i meddwl siarp a'i chorff tanbaid. Cofio'r pryfocio am oferedd y rhyfel, a hithau'n gwylltio'n gacwn wrth ei herio i ymuno â'r fyddin. Cofio'r chwarae rhywiol cynhyrfus, a'r tro cyntaf iddo fynd iddi. Hithau'n ei wasgu'n shitrin fel mai prin y llwyddodd i dynnu allan cyn eiliad y penllanw. Cofio'r lle – Gwinllan Garn Pentyrch; cofio'r dydd, cofio'r awr, cofio'r funud. Cofio dysgu ei charu i ddyfnderoedd ei fod.

Cofio'r nerfusrwydd wrth fynd i wersyll hyfforddi'r fyddin, ond y balchder wedyn o ddod o hyd i'r holl Gymry Cymraeg. Cofio dechrau cadw'r dyddlyfr bach du a'r ymdrech i sgwennu rhyw bwt bob hyn a hyn yn y ffosydd. Poeni ei fod o wedi nodi pethau mor blaen. Gwneud llw i losgi'r dyddlyfr.

Cofio pryfocio diniwed Alis. Ymfalchïo yn ei gyfeillgarwch efo Ianto. Llonni drwyddo wrth ddeall fod Ianto a Magi wedi closio. Poeni am anffyddiaeth Ianto. Poeni am ddyfodol Craig y Garn a'r dyledion. Poeni am ddyfodol Luned. Pwy allai ei charu fel y gwnaeth o?

Cael un cip wedyn ar harddwch ei gynefin. A oedd unrhyw ddarn arall o'r byd i gyd mor drawiadol ag Eifionydd?

Ond rhaid oedd troi rŵan at gael gafael ar y dyddlyfr du, y cythral peth bach y bu mor wirion yn ei gadw. Crafangodd at garreg yr aelwyd. Ceisio codi honno i gael gafael yn y darn llyfr. Ffit ddychrynllyd o beswch yn ei wasgu a fflemiau gwyrddgoch yn glafoerio o'i ysgyfaint. Gafael yn y garreg a cheisio'i chodi. Y ffit yn gafael ynddo eto. Llewygu.

Daeth Luned a Magi o hyd iddo'n gorwedd yn llipryn llesg ar garreg yr aelwyd. Mawr fu'r dyfalu beth ar wyneb daear oedd wedi'i gymell i orwedd yn y fan honno – ni allent fyth ddyfalu'r gwir reswm. Pan ddadebrodd, cafodd ei rybuddio nad oedd i geisio ymlafnio ar ei ben ei hun yn y parlwr eto. Nodiodd Huw ei gytundeb.

Syrthiodd Huw i goma yng nghanol Tachwedd. Ymhen rhai dyddiau, bu farw'n dawel – er mawr ryddhad hyd yn oed i'w deulu agosaf. Daeth y meddyg i roi'r tystysgrif marwolaeth a rhybuddio Magi fod holl ddillad Huw – gan gynnwys y dillad gwely – i gael eu llosgi ar unwaith.

"'Dan ni ddim isio gweld mwy o deulu Craig y Garn neu Borth Cenin yn cael bedd cynnar."

"Be am ei iwnifform soldiwr o, Doctor?"

"Pob dim ddeudis i, Magi."

"Mi gaiff Tom a Tada baratoi'r goelcerth, felly."

Roedd y drychineb wedi digwydd. Lleddfodd y trefniadau ynglŷn â'r angladd eu poen am rai dyddiau. Luned oedd yn naturiol fwyaf pruddglwyfus, ond aeth adref i Fynytho i nôl dillad parch ar gyfer y cynhebrwng ac i ddianc o realiti ei thrallod.

Chwalodd calon Alis druan yn gyrbibion er y gwyddai ers wythnosau bod y farwolaeth ar ddigwydd. Ni phoenai hi ddim am fanion fel beth i'w wisgo. Roedd ei hoff ewythr – ei ffrind – wedi cilio, a'i holl hwyl a'i sgyrsiau wedi darfod am byth.

Gofalodd Magi am olchi'r corff ac aeth Tom ynglŷn â threfniadau'r angladd. Teligram i Donypandy oedd y peth cyntaf, ac wedyn gofalu am lecyn bedd yng Nghapel Helyg. Daeth y Parch. Thomas Williams i fyny i Graig y Garn bnawn Llun a sgwrsiwyd efo'r ymgymerwr. Roedd pawb yn gytûn mai'r dydd Sadwrn fyddai hwylusaf i'r cynhebrwng. Penderfynodd Magi, Luned a Kate y byddent hwy'n paratoi'r bwyd. Byddai Tom, William, gŵr Kate, Ianto a chefnder Huw o Benrhos yn cario'r elor a'r arch.

Plediodd Alis a Wil am gael mynd i weld corff eu Dewyrth Huw. Fedrai Magi ddim gwrthod. Aeth eu mam efo nhw. Teimlai Alis y dagrau'n ei mygu, ond chymerodd Wil ddim arno ei fod wedi teimlo dim. Daeth yr holl atgofion am eu dadleuon yn ôl i feddwl Alis, a rhedodd o'r parlwr a'i llygaid yn ddall.

"Doedd o'n ddim byd," meddai Wil yn llanc i gyd.

Codai'r angladd am hanner dydd o Graig y Garn. Roedd hi'n arllwys y glaw a'r lôn i'r gulffordd yn drybola o fwd. Yn brydlon am hanner dydd roedd pawb yng Nghraig y Garn yn barod i gychwyn. Gwasanaeth byr yn y tŷ oedd y trefniant, cyn mynd ar y daith stomplyd i lawr am Gapel Helyg.

Aeth y gynulleidfa fawr yn y capel bach â gwynt Luned. Feddyliodd hi erioed fod Huw yn berson mor gymeradwy yn ei ardal. Stwthiodd gyda gweddill y teulu i'r seti blaen, ac roedd Alis wedi glynu ynddi. Y gweinidog – ffrind Huw – oedd yn gyfrifol am y deyrnged. Teyrnged wych oedd hi, hefyd.

Soniodd am ddiwylliant, dyfnder profiad a ffydd ddiysgog Huw Williams. Cafodd gyfle wedyn i grybwyll gofal ei deulu drosto. Dywedodd am y dadleuon diniwed a gafodd â'i gyfaill ar sawl prynhawn ac fel yr oedd Huw wedi datblygu'n heddychwr cadarn a thipyn o sosialydd oherwydd ei brofiad a dylanwad ambell ffrind.

Llusgodd y gynulleidfa i'r fynwent, a Ianto, Tom a'r ddau arall bellach â'u hysgwyddau dan yr arch. Roedd hi'n dal i arllwys y glaw. Cafwyd gweddi fer a chydganu'r pennill enwog am y bore olaf i'r dôn *Babel*.

> *Bydd myrdd o ryfeddodau*
> *Ar doriad bore wawr,*
> *Pan ddelo plant y tonnau*
> *Yn iach o'r cystudd mawr;*
> *Oll yn eu gynau gwynion,*
> *Ac ar eu newydd wedd*
> *Yn debyg idd eu Harglwydd*
> *Yn dod i'r lan o'r bedd*

Roedd Magi'n falch o weld fod Ianto'n canu er nad oedd yn credu gair o'r emyn. Tybed faint o'r gynulleidfa oedd yn wirioneddol gredu'r geiriau, meddyliodd.

139

Ar ôl y fendith, peidiodd y glaw a chafodd y gweinidog gyfle i wahodd y galarwyr yn ôl i Graig y Garn am luniaeth.

Cerddodd Luned ac Alis yn ôl gyda'i gilydd i'r hen ffermdy. Roedd y ddwy am wasgu cysur o deimladau briw ei gilydd. Fu fawr o siarad ar y cychwyn ond o'r diwedd mentrodd Alis dorri'r garw.

"Mi oeddach chi'n caru Yncl Huw, doeddach?"

"O'n, yn union fel chdi."

"Na, dim yn union fel fi. Mi oeddach chi'n gariadon."

"Oedd, mi oedd ein cariad ni'n wahanol. Mi oedd gin i serch a chariad at Huw."

"Gewch chi gariad eto?"

"Iesgob, am gwestiwn gwirion! Fedra i ddim meddwl am y peth ar hyn o bryd."

"Dwi'n falch. Faswn i ddim yn lecio i chi neud am sbel."

"Paid â phoeni am hynny, Alis bach, wna i ddim."

Cerddodd y ddwy y gweddill o'r ffordd i Graig y Garn mewn distawrwydd llethol. Teimlai Luned yn ofnadwy o euog am ddweud celwydd noeth wrth Alis. Poenai a fyddai merch ysgol bedair ar ddeg oed wedi deall yr hyn a ddywedodd am gariad a serch. Ond poenai fwy am ganlyniadau ei noson efo Tom. Doedd ei dolur misol heb ddigwydd. Roedd hwnnw'n arfer bod yn hollol reolaidd. Byddai'n llanast go iawn pe byddai'n disgwyl babi Tom mor fuan ar ôl marwolaeth Huw. Gwasgodd ei hun i geisio atal dagrau a phanic, ond llifodd y dagrau.

Tybiai Alis ei bod yn hollol naturiol i Luned gael ei gwasgu a'i dirdynnu gan ei hiraeth am ei chariad.

Cyn pen dim, roedden nhw'n ôl yng Nghraig y Garn. Ychydig o bobl drafferthodd i ymlwybro'r holl ffordd yno i gael y te cynhebrwng. Roedd y teulu'n reit falch am hynny, er fod yno ddigon i borthi'r pum mil. Cawsant gyfle i alaru ar eu pennau eu hunain.

Ar ôl llyncu tipyn o de'r cynhebrwng, newidiodd Tom o'i ddillad parch a'i 'nelu hi am y beudy. Roedd hi'n tywyllu erbyn hyn a thaniodd y lantar. Wedyn rhoddodd dipyn o flawd i'r gwartheg a gwair yn y minsieri, ond doedd ganddo fo fawr o awydd gwneud dim. Lledorweddodd yn y mwrllwch a thanio'i getyn. Daeth Pero'r ci ato a gorwedd yn ei ymyl gan ysgwyd ei gynffon. Yn fa'no yng ngolau gwan y lantar yng nghanol murmur cnoi'r gwartheg a sŵn yr aerwy wrth i'r gwartheg blygu i lyfu'r blawd, y dechreuodd Tom fyfyrio.

Teimlai mai dim ond Pero oedd yn ei ddeall. Roedd pawb yn meddwl mai hen gythral calad oedd o, yn hollol hunanol, ond mi roedd yntau wedi cael ei frifo. Ella nad Huw a fo oedd y ddau frawd agosa yn y byd ond mi fuon nhw'n dipyn o fêts ar un adeg, pan oeddan nhw'n llusgo i lawr i Langybi i'r ysgol ac yn gwneud dryga i bryfocio'u tad. Yn mynd i Bwllheli a ffeiria wedyn i chwilio am ferchaid. Yr rhyfel ddifethodd bob dim. Ciliodd Tom fwyfwy i fyd mendio anifeiliaid a byd y dafarn, a phan ddaeth Huw adra mi oedd o bron yn sant. Ond Tom gafodd 'i fodan o.

Holodd Pero, "Be fasat ti'n neud ar ôl cael dy guro a dy frifo? Llusgo i ryw gornal i lyfu dy glwyfa, ella, am ddyddia. Ac ar ôl mendio dŵad yn ôl i fyd pobol yn braf gan ysgwyd dy gynffon fel tasa 'na ddim byd wedi digwydd. Ond dydw i ddim yn siŵr ydw i isio dŵad i fyd pobol. A be ddaw o'r ffarm 'ma ar ôl Tada?

"Tyd, Pero bach, well i mi odro i sbario rhyw fymryn arno fo. Ma nhw'n cega arnon ni'n dau tua'r tŷ 'na yn barod, ma'n siŵr, gan ddeud ein bod ni wedi denig i Ty'n Porth ar ddiwrnod y cnebrwng – y cnafon."

Gadawodd Ianto yn blygeiniol ar y trên cynta fore Llun gan fynnu cyn mynd bod Magi'n mentro i dir y glo dros y Dolig. Cytunodd hithau er yn bur betrus. Addawodd Ianto yrru'r tocyn i fyny a dod i'w chyfarfod i Bontypridd. Doedd fawr o esgus ganddi wedyn. Roedd Luned am aros tan wythnos i'r Llun yng Nghraig y Garn.

Byddai'n dipyn o ysgytwad i Luned newid patrwm ei bywyd, y patrwm a oedd bellach yn rhan mor sefydlog o'i harferion. Bron nad oedd Foel Dafydd, Mynytho yn dŷ dieithr iddi, a'r hen gecru efo'i mam wedi cael ei anghofio hefyd. Rhaid fyddai ailwreiddio dros dro, beth bynnag, yn Foel Dafydd. Ond byddai'n dal i ddod i Graig y Garn unwaith bob pythefnos i geisio setlo ar ei pherthynas efo Tom.

Roedd Magi'n teimlo'n ddryslyd ynglŷn â mynd i Donypandy hefyd. Serch hynny, roedd hi'n haeddu gwyliau go iawn ar ôl yr holl fisoedd trymion yn nyrsio Huw. Ac roedd hi mewn cariad.

Ar y bore Sadwrn canlynol cyrhaeddodd Cybi yng Nghraig y Garn efo tocyn trên Magi a chopi o'r *Herald Gymraeg,* ac meddai'n eitha bostfawr wrth sipian ei de yn y gegin, "Meddwl y basa'n well ichi gael yr *Herald* heddiw o bob diwrnod. Teyrnged i Huw ynddo fo, gin i," meddai'n falch wrth estyn y papur i Gruffudd Williams. Ni fu hwnnw'n hir cyn dod o hyd i'r deyrnged, a dechreuodd ddarllen yn ofalus a phwyllog.

> *"Yr ail wythnos o Dachwedd 1919, bu farw'r brawd ifanc Huw Williams, Craig y Garn, Llangybi, wedi treulio ond pum blynedd ar hugain yn yr anial garw. Cafodd ei dad,*

Gruffudd Williams, a'i deulu yr anrhydedd o weini arno
am dros flwyddyn o ddwyn y groes. Yr oedd i'n cyfaill
bersonoliaeth hynod hawddgar a boneddigaidd, yr hon ym
mhair cystudd elai yn hawddgarach ac aruchelach fyth. Yn
gyson â hynny ymddatblygodd ynddo y fath ddyn ysbrydol
fel yr oedd ei ymddiddan hyd yn oed yn ei boenau a'i benyd
yn peri i'r rhai a weinai arno deimlo nad oedd y meddyg
gwell ymhell o'i ystafell ef."

Stopiodd Gruffudd Williams i glirio'i wddw a sychu deigryn
slei oedd wedi cronni yn ei lygaid. Yna dechreuodd wedyn,
a'i lais os rhywbeth yn gadarnach.

"Lawer gwaith y diolchodd am gael bod dan ei 'operation
ef' yn hytrach na phe cawsai ei alw megis yn ddirybudd o
alanast ofnadwy y rhyfel.

Dyletswydd arnom yw datgan parch ein cyfaill llednais i'w
weinyddes a'i deulu am eu gofal Cristnogol amdano.

Yn yr angladd blaenorai ei gyfaill, y Parch. T Williams,
Capel Helyg, yn ddoeth ac mewn trefn. Ac megis mewn
cyd-ddealltwriaeth cydymdeimladol wylai natur ei dagrau
hael tryloywon ddiwrnod arlwy ei mab mwyn. Ni pheidiodd
hyd yn oed yn sŵn lleddf 'Bydd myrdd o ryfeddodau' ar
erchwyn ei wely newydd."

Stopiodd Gruffudd Williams a rhoi'r *Herald* i lawr.

"Dyna hi," meddai'n drist.

"Beth oeddach chi'n feddwl, ta?" holodd Cybi, yn awyddus
i gael ei ganmol.

"Da iawn wir," meddai Magi'n wenieithus.

Llawer rhy farddonllyd oedd dirgel feddyliau Luned, ond
ddywedodd hi 'run gair. Aeth Cybi ar ei rawd, yn amlwg
wedi'i blesio.

Roedd gan Luned fater mawr yn dechrau ei phoeni.

– XXI –

O Dan Y Don – Tachwedd 1919

Digon fflat fu pethau yng Nghraig y Garn ar ôl angladd
Huw. Roedd Luned yn dyheu am gael amser i siarad pen
rheswm efo Tom. Roedd hi eisiau cyfle a llonydd ar ei phen ei
hun i wneud hynny, a daeth cyfle ar y Sul wythnos wedyn pan
oedd Magi wedi mynd i Borth Cenin, a Gruffudd Williams
wedi mynnu mynd at ei ddosbarth Ysgol Sul i Sardis.

Eisteddai Tom yn tynnu ar ei getyn yn ddigon bodlon
ei fyd ar y Sul hwnnw. Gobeithiai Tom fod dyfodol i'r
berthynas rhwng Luned ac yntau. Roedd ei dad eisoes wedi'i
chychwyn hi am Sardis, a Luned yn smwddio'i dillad yn barod
at fynd adref fore trannoeth. Doedd fiw gwneud hynny ym
mhresenoldeb biwritanaidd Gruffudd Williams. Syllai Luned
yn graff at y môr yn y pellter yn meddwl sut y gallai ddweud
ei dweud wrth Tom. Doedd dim amdani ond dweud wrtho'n
blwmp ac yn blaen. O'r diwedd mentrodd dorri'r garw.

"Ma gin i rwbath go bwysig dw i isio ddeud – pwysig i'r
ddau ohonan ni, dw i'n meddwl."

Deffrodd Tom drwyddo, a gwagio'i getyn. "Ew, be
dŵad?"

"Fedra i ond deud yn strêt wrthat ti, Tom. Dw i'n disgwl
dy blentyn di."

"Nefoedd yr adar! Sut gythral ma hynny'n bosib, a be sy'n
dy neud ti mor siŵr?"

"Mi ddylat ti wbod sut ma'r peth yn bosib, a ma genod fel
arfar yn reit siŵr o'u petha."

"Sioc gythreulig!"

Croesodd Luned ato ac eistedd wrth ei ochr ar y setl. Roedd ei llygaid yn llawn dagrau wrth iddi geisio llunio'r geiriau y bu'n cynllunio ers dyddiau yn ei meddwl. Aeth Tom yn ei flaen i siarad.

"Alli di ddim cael plentyn siawns mor fuan ar ôl marw Huw. Mi prioda i di – fory nesa."

"Fydd dim isio i ti mhriodi i, Tom. Plentyn siawns, ia, ond plentyn siawns Huw."

"Rargian, sut gelli di fentro twyllo pawb?"

Cymerodd Luned ei hamser i ateb a gwnaeth hynny'n hollol bwyllog.

"Does neb ond chdi a fi, Magi, y doctor, y nyrs, Tada a Tomos Wilias yn dallt pa mor wirioneddol wantan oedd o yn y ddeufis dwytha. Fyddai Tada, y gweinidog a'r doctor byth yn dyfalu'r gwir. Mi gyffesa i bopeth wrth Ianto a Magi a cheisio perswadio'r nyrs i gadw cyfrinach."

Gafaelodd Tom yn ei dwylo ac edrych i fyw ei llygaid. "Yli Luned, dw i wrth fy modd ynglŷn â'r babi bach, a go wir mi ydw i isio dy briodi di."

Ymdrechodd Luned i reoli'i theimladau. Gwasgodd ei ddwylo caled a dweud, "Dw i ddim yn ama nad wyt ti isio fy mhriodi i, ond dw i ddim mor siŵr sut ydw i'n teimlo tuag atat ti. Mi hoffwn i gael gweld ydan ni'n medru gyrru 'mlaen efo'n gilydd yn y misoedd nesa 'ma, cyn gwneud unrhyw benderfyniad."

"Sut medrwn ni weld hynny a chditha yn Mynytho a finna yn fa'ma?"

Cododd Luned i ailafael yn y smwddio. "Mi fydda i'n dal i ddŵad yma bob rhyw bythefnos i weld Magi. Mi gawn ni gyfla bryd hynny, ond mae 'na betha pwysicach ar fy meddwl i rŵan – deud wrth Mam a Nhad."

"Be ddeudan nhw?"

"Mi gân nhw andros o fraw, ond fydd dim dewis ganddyn nhw ond derbyn y peth."

"Dydi be wyt ti'n fwriadu 'i neud ddim yn sathru ar enw da Huw – y sant gafodd 'i gladdu wythnos i ddoe?"

"Ella, ond roedd yr Huw iach ymhell o fod yn sant."

Credai Luned fod angen paned o de go gry ar y ddau. Tywalltodd y dŵr berwedig i'r tebot a disgwyl iddo fwrw'i ffrwyth. Llwythodd Tom ei getyn unwaith eto a llenwi'r gegin ag arogl siàg Amlwch. Roedd arno angen amser i ddygymod â'r newyddion. Estynnodd Luned banad ffres iddo ac eistedd wrth ei ochr.

"Roedd Huw yn methu caru wedi iddo fo gael ei glwyfo, er iddo fo gael sawl cyfla. Yn y diwadd mi dorrodd ei galon."

Bu tawelwch am rai eiliadau.

"A rhoi ei galon i Iesu Grist," meddai Tom.

"Cas iawn, Tom. Ond ella bod be dw i newydd 'i gyffesu'n egluro pam 'mod i mor barod efo chdi rai wythnosau'n ôl. Mi oeddwn i'n ysu am ddyn, unrhyw ddyn."

"Chdi sy'n gas rŵan, Luned."

Ar hynny clywodd y ddau sŵn sgidiau trymion yn y cowt o flaen y drws. Daeth pen Gruffudd Williams rownd y palis a golwg drybeilig o flin arno.

"Fedran nhw mo'i gweld hi tua'r Sardis 'na. Ma'n rhaid i ni fuddsoddi i gael organ newydd. Ers faint ydach chi'ch dau yn brygowtha yn fa'ma?"

Gwenodd Luned yn ddel ar Gruffudd Williams a thoddi'i galon.

"Peidiwch â chynhyrfu, da chi. Dowch at y tân i gael panad. Mi gaiff Tom fynd i borthi'r anifeiliaid tra byddwch chi'n ymlacio."

Cyrhaeddodd Magi yn ôl i Graig y Garn rhwng godro a

gwely, ac roedd yn amlwg iddi fod tyndra mawr rhwng Luned a Tom. Gwyddai na châi fawr o wybodaeth gan Tom, felly arhosodd am ei chyfle i holi Luned. Wrth i'r ddwy ddadwisgo yn y llofft y noson honno gofynnodd i Luned, "Be oedd y blewyn dynnist ti o drwyn Tom pnawn 'ma?"

Ddywedodd Luned 'run gair am dipyn, dim ond dal ati i syllu'n freuddwydiol ar olau'r gannwyll.

"Wel, wyt ti am ddeud wrtha i?" heriodd Magi'n ddiamynedd.

"Dydi hi ddim yn hawdd. Ti'n cofio'r nos Sadwrn honno, tua deufis yn ôl, pan est ti i Borth Cenin a 'ngadael i yma efo Huw, Tom a dy dad?"

"Ydw'n iawn. Do'n i ddim isio mynd am fod Huw mor wael."

"Wel mi oedd gen i ofn. Dim ofn i rwbath ddigwydd i Huw, dim ofn Tom chwaith, ond ofn fi fy hun. Mi drïodd Tom fi, a mi fues inna'n ddigon gwirion i ildio iddo fo, a rŵan mi dw i'n disgw'l 'i blentyn o."

Gwelodd Magi ac eistedd yn drwm ar yr unig gadair yn y llofft. Fedrai hi ddim dweud gair am rai eiliadau.

"Wyt ti am ddeud rhwbath?" gofynnodd Luned.

"Arglwydd mawr! Tom o bawb! Cwrw Ty'n Porth, m'wn. Wel am lanast − a rŵan mi wyt ti'n difaru dy enaid."

"Mi o'n i pan ddechreuis i ama, ond rŵan dw i 'di dŵad i hannar derbyn y peth. Ella 'mod i'n falch. O leia mi fydd brîd Foel Dafydd yn para."

"Ydi Tom am dy briodi di?"

"Mae o wedi cynnig pnawn 'ma. Ond dw i ddim mor siŵr ydw i isio'i briodi fo, am lawer o resyma."

"Call iawn − am lawer o resyma. Ond sut gwnei di fagu'r plentyn?"

"Fydda i mo'r gynta i fagu plentyn heb dad."

"Sôn am gywilydd! Pwy ddeudi di ydi'r tad?"

"Mi ddeuda i mai Huw ydi'i dad o, os cytuni di."

"Huw druan! Fedra fo ddim bod wedi gneud dim byd i ti ers o leia ddau fis."

"Na fedra, ddim ers iddo fo ddŵad yn ôl o'r rhyfel. Ond does 'na neb ond chdi, Tom, fi a'r nyrs yn gwbod pa mor wael oedd o."

"Be am Tom?"

"Mi gynigiodd fy mhriodi fi pan ddwedais i wrtho fo. Ti'n meddwl y bydd o'n mynnu hawlio mai fo ydi tad y plentyn?" holodd Luned.

"Gwestiwn gin i."

"Wnei di gytuno, Magi? Mi fedra inna wedyn drio perswadio'r nyrs. Plis?"

"Be am enw da Huw?"

"Be am enw da Tom, a f'enw da inna hefyd?"

"Mae arna i isio amsar i gysidro."

"Tria fod yn gyflym – mae hyn yn pwyso'n ofnadwy arna i."

"Faswn i ddim yn trystio dim ar Tom efo pres chwaith."

"Pam felly?"

"Cybudd 'dio. Dydi o rioed wedi rhoi ceiniog i Tada i'w helpu fo dalu am yr hen le 'ma."

"Falla nad oes gynno fo ddim ceiniog i'w sbario."

"Choelia i fawr. Dydi o ddim yn mendio gwartheg a cheffyla ffarmwrs Môn a Meirion am ddim. Mi dw i 'di chwilio'i lofft o 'geinia o weithia, a does 'na ddim dima goch wedi'i chuddio yno."

"Oes gynno fo gyfri banc?"

"Ella, ond dw i'n ama 'i fod o'n yfad 'i holl bres. Faint mae o'n daflu dros gownter tafarn Ty'n Porth a chowntar sawl tafarn arall mewn wsnos 'sgin i ddim syniad."

"Ydi o'n yfad mwy rŵan nag erstalwm?"

"Mae arna i ofn 'i fod o fel yr hydd ar lan afonydd dyfroedd cyn belled ag y mae cwrw yn y cwestiwn."

"Paid â 'nychryn i, wir."

Aeth Luned i'r gwely a thynnu'r dillad dros ei phen. Trannoeth byddai'n mynd yn ôl i Foel Dafydd a thorri'r garw efo'i thad a'i mam. Arswydai wrth feddwl am eu hymateb, ond mae'n siŵr mai gohirio a gohirio a wnâi. Roedd hi angen ffeindio'r plwc o rywle.

Fore trannoeth ymdroellai'r niwl ar hyd y glannau ac roedd mynyddoedd Meirion, a swatiai Eryri dan grawen denau o eira cynnar. Aeth Tom â Luned i lawr i ddal y brêc i Bwllheli am ddeg o'r gloch, ac ni wnaeth Magi fusnesu yn eu cynlluniau. Roedd hi am sgwrio'r parlwr cyn i blant bach Porth Cenin ddod i droi bob man â'i ben i waered.

Toc, daeth Tom yn ôl o Langybi a mynd allan i helpu ei dad i losgi gweddill dillad ac eiddo Huw. Cydiodd y gwynt main dan y fflamau a'u codi i entrychion yr awyr lwyd. Doedd gan Magi ddim awydd mynd allan i weld y tân. Canolbwyntiodd ar y sgwrio, ac am hanner dydd union galwodd y dynion i'r tŷ i gael tamaid o ginio – tatws drwy'u crwyn a llaeth enwyn. Ar ôl bwyta aeth Gruffudd Williams yntau am ei gyntun arferol. Gadawyd Tom yn tin-droi yn y gegin, yn tynnu'n hunanfodlon ar ei getyn.

"Ma petha'r hen Huw druan yn fân lwch y cloriannau bellach," meddai a chwythu llond ysgyfaint o fwg siàg at y nenfwd melyn.

Ddywedodd Magi ddim byd.

"Ac yn ôl yr ogla disinffectant sy yn y tŷ 'ma mi ddylia'r parlwr fod yn ffit i bobol fedru eistadd ynddo fo erbyn hyn."

Fedrai Magi ddim dal rhagor.

"Mi ddylia titha drochi dy hun mewn disinffectant go gry, yr hen gi drain cythral!"

"Ci drain? Be ti'n feddwl, Magi?"

"Hy! Paid â chogio bod mor ddiniwad. Cwrw Ty'n Porth a Luned yn disgwl dy blentyn di. Fydda ti ddim 'di meiddio cyffwrdd ynddi hi fel arall."

"'Doedd 'na fawr o waith perswadio arni hi."

Gafaelodd Magi yn y cadach llestri a labio Tom ar draws ei lygaid.

"Cywilydd arnoch chi'ch dau. Huw druan mor wael yn y parlwr, Tada'n chwyrnu yn ei lofft a chithau'n melys chwanta i lawr yn fa'ma."

"Mi dw i 'di cynnig 'i phriodi hi."

"Do, a ma hi wedi dy wrthod di. Wela i ddim bai o gwbwl arni hi."

Cododd Tom a phlygu'r cadach llestri yn daclus a'i roi yn ôl i Magi gan ddweud, "Wel am hen gnawas. Be sy o'i le arna i, felly?"

"Ti'n hollol ddi-hid, Tom. Crwydro'r wlad, gwario, yfad a dim rhithyn o ddiddordab yn y ffarm 'ma. A be am yr holl ddyledion?"

"Ches i mo 'ngeni i fod yn ffarmwr, Magi fach. Trin anifeiliaid ydi 'nileit i – dim chwynnu swej a charthu cytia."

"A be ddigwyddith i Graig y Garn ar ôl i Tada fynd yn rhy hen i'w ffarmio hi?"

"Mi fyddi di yma, yn byddi?"

"Be sy'n gneud i ti feddwl 'mod i isio aros mewn rhyw dwll din byd fel hyn am byth?"

Atebodd Tom ddim. Tynnodd yn galetach ar ei getyn nes bod y gegin yn gymylau o fwg. Aeth Magi ymlaen yn ei thymer.

"A ma Luned am ddeud mai Huw ydi'r tad. Difetha enw da'r creadur i achub dy groen di."

"Achub 'i chroen 'i hun, ti'n feddwl."

"Ond mi fydd rhaid i mi gytuno, neu weithith 'i chynllun bach hi ddim."

"Wyt ti am gytuno?"

"Dw i ddim yn gwbod eto. Bechod na fasat ti'n medru sadio, Tom. Mi allat stopio yfad, stopio crwydro a thrio dy ora i fyhafio. Ella basa Luned yn dy briodi di wedyn."

"Ti'n meddwl y medrwn i?"

"Ti'n unig ŵyr hynny, te."

Eisteddai Luned yn anghyfforddus ar sedd bren galed y brêc. Teithient heibio i wal fawr stad Broomhall, perchennog tir y rhan fwyaf o ffermydd y cwr yma o Eifionydd.

Buasai Gruffudd Williams wedi bod yn ddoethach pe bai wedi aros yn denant bach sefydlog. Fyddai baich dyledion ddim yn ei boeni. Ond roedd baich trymach na dyledion yn poeni Luned, baich ei beichiogrwydd. Doedd hi ddim wedi cysgu brin winc ers marwolaeth Huw a sylweddoli ei bod yn cario plentyn ei frawd. Teimlodd ei bol o dan ei sgert wlân gynnes. Yn ei chroth yn y fan honno yr oedd y babi bach yn datblygu. A beth am gynnig Tom i'w phriodi? A fyddai ei chynllun i ddweud mai Huw oedd y tad yn gweithio?

Doedd dim ateb i'r cwestiynau niferus a dyrys hyn. Byddai amser yn lleddfu'r pryderon, efallai.

– XXII –

Derbyn a Gwrthod, Rhagfyr 1919

Roedd Magi'n fyw o gyffro. Am y tro cynta yn ei bywyd roedd yn cael mynd y tu allan i Sir Gaernarfon – a hynny ar ei gwyliau at ei chariad! Roedd Ianto eisoes wedi anfon ei thocyn trên i Graig y Garn, ond serch ei chyffro teimlai Magi braidd yn euog ynglŷn â gadael ei thad a Tom mor fuan ar ôl marwolaeth Huw. Ond roedd ganddi hithau hawl i'w bywyd.

Roedd newyddion Luned yn pwyso arni hefyd ac wedi gwneud i'w phen droi ers dyddiau. Gobeithiai y byddai seibiant, awyrgylch gwahanol a chyngor Ianto yn ei helpu i ddod i benderfyniad ynglŷn â cynllun celwyddog Luned.

Cyrhaeddodd yng ngorsaf brysur Pontypridd ddeuddydd cyn y Nadolig. Yno roedd Ianto'n aros amdani. Cyn pen dim roeddynt wedi newid trên ac yn teithio i fyny am gartref Ianto yn Nhonypandy.

Synnai Magi at yr olygfa a welai ar y siwrnai droellog drwy gwm y mwg a'r llwch, gan basio trwy bentrefi a threfi bychain Trehafod, y Porth a Dinas nes cyrraedd Tonypandy. Gwelai'r tai yn ymestyn yn rhesi diderfyn, y tipiau fel bwganod duon yn hofran uwch eu pennau, y capeli solat megis temlau, a'r bobol fel morgrug yn gwau drwy'i gilydd ar y strydoedd a'r gorsafoedd.

Wrth gerdded o stesion y Pandy am gartref Ianto yn Kenry Street, ni allai beidio â dweud, "Sut yn y byd wyt ti'n gallu byw mewn lle mor fudr a swnllyd, Ianto?"

"Brwnt – ond ma dyn yn dod i arfer. Falle doi dithe i arfer 'da fe hefyd. A chofia di, y glo sy'n rhoi gwaith i'r miloedd o ddynion ac yn cynnal eu teuluoedd."

"Sut gallwn i byth arfar, a finna hefo cartra braf yn Llangybi?"

"Ma amgylchiade pobol yn newid, ti'n gwbod. Ambell waith yn glou iawn."

Wnaeth Magi ddim ateb, ond gadawodd i Ianto ei thywys i'r tŷ teras mewn rhes hir. Cyflwynodd Ianto ei gariad i'w fam a'i chwaer, Megan. Wedyn aeth Ianto â Magi i'r ystafell wely fechan y byddai'n ei rhannu â Megan. Dywcdodd wrthi am gymryd pum munud i gael ei gwynt ati ac ymlacio ar ôl yr hirdaith o Langybi.

Agorodd Magi ei chês bychan a dechrau synfyfyrio. Toc daeth Megan â dŵr poeth mewn jwg iddi gael ymolchi. Pwtan fach dlos, lygatddu oedd Megan, yn gwisgo barclod wen dros ei sgert wlanen hir.

"Gobeithio na 'dych chi ddim yn becso rhannu gwely 'da fi, ond ma'r tŷ 'ma mor fach."

"Poeni dim, Megan; 'run ydi'r drefn acw. Mae popeth yn daclus iawn yma."

"Enjoiwch, ta prun. Yr haf yw'r amser gore i ddod i'r Rhondda. Ma'r dyddie nawr mor fyr ond ma digon o gyngherdde ac ati'n cael 'u cynnal. Y'ch chi'n hoffi canu?"

"Pan ga i gyfle."

"Dyna fe, te. Dewch lawr i'r parlwr ac mi gawn ni sgwrs iawn bryd hynny."

Cyn pen dim roedd Ianto'n gweiddi ar Magi wrth droed y grisiau. Erbyn hyn roedd hi wedi ymolchi'n lân a chribo'i gwallt cyn mentro i lawr i'r parlwr.

"So ni'n cwnnu tân yn y parlwr ond i ddieithriaid, Magi,

ond ma Ianto'n dod â lodesi gwahanol gartre bron bob mis!"

"Taw â'th gelwydde, Megan! Ti yw'r gynta, Magi – yr unig un ers yn agos i bum mlynedd."

"Bechod," oedd sylw ffug-dosturiol Magi.

Doedd tad Ianto a Berwyn, ei frawd, ddim wedi cyrraedd o lofa'r Cambrian eto. Gadawodd Megan y ddau ar eu pennau eu hunain yn y parlwr.

"Mae hi 'run ffunud â ti, Ianto."

"O na, paid â gweud hynna wrthi hi, myn yffarn i!"

Chwarddodd Magi cyn newid naws y sgwrs wrth sôn am helynt Luned a Tom.

"Roedd hi'n eitha amlwg na allai Huw druan fod wedi cyffwrdd ynddi hi yn ystod y misoedd diwetha. Pwy arall oedd yn gwbod pa mor wael oedd e?" gofynnodd Ianto.

"Wel y nyrs ydi'r unig un allai ddyfalu." meddai Magi'n betrusgar.

"Fe fydd rhaid i Luned ei pherswadio hi i gytuno felly. Wnaiff hi?"

"Dim syniad."

"Wel os gwnaiff hi, dweud celwydd fyddai ore, sbo."

Toc cyrhaeddodd y ddau ddyn adref. Cawsant gyfle i ymolchi'n lân, ond tipyn o siom i Magi oedd clywed y tad a Berwyn yn siarad Saesneg â'i gilydd.

Nadolig pur lwm fuodd hi yng Nghraig y Garn, a'r ffaith fod Magi ar wyliau'n newid sefyllfa'n gyfan gwbl i'r ddau ddyn, nad oeddynt erioed o'r blaen wedi byw heb dendans gwragedd. Roedd Gruffudd Williams a Tom fel dau adyn ar gyfeiliorn. Daeth Luned draw i bluo'r ŵydd ac i roi cyfarwyddyd manwl i Tom ynglŷn â sut i'w choginio. Eisteddai'r ŵydd yn dalp o gnawd oer ar lechen y tŷ llaeth.

"Wyt ti'n dallt rŵan, Tom?" gofynnodd Luned yn ddiamynedd, ar ôl iddi esbonio'r cyfan droeon.

"Mi dw i 'di gwrando'n ofalus – ond cofia, dw i rioed wedi cwcio dim yn fy mywyd."

"Cywilydd arnat ti, a mwy o gywilydd ar dy fam, Magi a Kate yn 'ych difetha chi'r dynion yn lân. Ond diolch byth, ma Kate yn rhy llawn o'i thrafferthion ei hun rŵan yn magu plant i redag i Graig y Garn i'ch dandwn chi'ch dau eto."

"Mewn trwy un glust ac allan drwy'r llall mae'r holl gyfarwyddiada wedi mynd. Alli di ddim aros efo ni tros y Dolig?"

"Paid â siarad drwy dy het, Tom. Adra efo Mam a Nhad ma fy lle i. A be 'di'r pwynt gwneud testun siarad i gymdogion busneslyd? Mi dw i'n dŵad yma'n rhy aml fel mae hi."

"Wel, does gynnon ni ddim dewis, felly – mi fydd raid i'r ddau ohonan ni ddygymod, yn bydd?"

Dychwelodd Luned i Foel Dafydd i dreulio'r Nadolig a cheisio magu'r plwc i dorri'r newydd wrth ei thad a'i mam.

Arhosodd tan nos Galan cyn mentro. Roedd ei thad yn hwylio i fynd i lawr i Gapel y Nant i ganu carolau yn y *Watch Night* ac roedd wedi ceisio perswadio Luned i gerdded i lawr yno efo fo. Bu am oesoedd yn siafio yn y gegin groes ac yn stwna efo'i wallt a'i dei. Yna daeth drwodd i'r gegin yn edrych yn eitha balch ohono'i hun.

"Wel, wna i rŵan ta, genod?"

"Dim rhyw geiliog ifanc wyt ti bellach, Robat – rwyt ti'n bell dros dy hanner cant. Beryg i ferched y Nant ddechra siarad amdanat ti."

"Hy, mi wnâi hi fyd o les i chitha'ch dwy godi allan o'r tŷ 'ma yn lle gori fel dwy hen iâr. A dw i'n methu dallt Luned."

"Yli Robat, newydd golli'i chariad mae hi. Sut mae disgwyl iddi fynd i ganu carola?"

"Ella gwelat ti yr hen Ifan yno."

Roedd Robat Jones wedi mynd yn rhy bell, a gwyddai hynny. Eisteddodd wrth y tân a stwffio'i draed i mewn i'w sgidia lledr brown sgleiniog. Penderfynodd Luned dorri ei newydd mawr.

"Dw i ddim yn meddwl y byddai Ifan nac unrhyw Ifan arall yn yr ardal isio ngweld i rŵan, Nhad."

"Sut wyt ti'n geirio fel 'na?" gofynnodd hwnnw.

"Dwi'n disgwl plentyn Huw, Dad, mewn tua chwe mis."

Aeth ei thad yn fud pan glywodd y newyddion a wnaeth o ddim hyd yn oed trafferthu gorffen cau ei sgidia.

"Hy, pwy fedar fynd i ganu carola ar ôl y fath sioc?"

Roedd ei mam eisoes yn crio'n dawel.

"Mi o'n i wedi dyweddïo efo fo ac mi oedd y creadur mor wael."

Aeth Robat Jones i'w wely yn lle mynd am y Nant. Ymhen rhyw hanner awr stopiodd ei mam snwffian crio a cheisiodd gymodi efo'i merch.

"Dw i ddim wedi digio efo chdi go iawn, dim ond y braw wnaeth fy nhaflu fi oddi ar fy echel."

"Mi oedd o'n fraw i mi hefyd Mam. Yr aflwydd oedd na fedris i ddim deud dim wrth Huw gan nad o'n i'n ddigon siŵr ar y pryd."

"Sut gwnei di fagu'r plentyn?"

"Fydda i mo'r gynta i orfod ymdrechu, ac ella ca i ddyn arall reit handi."

"Dwyt ti rioed yn sôn am Ifan?"

"Go brin – ma hwnnw'n ormod o hen snichyn i rannu'i bres a'i gariad efo rhywun sy angen 'i help o."

"Paid â bod mor siŵr o dy betha. Mae dynion yn medru ymddwyn yn rhyfadd os cân nhw ferch ifanc ddel i rannu eu bywyd efo nhw."

Wnaeth Luned ddim ymateb i sylw ei mam, dim ond gofyn, "Ydach chi'n meddwl bod Nhad wedi pwdu go iawn?"

"Nagdw. Rho amsar iddo fo ac mi ddaw at ei goed."

Llyncodd Robat Jones y mul am dridia. Prin y siaradodd efo Luned na'i wraig. Yna, ar y trydydd diwrnod, roedd popeth fel o'r blaen, ac yntau'n canu wrth odro'r gwartheg a phorthi'r lloi, ac yn gweiddi nerth ei ben ar ei gŵn.

Cafodd Magi amser gwahanol iawn yn Nhonypandy. Mwynhaodd gyngerdd gwefreiddiol yn Jeriwsalem ar y nos Sul wedi'r Dolig ac edmygu Ianto yn torsythu rhwng Berwyn ei frawd a'i dad gyda'r tenoriaid yng nghôr Penygraig. Ar benwythnos y Calan, a'r pyllau i gyd ar gau, roedd Ianto am gerdded efo Magi ar hyd y llwybr dros ysgwydd y mynydd i Gilfach Goch. Roedd o'n awyddus i ddangos iddi fod harddwch yn perthyn i'r cymoedd hefyd. Hyderai y byddai'n ddiwrnod braf er mwyn iddynt allu gweld unigeddau gwyllt y bryniau uwchlaw'r tomenni duon.

Gwawriodd y Sadwrn yn fore heulog, barugog – tywydd delfrydol i fynd am dro. Ond doedd Magi ddim yn rhy awyddus i gerdded.

"Dere mlan. Ti'n rhy bwdwr. Fe fydd cerdded yn siŵr o wneud lles mawr i ti."

"Ond does gen i ddim sgidia pwrpasol chwaith."

"Paid â whilo am esgusodion. Fe gei di fenthyca hen sgidie gwaith Berwyn."

Mynd fu raid i Magi. Paratoi pecyn o frechdanau a the oer a'i chychwyn hi i fyny y llwybr oedd yn gwau rhwng y tipiau du anferth. Roedd sgentan denau o eira ar y tipiau a hwnnw'n prysur feirioli yn haul cynnes y bore. Roedden nhw'n uchel uwch ben tref Tonypandy a braich o'r cwm yn ymestyn draw am Gwm Clydach. Am unwaith roedd y wagenni a gariai'r llwch du yn segur.

"Dishgwl be ma perchnogion y Cambrian yn ei wneud i'n cwm hardd ni, Magi."

"Ond fel rwyt ti wedi'i ddweud, gwaith a chyflog sy'n bwysig."

"Ti'n iawn, ond y gweithwyr ddylai fod yn berchnogion ar y cyfan, dim rhyw grwcs o'r ganrif ddwetha." Brasgamai Ianto rhyw ddwy lath o flaen Magi. "Dere wir, mae'r haul wedi cwnnu'n uchel uwch ein penne ni."

"Paid â swnian, Ianto, dw i'n trio ngora i dy ddal di."

"Mae rhaid i fi gonan os ydyn ni am gyrraedd y top. Ti'n lwcus i gael sboner sy heb gael dwst ar 'i lyngs. Deng mlynedd arall lawr y Cambrian ac fe fydda i fel hen ŵr."

Yn raddol cyrhaeddodd y ddau y llwybr ar y tir uwchben y tipiau, ac arafu i edmygu'r olygfa. Ymdroellai'r cwm i lawr am y Porth a Phontypridd, a gyferbyn â hwy roedd mynwent anferth y Llethr Ddu. Wedi'u gwasgaru bob rhyw filltir roedd olwynion y pyllau glo – rhain oedd canolbwynt bywydau'r trigolion. Yn uchel dros y ffordd â hwy roedd un tip glo anferth yn teyrnasu dros y ddau gwm a mwg yn codi'n eglur o'i gopa.

"Wyddwn i ddim fod 'na losgfynyddoedd yn ne Cymru," pryfociodd Magi.

Chwarddodd Ianto cyn ateb, "Tip Tylorstown yw hwnna.

Mae 'na gymint o lo ynddo fe fel bod ei grombil e'n llosgi ddydd a nos."

Hanner awr arall o ddringo a cherdded dyfal, ac roedden nhw ar y top, a chrawcwellt a chaeau gleision yn cyrraedd bron i'r brig. Porai defaid llwyd gan lo yma ac acw. Yna dechreuodd Ianto enwi'r mynyddoedd a'r bryniau o'u cwmpas – Mynydd Penygraig, Mynydd Porth yr Hebog ac yn syth o'u blaenau Mynydd Maesteg. Dyma nhw'n eistedd wedyn ar ben y tyle i wynebu'r de gyda'u cefnau at ddüwch prysur y Rhondda. Wrth swatio ar ben y bryn caent gysgod rhag yr awel fain a chwythai o'r gogledd. Gallent weld am gryn ugain milltir i waelodion y fro. Yn isel oddi tanynt roedd y Gilfach Goch mewn hafn ddofn rhwng y bryniau. Agorodd Ianto'r tun bwyd yn awchus a chychwyn traflyncu'r brechdanau trwchus cig moch. Roedd Magi'n llawer llai llwglyd ac eisteddai mewn syndod yn rhythu ar ei chariad yn sglaffio.

"Sut ma gin ti'r fath stumog, Ianto?"

"Ma cerdded clou yn siŵr o fagu chwant bwyd ar ddyn iach."

"Dim ar ferch iach. Alla i ddim cael Luned a Tom o fy meddwl. Sut allen nhw fod yn y fath sefyllfa?"

"Hawdd iawn, dybiwn i, Magi."

Estynnodd Ianto ei freichiau cydnerth a thynnu Magi ato.

Ond wnaeth o ddim trio'i chusanu am blwc nes iddo orffen cnoi ei frechdan. Wedyn dyma fo'n plannu'i wefusau'n frwd ar ei rhai hi. Teimlodd Magi ei phen yn troi. Ond ni allai ddeall ymlyniad Ianto wrthi. Dyma'r tro cyntaf erioed i unrhyw ŵr ifanc gymryd rhithyn o ddiddordeb ynddi.

"Be wyt ti wedi'i weld yna i, Ianto?"

"Fe gymere hi bnawn cyfa i mi whila'r cyfan am dy rinwedde di Magi."

"Alla i'm dy goelio di, Ianto. Dw i ddim yn arbennig o ddel. Dw i'n heglog. Ma gin i wallt coch a brychni haul yn blastar dros fy ngwynab…"

"Cywilydd arnat ti'n dibrisio dy hun fel'na. Ma pob merch yn hardd yn 'i ffordd ei hun."

"Ond ches i erioed gariad cyn i ti ddod i Graig y Garn."

"Sawl bachan fuodd i Graig y Garn i dy weld ti? Ateb nawr."

"Dim llawer."

"Nawr te, beth mewn lodes sy'n troi pen bachan a'i hala fe'n hollol ffôl? Fe weda i wrthot ti. Bod yn ddeniadol a chael rhinwedde megis personoliaeth fyw, caredigrwydd, lletygarwch a hiwmor. Ma nhw i gyd 'da ti, Magi."

"Ianto, paid â rwdlan."

"A fi am weud un peth arall wrthot ti – ti'n whila Cwmrâg. Cwmrâg teidi."

"Pam ma hynny mor bwysig?"

"I fi ma fe'n holl bwysig. Fydd Cwmrâg yn marw yn 'n teulu ni os na cha i wejan Gwmrâg go iawn. Ma plant Alun a Laura ishws yn whila Saesneg, a Nhad a Berwyn hyd yn oed yn dewis whila Saesneg. Ma isie i Gymru a Chwmrâg fyw, Magi."

"Y Gymraeg yn marw? Ti'n siarad drwy dy hen het fel arfar, Ianto? Mae 'na filoedd yn Sir Gaernarfon sy heb fedru gair o Saesneg. Ac mi fydd y capeli'n achub yr iaith."

"Nonsens pur. Ma'r capeli wedi cael eu cyfle ac wedi methu."

"Dwli! Ma pobol yn llawer mwy tebygol o droi cefn ar nonsens dy sosialaeth di."

Chwarddodd Ianto wrth weld Magi'n gwylltio.

"Pam wyt ti'n chwerthin?"

"'Na'n union beth wi'n hoffi ynot ti, Magi. Ti mor barod i danio ac yn gallu troi o fod yn eithafol i fod garedig wedyn. Grynda, wi'n gofyn ar fore Calan ar Fynydd Penygraig – ti'n fodlon'y mhriodi i?"

Roedd Magi wedi dychryn am ei bywyd. Roedd wedi paratoi ei hun ers blynyddoedd i fyw fel hen ferch yn Llangybi. A dyma ŵr ifanc yn gofyn iddi ei briodi – jyst fel 'na. Gŵr ifanc yr oedd i wedi dotio ato – at ei bersonoliaeth fawr a'i galon garedig.

"Wel, smo ti am roi ateb i fi?"

"Ti wedi codi ofn mawr arna i, Ianto. Dw i rioed wedi cael cariad o'r blaen, heb sôn am gael hogyn fel ti yn gofyn i mi ei briodi o."

"Plis rho ateb i fi, heddi."

"Falla mai hwn fydd yr unig gyfla ga i. Ma cynlleied o ddynion ifanc o gwmpas ar ôl yr hen ryfel 'ma."

"Ma rhywun yn well na neb! 'Na ti'n drio weud?"

"Naci siŵr! Ond ma pob math o broblema erill hefyd. Lle cawn ni fyw?"

"Paid meddwl gwneud ffermwr ohono i. Sa i'n napod dim ond y talcen glo. Bydd raid i ti ddod lawr i'r Pandy a gadel Craig y Garn am byth."

"Gadael Craig y Garn? Fydd hynny ddim yn rhy anodd. Ma Tada'n ddeg a thrigain a'r ffarm yn suddo mewn dyledion erstalwm."

"Pwy sy'n mynd i garco dy dad yn ei henaint? Ddaw e fyth i lawr i'r cymoedd, a smo fi'n gweld dy whâr yn gallu gwneud."

"Dw inna ddim yn rhy awyddus i symud lawr fan hyn i ganol pobol ddiarth sy'n siarad Saesneg."

"Digon i'r diwrnod ei ddrwg ei hun, Magi. Ti'n addo mhriodi i, felly?"

"Os ca i wneud hynny yng Nghapel Helyg."

"Bydd raid i fi gladdu fy egwyddorion!"

"Dim ond am un pnawn."

"Smo fi wedi ceisio modrwy 'to. Fe gei di ddewis un ym Mhontypridd cyn mynd 'nôl lan am y north."

A syrthiodd Magi i freichiau cydnerth Ianto a gwasgodd yntau hi'n gynnes. Llaciodd Magi ei chorff i dderbyn ei goflaid ac ymateb i'w gusanau brwd. Cododd ei phen gan syllu'n annwyl i'w lygaid tywyll gan wenu'n swil arno.

Aeth y daith i lawr i Gilfach Goch yn bur hwylus ac roedd y ddau gariad yn ôl yn Kenry Street cyn nos.

– XXIII –

Diwedd y Gân yw'r Geiniog, Ionawr 1920

Cyrhaeddodd Magi a'r llythyr Graig y Garn ar yr un diwrnod, ond roedd tua chwe awr o wahaniaeth yn yr amser. Byddai cynnwys y llythyr a newyddion Magi yn newid cwrs hanes yr hen fferm am byth.

"Un arall i chi o'r banc, Gruffudd Wilias," meddai Cybi ar ei hynt bostmona arferol.

"Gobeithio 'i fod o'n Gymraeg, wir. Ma'r lleill i gyd wedi bod yn Saesneg a dim posib gneud na rhych na gwellt ohonyn nhw," meddai Gruffudd Williams wrth dderbyn y llythyr o law Cybi.

"Mi allach chi 'u dangos nhw i rywun, Gruffudd Wilias."

"Twt. Dydi llythyra o'r banc ddim yn betha i'w dangos i rywun-rywun. Dydi pawb ddim i fod â'i drwyn yn 'y musnas i, nag ydyn."

Cytunodd Cybi cyn gofyn pryd roedd Magi yn cyrraedd yn ei hôl.

"Pnawn 'ma gobeithio. Dw i 'di laru ar fwyd ciami – dim byd ond te a bara menyn ar ôl i sgrams y Dolig orffan. Dydi Tom ddim yn medru cwcio. Dydi o rioed wedi cymryd fawr o ddileit yn y petha merchaid 'ma. Lwc i Luned ddŵad draw am ddiwrnod neu ddau cyn y Dolig."

Ar hynny daeth Tom i'r golwg o berfeddion y caeau. "Edliw eich bwyd, eto Tada?" holodd.

Chwarddodd Cybi ac ychwanegu, "Sgenno chi ddim

syniad, hogia bach. Be tasach chi 'di gorfod byw am dalp hir o'ch oes ar eich pen eich hun, fath â fi?"

Troes Cybi ar ei sawdl a'i hercian hi'n ôl ar draws y cae i'r lôn. Doedd fawr o bwynt aros am de oer a chrystyn gin Tom a Gruffudd Williams. Mor braf fyddai cael croeso a gwên gan Magi y tro nesaf y galwai heibio. Aeth Gruffudd Williams yn ôl i'r tŷ i ymlafnio dros lythyr y banc, a dilynodd Tom ef. Rhwygodd Gruffudd Williams yr amlen ar agor a rhythu ar ei gynnwys.

"Ew, llythyr Cymraeg o'r diwadd. Be ma dyn y National Provincial wedi weld i newid iaith 'i lythyra?"

Dechreuodd yr hen ŵr ddarllen yn uchel:

Annwyl Mr Williams

Rwy'n ysgrifennu atoch yn Gymraeg y tro hwn. Bu raid i mi eich rhybuddio droeon yn ystod y misoedd diwethaf ynglŷn â chyflwr y busnes. Ni chefais unrhyw ymateb, felly dyma drio llythyr yn y Gymraeg. Mae'r ddyled ar Graig y Garn bellach yn bedwar cant ar ddeg o bunnau a dim golwg ei bod yn gostwng. Hoffwn i chi drefnu i ddod i fy ngweld cyn gynted â phosibl.

Yn gywir
R T Thomas

Collodd Tom ei limpin yn lân. Cipiodd y llythyr oddi ar ei dad a'i ddarllen yn fanwl a phwyllog.

"Uffarn ddiawl, ydach chi'n gall, ddyn? Dylad o bedwar cant ar ddeg o bunna? Prin bod y ffarm a'r holl stoc yn werth hynna! Pam na fasach chi wedi sôn rwbath cyn hyn?"

Ceisiodd yr hen ŵr ei amddiffyn ei hun. "Sut medrwn i? Toedd y llythyra i gyd yn Saesneg, a finna ddim yn 'u dallt nhw'n iawn. A mi oedd gynnon ni i gyd ddigon i boeni amdano fo heb feddwl am bres, a Huw druan mor wael."

"Dach chi'n dallt be ma hyn i gyd yn 'i feddwl? Ma'r hen hwch yn prysur fynd trw'r siop. Reit ta, pnawn Merchar nesa ma'r ddau ohonan ni'n mynd i'r banc i weld y Mr Thomas 'ma."

"Da dy weld ti'n cynhyrfu ynglŷn â rwbath, ngwas i."

Anwybyddodd Tom y sylw. Roedd o'n aros yn stesion Llangybi yn brydlon am bump i gyfarfod Magi oddi ar y trên. Roedd gwên lydan yn hofran ar wyneb Magi ac yn ei bag cariai ffowlyn reit nobl, wedi i Megan ei goginio. Erbyn saith roedd pryd blasus yn barod a Tom a'i dad yn llowcio'r danteithion. Hofranai'r wên lydan o hyd ar wyneb Magi. Tom oedd y cyntaf i sylwi.

"Iesu mawr, ti rioed yn mynd i briodi'r hwntw gwirion 'na? Ma'r fodrwy 'na gymint ddwywaith â'r un roddodd Huw i Luned."

Dangosodd Magi ei llaw i'w thad ac ymledodd gwên ddanheddog dros wyneb yr hen ŵr.

"Llongyfarchiadau i ti, mechan i, er dwn i ddim lle cei di a'r Ianto 'na loches, chwaith."

Roedd hi'n demtasiwn i Tom sôn am y ddyled ar Graig y Garn, ond penderfynodd nad oedd fawr o bwrpas difetha hapusrwydd Magi am y tro. Aeth hithau i'w gwely'n gynnar, wedi ymlâdd ar ôl ei hirdaith o bellafoedd y sowth.

Roedd Gruffudd Williams a'i fab yn eistedd yn eu brethyn gorau yng nghyntedd y banc yn brydlon am hanner awr wedi dau. Yn gysáct ar yr amser hwnnw galwyd hwy i swyddfa'r bonwr R T Thomas.

Dyn bach tenau oedd o, mewn siwt ddu ffurfiol, a rhimyn o fwstash o dan ei drwyn main. Wyneb llwyd fel clawr llyfr, a dim hyd yn oed cysgod o wên yn ei lygaid difywyd.

Dywedodd yn bur siort wrth Tom a'i dad am eistedd, a dechreuodd draethu'n sychlyd.

"Wel, Mr Williams, dydi Craig y Garn ddim wedi bod yn talu'i ffordd i chi ers rhai blynyddoedd, nag ydi!"

Cytunodd Gruffudd Williams.

"Yr hyn sy'n dywyll i mi yw i chi anwybyddu fy holl lythyrau i atoch chi ers yn agos i ddwy flynadd."

Teimlai Tom ei limpin yn codi.

"Mi fasa'n haws iddo fo 'u hatab nhw, Mr Tomos, tasa fo'n 'u deall nhw. Ma'r iaith fain fel mynci pysl i Nhad."

"Tasa fo 'di gofyn amdanyn nhw yn Gymraeg mi fasa fo 'di cael nhw yn Gymraeg."

"Mi ddylia'ch synnwyr cyffredin chi ddeud nag ydi ffarmwrs perfadd Eifionydd yn dallt fawr o Sysnag."

"Rhyfedd na fasa bechgyn eich oed chi yn reit gybyddus â'r Saesneg."

Wnaeth Tom ddim ateb. Doedd o ddim eisiau dangos ei dwpdra i ddyn pwysig y banc. Aeth ymlaen, "Ac ella bod 'na resyma erill hefyd pam ddaru ni fethu canolbwyntio ar y ddylad ar y ffarm."

Arhosodd Mr Tomos am eglurhad pellach.

"Mi gafodd Huw, fy mrawd fenga, ei glwyfo'n ddrwg yn y Somme yn 1916. Mi ddaeth o adra i lusgo byw, a marw fis Tachwedd y llynadd."

"Ma'n ddrwg iawn gin i, Mr Williams. Doeddwn i'n gwybod dim am hynny."

Cododd y rheolwr banc i ysgwyd llaw yn llipa â'r ddau ffermwr.

"Ond yn ôl at y prif fatar, y ddylad 'ma. Oes gynnoch chi syniada a chynllunia ynglŷn â sut i'w chlirio hi?"

Gwyddai Tom nad oedd yr amynedd na'r nerth ganddo i

ymlafnio yng Nghraig y Garn am weddill ei oes. Roedd ei dad yn prysur heneiddio ac yn torri'n gyflym. A beth fyddai hanes Magi rŵan, a hitha wedi dyweddïo efo Ianto?

Atebodd yr un o'r ddau, ond holodd Tom, "Oes gynnoch chi unrhyw syniada, Mr Thomas?"

"Rhoi'r lle ar ocsiwn gynta'n byd y medrwch chi. Ma'r wlad 'ma'n wynebu andros o ddirwasgiad, yn ôl y sôn."

"A llc'r awn ni wedyn?" holodd Gruffudd Williams yn surbwch. Atebodd R T Thomas mo'r cwestiwn.

"Cofiwch chi na fedar y banc ddim dal yr ambarel uwch eich penna chi am byth. Hannar blwyddyn arall sy gynnoch chi i droi petha rownd."

"Faint yn union ydi'r ddylad heddiw?" holodd Tom.

Craffodd y rheolwr ar ei bapura. "I fod yn gysáct, mil chwc chan punt a deunaw swllt. Prin fod y tŷ, y tiroedd, y stoc a'r peirianna'n cyrraedd hynny, yntê?"

Aeth y ddau allan o'r banc yn bur ddigalon. O leiaf byddai'n rhaid iddynt edrych o ddifri rŵan ar broblemau ariannol Craig y Garn. Eto, roedd y sefyllfa'n rhy annifyr i'w thrafod go iawn. Gwyddai Tom nad oedd ond un ateb i'r broblem sef yr un fyddai'n ei ryddhau o'i gyfrifoldebau i fod yn ffarmwr.

Wnaeth Magi ddim holi llawer arnynt. Gwyddai eu bod yn mynd i weld dyn y banc, a doedd merched ddim yn busnesu efo byd pres. Roedd meddwl am y strach yr oedd Tom a Luned ynddi yn ddigon o broblem iddi hi. Hiraethai ar ôl Huw yn aruthrol, ond edrychai ymlaen at sefydlu ei bywyd newydd efo Ianto.

Ar yr union 'run prynhawn roedd Luned wedi penderfynu wynebu'r byd – neu Mynytho, o leia. Gwyddai fod stori ei beichiogrwydd yn fêl ar wefusau trigolion yr ardal bellach, ond rhaid fyddai wynebu'r gwawd a'r cydymdeimlad rywbryd. Roedd hi'n bnawn pur wyntog a phryderai ei mam am ei lles, ond gwnaeth Luned esgus bod rhaid iddi gerdded i'r post. Gwelai'r môr yn golchi'n drochion o gwmpas Cerrig y Trai, a chlywai'r crafu ym Mhorth Neigwl. Roedd y gwynt yn hegar ar ei hwyneb ond teimlai'n sicr y gwnâi'r cwbl les iddi ac y byddai olwynion segur ei meddwl yn cael cyfle i droi unwaith eto. Pwy ddaeth i'w chyfarfod yn igamogamu ar y lôn gul ond Ifan Tan Rallt. Doedd dim modd ei osgoi.

Dychrynodd Luned pan ddaeth i lawr oddi ar y beic ac aros amdani yng nghanol y lôn. Roedd gwên gam ar ei wefusau.

"Dyma lwc," meddai wrthi.

"Be dach chi'n feddwl, Ifan?" gofynnodd Luned.

"Taswn i heb bicio adra i sbio'r fuwch faswn i ddim wedi taro arnat ti fel hyn. Ond sut wyt ti'n cadw?"

"Dw i'n cadw'n iawn, diolch."

"Dw i ddim wedi dy weld ti lawr yn y Plas ers cyn Dolig."

"Heb gael fawr o amsar i lusgo i lawr i Nanhoron."

"Ti'n edrach yn dda iawn, beth bynnag. Ond mi fyddi di isio blwyddyn go dda, dybia i."

"Pam dach chi'n deud hynny, Ifan?"

"Pawb yn deud dy fod ti'n disgwyl plentyn y soldiwr. Bechod ofnadwy."

"Bechod ofnadwy ei fod o wedi marw, neu bechod 'mod i'n disgwl?"

Wnaeth Ifan ddim ateb, dim ond dal i rythu dros y clawdd i rywle a thynnu'i gap yn is dros ei dalcen. Roedd rhywbeth yn dal i bwyso ar ei feddwl. O'r diwedd llwyddodd i fynegi ei neges.

"Mi prioda i di, cofia, er gwaetha'r babi."

"Haws fasa gin i dderbyn tasa chi wedi deud *oherwydd* y babi."

Roedd y siom yn amlwg ar wyneb Ifan. Diflannodd ei wên a cheisiodd fynd yn ôl ar gefn y beic.

"Dw i'n cymryd mai na ydi'r ateb, felly."

"Anghofiwch amdana i, Ifan, a chwiliwch am wraig ffeindiach a nes at eich oed."

Roedd Luned yn difaru'n syth fod ei thafod wedi ei bradychu unwaith eto. Gwthiodd Ifan ei ên allan wrth stryglo i badlo'r boncan.

Penderfynodd Luned droi yn ei hôl am adra, a bellach roedd y gwynt yn union i'w chefn. Pe bai hwyl ganddi buasai wedi codi hêd. Synnai ei mam ei gweld yn ei hôl mor handi.

"Teimlo'r awel yn rhy fain oeddat ti, ngenath i?"

"Naci wir."

"Welist ti neb, ta?"

"Do, Ifan Tan Rallt."

"Be oedd gynno fo i ddeud?"

"Wel mi gynigiodd fy mhriodi fi. Dach chi'n dallt dynion reit dda Mam."

"A mi…

"Mi gwrthodis i o. Dw i ddim yn meddwl y bydd o'n gofyn eto."

– XXIV –

Alis

Roedd bywyd Luned ar chwal am wythnosau lawer ar ôl claddu Huw. Fedrai hi yn ei byw ddygymod â'r golled, er iddi wybod ers wythnosau fod yr ergyd ar fin digwydd. Anodd oedd setlo i wnïo a gwneud dilladau hefyd, roedd ei dawn greadigol yn gwbl hesb. Roedd hyn ar yr union adeg pan oedd ei phlentyn bach yn tyfu yn ei chroth. Poenai hefyd ynglŷn â sut i ymateb i Tom. Gwyddai nad oedd yn ei garu. A sut oedd hi am ddweud wrth Alis?

Torri'r garw yn syth fyddai orau, yn union fel y gwnaeth efo Tom. Daliai i ymweld â Chraig y Garn, o arferiad a ffyddlondeb yn fwy na dim arall. Deuai Alis yno hefyd yn bur gyson ar Sadyrnau. Ar y trydydd Sadwrn ar ôl y Nadolig wedi claddu Huw y ceisiodd Luned esbonio'i chyflwr i Alis.

Gwnaethai Magi dân bach del yn y parlwr ac roedd wedi lliwio'r muriau yn ddigon o ryfeddod a cheisio dodrefnyn newydd yn lle'r hen soffa y bu Huw yn llusgo marw arni. Eto, amhosibl oedd dychmygu'r lle heb weld Huw druan yn orweddiog yno. Ar y pnawn dan sylw eisteddai Luned ac Alis yn y parlwr yn rhythu'n syn i'r tân.

"Mi dach chi'n colli Yncl Huw yn ofnadwy, yn tydach Luned?"

"Yndw wsti, mwy nag y gwnes i erioed ddychmygu. Fedra i ddim canolbwyntio ar ddim byd. Dim hyd yn oed ar fy nileit penna i, gneud dillad. Ma'r dychymyg fel tasa fo wedi chwalu'n rhacs yn 'y mhen i, a finna'n trio hel y darna at 'i gilydd ond yn methu bob gafal. Sut wyt ti'n dygymod, Alis?"

"Doedd 'na neb yn yr ysgol yn nabod Yncl Huw." Stopiodd Alis am eiliad i gael ei gwynt ati ac yna ailgychwyn yn hollol bruddglwyfus, "A ma'r rhan fwya o'r plant wedi arfar cael ergydion calad, rhwng y rhyfal, y chwaral, y ffliw a'r diciâu. Alla i ddim siarad efo neb amdano fo a ma hynny'n brifo."

"Be am dy fam a'r plant adra?"

"Doeddan nhw ddim yn gymint o ffrindia efo fo â fi, nag oeddan – dim hyd yn oed Mam. Dim ond chi sy wedi teimlo yn agos 'run fath â fi a dallt faint ydw o'n i'n 'i garu fo. A mi fydd Anti Magi'n anghofio amdano fo reit handi hefyd."

"Pam wyt ti'n deud hynny?"

"Ma gynni hi Ianto rŵan, does."

Bu distawrwydd am dipyn a Luned yn pendroni a ddylai hi gyffesu'r gwir wrth Alis. Roedd hi'n tynnu at ei phedair ar ddeg oed. Siawns na fyddai'n deall. Tybed a fyddai'n deall? Penderfynodd fentro.

"Dw i isio deud rwbath arall wrthach chdi, Alis. Rwbath reit bwysig."

Agorodd Alis ei llygaid yn fawr i aros am y newydd.

"Dw i'n disgwl babi, Alis."

Syllodd Alis ar Luned mewn syfrdandod am amser hir.

"Dwyt ti ddim yn fy nghoelio i, nag wyt? Ti'n iawn, dim babi bach Huw ydi o. Mi oedd o'n lot rhy llegach. Babi Tom ydi o, ond mi ydw i a Magi wedi penderfynu deud wrth bawb mai Huw oedd y tad."

Roedd gwrychyn Alis wedi'i godi. Dechreuodd grynu mewn cymysgedd o dymer a thorcalon. Doedd ei geiriau ddim yn gwneud unrhyw synnwyr am dipyn, ac yna dechreuodd sgrechian.

"Fedrwch chi ddim bradychu Yncl Huw fel 'na, Luned. Sgynnoch chi ddim hawl! Ac ildio i'r hen grymffast hunanol Tom 'na o bawb! Tarw hylla plwy Llangybi. Cywilydd arnoch chi Luned! Dach chi 'di mrifo fi'n ofnadwy."

Rhedodd Alis o'r ystafell yn wylo'n hidl ac allan â hi, hel ei phacia a'i gleuo hi ar hyd y llwybr draw am Gapel Sardis. Daeth Magi i'r ystafell yn ei braw a'i dychryn a gofyn, "Be ddigwyddodd i Alis?"

"Mi fentrais i ddeud y gwir wrthi hi."

"Druan bach."

Gwyddai Luned, felly, beth oedd Alis yn ei feddwl o'i Hyncl Tom.

– XXV –

Cefnogi

Roedd Nyrs Ellis yn byw yn Chwilog, ac ar ôl i Magi a Tom gytuno i gefnogi cynllun Luned ynglŷn â thadolaeth ei phlentyn, gofynnodd Luned i Tom ei danfon i Chwilog i'w gweld. Cytunodd yntau, ac aethant yno ar bnawn Sadwrn yn fuan yn Chwefror. Gollyngodd Tom hi ger y Madryn, a phenderfynodd o bicio yno i gael peintyn bach.

Cerddodd Luned yn nerfau i gyd at ddrws y tŷ teras. Wrth guro'r drws teimlai ar bigau'r drain. Toc daeth Nyrs Ellis i agor y drws a'i gwadd i mewn yn siriol. Cafodd ei thywys i'r parlwr.

"Wel, be sy wedi dŵad â chi i Chwilog o bob man, Luned? Tipyn o daith o Fynytho."

"Dw i'n dal i ddŵad i aros i Graig y Garn bob hyn a hyn. Methu torri'r arfar, am wn i. Ac mae Magi bob amsar mor groesawgar."

"Ydi ma hi'n ffeind ofnatsan, yn tydi hi?"

"Ond mae gin i reswm arall dros ddŵad yma hefyd."

Eisteddodd Nyrs Ellis yn ddisgwylgar tra chwiliai Luned am y geiriau priodol.

"Y gwir amdani ydi, nyrs, mi dw i'n disgwl babi."

"Ho, felly wir."

Bellach roedd y wên wedi diflannu oddi ar wyneb y nyrs. "Dim plentyn Huw ydi o, does bosib? Roedd o mor sâl a gwan ers cyhŷd."

"Babi Tom ydi o."

"Y scamp diog hwnnw?"

"Ia. Ond mi ydw i wedi penderfynu deud wrth bawb mai Huw ydi'r tad."

"Brenin y gogoniant!"

"Chi ydi un o'r chydig rai oedd yn gwbod pa mor wan oedd Huw mewn gwirionadd."

"Felly?"

"Dw i'n erfyn arnoch chi, nyrs – wnewch chi fy nghefnogi i?"

Bu saib am funud neu ddau. Syllai Nyrs Ellis ar Luned tra roedd hi'n treulio'r geiriau. Roedd calon Luned yn curo fel gordd.

"Dwi 'di synnu atoch chi, Luned, yn rhoi eich hun i Tom Williams. Mi feddylia i dros y peth tra bydda i'n gneud panad."

Diflannodd Nyrs Ellis i'r cefn gan adael Luned i eistedd yn y parlwr oer. Syllodd Luned ar luniau o deulu'r nyrs. Tri bachgen ifanc â'r un wên lydan. Ei brodyr, mae'n debyg. Priodas o flaen Capel Siloh. Pwy ond ei thad a'i mam? Toc daeth Nyrs Ellis i'r parlwr efo'r banad a thafell o dorth frith. Bu tawelwch wrth i Luned sipian tipyn ar ei phaned chwilboeth.

O'r diwedd, dechreuodd Nyrs Ellis siarad. "Dw i 'di penderfynu cefnogi'ch celwydd chi am ddau reswm. I ddechra, ma gas gen i'r cena surbwch Tom 'na, ond mi o'n i'n ofnadwy o ffond o Huw. Ac yn ail, mi fyddai hi'n neis i Huw gael etifedd bach. Pob lwc i chi, Luned, a gobeithio y gwnaiff eich stori chi lwyddo."

Ymlaciodd wyneb Luned yn wên o ollyngdod. Diolchodd i'r nyrs a gorffen ei phaned a'i darn o dorth frith.

Wrth ffarwelio â hi dywedodd y nyrs, "Pob lwc efo'r enedigaeth, 'mach i."

Poenai Alis, Luned a Magi am y tyndra mawr rhwng Alis a Luned. Penderfynodd Magi y byddai'n rhaid i'r cymodi ddigwydd o ochr Alis. Doedd dim pwrpas o gwbwl i Luned geisio dal pen rheswm efo merch ifanc styfnig. Wnâi pethau ond gwaethygu rhyngddynt. Roedd Magi eisiau iddi fod yn forwyn briodas hefyd. Penderfynodd Magi fynd draw i Borth Cenin ar Sadwrn ynghanol Chwefror i gael sgwrs efo Alis, a rhybuddiodd Kate i ofalu cadw Alis yn y tŷ. Roedd cymaint o blantos a chynnwrf ym Mhorth Cenin fel ei bod yn anodd iawn cael ennyd dawel. Byddent yn godro dipyn ynghynt ar bnawn Sadwrn; a cynllwyniodd Magi efo Kate i fynd â'r rhai lleiaf allan i'r beudai, ac felly y digwyddodd. Gadawyd Magi ac Alis yn y tŷ ar eu pen eu hunain, a stryffaglodd Kate i'r beudy efo'r tri lleiaf.

Magi ddechreuodd y sgwrs. "Ti'n gwbod 'mod i'n priodi ym mis Mai, Alis?"

"Siŵr iawn 'mod i'n gwbod, Anti Magi."

"Y broblem ydi na fydd petha ddim yn hawdd."

"Poeni am Taid ydach chi?"

"Ia, lot fawr. Ond poeni hefyd am y ffrae rhyngddo chdi a Luned. Dw i isio i ddiwrnod y briodas fod yn un hapus i bawb, a sut fedar o fod a chi'ch dwy ddim yn siarad?"

"Ar Luned ma'r bai. Sut allai hi fod…"

"Yli, ma pawb weithia'n gneud petha gwirion iawn a difaru wedyn."

"Ydi hi wedi difaru?"

"Dwn i ddim, wir, ond dw i'n gwbod na fasa Huw isio i chi'ch dwy ffraeo fel hyn."

"Doedd o ddim yn gwbod be oedd Luned a Tom wedi neud, nac oedd, na be ydi'r canlyniada."

"Nag oedd. Ond hyd yn oed tasa fo'n gwbod, dw i'n meddwl y basa fo'n madda. Meddylia am yr holl ddiodda sy 'di bod ar draws yr ardaloedd 'ma rhwng y rhyfel mawr ac afiechydon. Iesgob, ma bywyd yn llawar rhy fyr i ti gymryd yn erbyn rhywun ar gownt un camgymeriad, Alis. A dw i isio i ti fod yn forwyn briodas i mi hefyd. Wyt ti'n fodlon?"

Bu distawrwydd. Roedd llygaid tywyll Alis yn llyn o ddagrau. Fedrai hi ddim ateb na dweud dim.

"Wel ateb fi," plediodd Magi.

"Pa gwestiwn ydach chi isio atab iddo fo? Wrth gwrs mod i isio bod yn forwyn briodas i chi. Mi fydda i wrth fy modd yn cael gwneud y peth hapusa sy wedi digwydd i mi erioed. Ond fedra i ddim bod yn forwyn os na fydda i wedi madda i Luned, na fedraf?"

"Mi fydd hi'n anodd, a mi dw isio i chi'ch dwy fod yn y briodas."

"Mi ydach chi'n gyfrwys iawn, Anti Magi. Mi feddylia i'n ofalus am y peth. Ond dydi atab rŵan ddim yn hawdd."

Ar hynny clywyd sŵn y plantos yn y cowt, a rhuthrodd Wil i'r tŷ yn fwg ac yn dân i gyd.

"Ga i ddŵad i fwrw'r Sul i Graig y Garn atoch chi, Anti Magi – yr un nesa, ne'r nesa wedyn ella?" holodd Wil yn wyllt.

"Cei siŵr, yr un nesa wedyn. Gweld nad ydi dy chwaer fawr di ddim yn brysio acw mor amal wyt ti, ia?"

"Un rheswm. Ac os ydi'r lle'n mynd ar werth, fedra i ddim dŵad acw yn hir eto na fedraf?"

"Tyd yr wsnos wedyn, a be am i Alis ddŵad efo chdi? Ella ca i atab call ganddi hi bryd hynny."

Y "bwrw Sul ar ôl y nesa", landiodd Wil ac Alis yng Nghraig y Garn yn fuan ar ôl cinio. Diflannodd Wil i'r caeau i chwilio am y dynion gan adael Magi ac Alis yn y tŷ ar eu pennau eu hunain. Toc dyma Alis yn dechra siarad.

"Dw i 'di meddwl lot am be ddeudoch chi wrtha i, Anti Magi."

"A be 'di dy benderfyniad di?"

"Madda, siŵr. Mi o'n i'n wirion iawn yn gwylltio fel gwnes i. Mi faswn i'n lecio cael amsar efo Luned pnawn 'ma i egluro a siarad. Gobeithio'i bod hi'n dod yma heddiw. Ydach chi'n dal isio i mi fod yn forwyn briodas?"

"Siŵr iawn fy mod i. A mi dw i'n ofnadwy o falch dy fod ti wedi penderfynu bod yn ffrindia unwaith eto efo Luned. Mi fydd hi yma cyn tri a mi wna i dân bach yn y parlwr cyn hynny i chi gael llonydd."

Tipyn o fraw i Luned oedd gweld Alis yng Nghraig y Garn, a dyma Magi yn dechra siarad pymtheg yn y dwsin i guddio'r embaras.

"Ma Alis a Wil yn aros yma heno, Luned. Mi fydd raid i Wil fynd i'r gwely sbâr yn stafall Tom, ac Alis a chdi a fi'n stwffio i'r gwely plu yn fy stafall i. Chân ni fawr o gyfla i ddŵad yma eto, a finna ar fin priodi. Pam nad ewch chi'ch dwy drwadd i'r parlwr, a mi wna inna de bach i chi'ch dwy."

Edrychodd Luned yn syn ar Magi. Sylwodd Alis ei bod yn dechra dangos erbyn hyn ac yn reit drwchus o gwmpas ei chanol. Aeth y ddwy drwodd i'r parlwr lle roedd y tân bach wedi cydio a'i fflamau'n wahoddgar. Eisteddodd y ddwy o bobtu iddo. Bu tyndra amlwg am sbel a dim ond sŵn clocsia Magi i'w clywed ar fflags llechi'r gegin ac arogl y ffowlyn yn rhostio yn treiddio trwodd o'r popty. Doedd gan yr un o'r ddwy syniad yn y byd sut i gychwyn y sgwrs. Penderfynodd

Luned y byddai'n rhaid i Alis dorri'r garw. Toc dyma hi'n dechra.

"Dach chi'n cofio'r gwyllt ges i efo chi tro dwytha oddan ni 'ma, a fel yr es i o 'ma wedi myllio?"

"Yndw yn rhy dda, Alis. Dw i 'di meddwl am fawr ddim byd arall ers hynny. Dw i 'di poeni nes gneud fy hun yn sâl go iawn."

"Ella basa rheitiach i chi boeni am eich bod chi'n disgwyl."

"Dw i'n poeni am hynny hefyd, Alis bach, ond erbyn hyn yn poeni mwy ynglŷn â fydd y babi'n iawn, yn iach."

"Wel, fydd ddim isio i chi boeni dim mwy am y ffrae. Gawn ni fod yn ffrindia eto, fel erstalwm?"

"Wyt ti rioed yn deud dy fod ti'n madda i mi?"

"Yndw, ond tybad ai chi ddyla fadda i mi?"

"Am be?"

"Am wylltio mor ddiawledig a byhafio mor fabïaidd."

"Do'n i ddim yn gweld llawer o fai arnat ti, Alis. Roedd y newydd yn andros o sioc i ti, toedd, yn enwedig gan dy fod ti â meddwl mor uchel o Huw."

"Fasa Yncl Huw ddim isio i ni ffraeo. Mi wnaeth o ddiodda digon heb orfod meddwl bod 'i salwch o'n dal i achosi poen a ballu i bobol ar 'i ôl o."

"Dw i'n siŵr dy fod ti'n iawn, Alis. Fedrai Huw ddim diodda ffrae. Y cwestiwn ydi – fedra fo fadda i mi am be wnes i efo Tom, yn enwedig a finna'n methu difaru? Mi fydd hi mor braf cael babi bach i'w anwylo a'i ddifetha. Ac mi fasa hi'n ofnadwy o annifyr cael dwy mewn criw bach priodas yn gwrthod siarad efo'i gilydd hefyd."

"Basa, Luned, ond mi ydw i isio bod yn ffrindia efo chi eto go iawn. Mi o'n i'n cael gymint o hwyl yn eich cwmpeini chi, ac ar ôl i Magi fynd i'r sowth fydd gin i neb ond genod 'rysgol, sy'n ofnadwy o wirion, a Mam. A fedar hogan ifanc ddim deud bob dim wrth 'i mam. Mi fydd hi'n braf cael siarad go iawn efo chi eto. Ond fyddwch chi a Tom yn priodi?"

"Dwn i ddim ar fy ngwir, Alis bach. Ma clwt yn well na thwll, medda rhai. Ond anodd iawn ydi clytio rwbath fel 'i fod o'n union 'run fath â'r gwreiddiol. Mae gofyn i ti frodio'r gwnïad yn berffaith, a rhedag y pwytha i raen y defnydd gwreiddiol, neu raflio a breuo wnaiff o bob gafal. Dw i ddim yn siŵr ydi Tom isio cael 'i frodio i lenwi'r twll adawodd Huw ar ôl yn 'y mywyd i."

"Dach chi'n meddwl ma raflo fasa'ch perthynas chi efo Tom felly?"

"Pwy ŵyr, te?"

Wnaeth Alis ddim ateb, dim ond edrych yn freuddwydiol trwy'r ffenest.

Daeth Magi drwodd i'r parlwr ac roedd hi wedi gwirioni fod y ddwy wedi cymodi o'r diwedd. Treuliwyd gweddill y pnawn yn trafod y briodas a'r dillad priodas. Roedd dychymyg Luned yn fflachio unwaith eto, a chyn pen dim roedd y tâp mesur allan. Dyma'r union dasg oedd ei hangen i ddod â hi'n ôl at ei choed.

– XXVI –

Priodas ac Ocsiwn, Mai a Mehefin 1920

Edrychai Capel Helyg yn ddigon o ryfeddod â haul ysgafn
Mai yn sgleinio drwy ei ffenestri mawr. Bu chwiorydd y
capel wrthi'n ei addurno'n hardd, a llenwai blodau gwylltion y
maes y sêt fawr â'u harogleuon godidog. Roedd Ianto a Tom
yn eistedd yn yr harddwch tawel ers hanner awr wedi deg, a
Ianto erbyn hyn yn dechrau pryderu braidd. Taflai gip ar ei
wats bob hyn a hyn wrth feddwl ble y gallasai Magi, ei thad
ac Alis fod. Roedd Ianto wedi prynu siwt streipiog newydd
sbon danlli ac edrychai'n grand o'i go. Roedd ei dad a'i frawd
Berwyn wedi methu dod i'r briodas oherwydd anwadalwch
y sefyllfa waith yng nglofa'r Cambrian.

Yn y gynulleidfa fechan roedd Luned, Megan, mam Ianto
a Kate. Daeth William Gruffudd â nhw i lawr o Graig y Garn
yn brydlon a dychwelyd i nôl Magi, ei thad ac Alis. Doedd
priodas ddim yn ddigwyddiad cyffredin yng Nghapel Helyg,
ac roedd tua dwsin o ferched yn sefyllian y tu allan, yn aros
yn llawn cyffro am y briodferch a'i morwyn. Am un ar ddeg
o'r gloch i'r funud daeth yr hen Domos Williams i'r sêt fawr
a nodio ar yr organyddes i ddechrau chwarae. Roedd hi wedi
dewis yn ddoeth i'r bore, 'Mor hawddgar yw dy bebyll di'.
Erbyn chwarter wedi un ar ddeg roedd Ianto'n chwys diferol, a
Tom erbyn hyn yn dechrau poeni hefyd. Yna clywyd cynnwrf
o gyffiniau'r cyntedd a si o werthfawrogiad ymysg y merched.
Roedd Magi wedi cyrraedd.

Nodiodd y gweinidog ar y gynulleidfa fechan i godi.
Cerddodd Magi'n urddasol tuag at y sêt fawr ar fraich ei thad,

ac Alis yn ei dilyn, yn wên o glust i glust. Edrychodd Ianto'n swil ar ei Fagi annwyl. Doedd o erioed wedi ei gweld yn edrych cyn dlysed. Codasai Luned ei gwallt coch yn uchel ar ei phen a brwsio mymryn o bowdr ar ei bochau i guddio'i brychni a'i gwrid. Roedd y ffrog briodas wen, laes, wrth fodd pawb. Edrychai Alis yn dlws eithriadol mewn ffrog o hufen tywyll a lynai'n dynn at ei chorff i bwysleisio'i siâp deniadol. Roedd ei gwallt yn donnau llaes ar ei hysgwyddau ac yn sgleinio yn yr haul. Ymlaciodd Ianto'n llwyr ar ôl eu gweld, a winciodd yn ddireidus ar Magi ac Alis. Cofiodd Tom yn sydyn am y fodrwy aur a gawsai gan Ianto echnos. Ocdd, roedd hi'n berffaith saff yn ei boced – diolch byth!

Aeth Thomas Williams drwy'r gwasanaeth yn ddigon di-lol. Llithrodd Ianto'r fodrwy ar fys ei briodferch ac fe'u cyhoeddwyd hwy'n ŵr a gwraig. Yna codwyd i ganu'r emyn mawl gwych a gyfieithwyd mor rhagorol gan Thomas Jones. Roedd y dôn 'Dix' yn gweddu i'r dim. Teimlai Magi mai'r geiriau a oedd yn disgrifio ei phrofiad hi orau oedd yr ail bennill yn *Y Caniedydd Cynulleidfaol*.

> *Am ein holl berthnasau cu –*
> *Plant, rhieni, chwaer a brawd,*
> *Ceraint yma, ceraint fry,*
> *Am bob meddwl tyner gawd.*

Teimlai Magi'n sicr fod Huw yn bresennol yn ei ysbryd yn bendithio'r briodas. Gwyddai nad oedd ei gŵr newydd yn credu dim mewn byd tragwyddol ac nad oedd modd chwaith ei lusgo i fyd cred. Fedrai hi ddim canu'r emyn ond ymollyngodd i wrando ar asiad hyfryd y lleisiau.

Teimladau cymysg iawn oedd gan Magi wrth gerdded o Gapel Helyg y prynhawn hwnnw. Roedd hi wrth ei bodd ei bod wedi priodi Ianto, a cheisiai wenu ei hapusrwydd ar y merched a safai y tu allan i'r capel. Ond gwyddai ar y llaw arall fod ei bywyd yng Nghraig y Garn a Llangybi ar fin dod i ben am byth. Byddai ganddi hiraeth affwysol am Luned, ei thad, Alis a holl giwad Porth Cenin. Syllodd yn frysiog i gyfeiriad y fynwent ger y capel a chael cip ar y pridd coch ar fedd Huw. Doedd neb wedi cael amser eto i feddwl am roi carreg barchus ar y bedd. Roedd hi'n llawer rhy fuan, ond gobeithiai'r nefoedd y byddai Tom yn crafu digon o weddillion pres yr ocsiwn i gael carreg i gofio am Huw.

Wyddai hi ddim chwaith a fyddai hi'n setlo yn Nhonypandy bell. Ond roedd ganddi hi a Ianto eu haelwyd eu hunain a byddai Ianto'n cael cyflog taclus bob wythnos.

Pwniodd Ianto hi'n ysgafn yn ei hochr a dweud yn bryfoclyd. "Smo ti'n edifar yn barod, wyt ti? Ti ond yn briod ers cwarter awr! Hwn yw diwrnod hapusa dy fywyd. Ymlacia, fenyw, a rho wên braf ar dy wyneb a cheisia ymddangos yn fodlon. Gawn ni gweryla fory a drennydd!"

"Sori Ianto. Dw i'n hunanol ofnadwy. Ond cofia, fi sy'n mynd o Langybi am byth."

"Twt, gei di ddod lan am fis bob haf."

"Ond i lle? Fydd ein teulu ni fyth yn ffermio Craig y Garn eto."

"Fydd rhywle i gal, siŵr o fod. Meddylia am y wledd yn y George a phleser y gwely heno!"

Gwridodd Magi. Gwthiodd Ianto hi i mewn i sedd ôl y car cyn cychwyn ar y daith i lawr i Gricieth.

Ar y Sadwrn cyntaf ym Mehefin yr oedd ocsiwn Craig y Garn i'w chynnal. Hysbysebwyd y fferm a'r peiriannau yn yr *Herald Gymraeg* a mannau eraill. O'r diwedd roedd yr hen Gruffudd Williams wedi bodloni i'r drefn ac am symud hefo Tom i'r dref.

Y bore Gwener cyn yr ocsiwn daeth llythyr i Luned i Graig y Garn. Poenai am ei bod yn cael ei chysylltu fwyfwy â'r ffermdy, ond ymlaciodd pan welodd ysgrifen Magi ar yr amlen.

14 Kenry Street
Tonypandy
Rhondda Valley
2 Mehefin 1920

Annwyl Luned

Gair i esgusodi fy hun o'r ocsiwn. Mi fasa gweld yr hen le yn cael ei werthu yn ddigon i dorri 'nghalon i. Fedra i ddim peidio â meddwl am lafur ofer Tada yno dros yr holl flynyddoedd. Does ond gobeithio y bydd rhywun go gall yn prynu'r lle. Mae sôn fod pres yn ddigon prin yn bob man.

Dyna ddigon am helyntion Craig y Garn. Rŵan mi sonia i amdana i a Ianto. Mi ydw i'n dysgu lot am be mae'n ei olygu i fod yn wraig i goliar. Mae gynnon ni dŷ bach digon teidi er 'i fod o'n dawel iawn ar ôl yr holl fynd a dŵad yn Craig y Garn. Ond mae rhywun o dylwyth Ianto yma ryw ben o bob dydd. Y peth dw i'n golli fwya ydi sŵn y Gymraeg ar y stryd, ond mi ddof i arfar, mae'n siŵr. Wyt ti'n dal ati'n go lew? Be ydi dy hanas di a Tom bellach? Cofia be dw i wedi'i ddeud amdano fo.

Pam na ddoi di, Alis a'r babi bach i lawr y Pasg nesa i mi gael ei weld o neu hi? Mi fasa Ianto'n lecio hynny hefyd.

Mae Ianto wedi helpu lot arna i sgwennu hwn (ti'n gwybod mor anobeithiol ydw i am sgwennu).

Cofion a chariad
Magi a Ianto
xxx

Roedd y peiriannau a'r celfi wedi'u gosod yn drefnus yn y cae o flaen y tŷ. Yno hefyd roedd yr anifeiliaid na lwyddwyd i'w gwerthu ar law. Cerddodd Tom a Luned yn ddigalon o gwmpas y stoc a'r peiriannau. Pwysodd y ddau ar giât y cae. Syllai Tom â thristwch yn ei lygaid draw tua'r môr a chraffu ar stemar fechan oedd yn pwffian ei ffordd o Borthmadog.

"Ti'n difaru rŵan, mae'n siŵr," meddai Luned.

"'Doedd gynnon ni fawr o ddewis, nag oedd, erbyn y diwadd. Na, gobeithio rydw i y cawn ni gynigion go dda am y cwbl ac yn enwedig am y tŷ a'r tir. Mae 'na rwbath yn drist ym mhob ocsiwn. Llafur oes yn mynd rhwng y cŵn a'r brain. Druan o Tada, lle bynnag mae o."

"Mi aeth o am dro i'r caea pella at gopa'r Garn i hel meddylia."

"Doedd ganddo ynta fawr o ddewis chwaith. Mae o'n sylweddoli na fedar Kate edrach ar 'i ôl o, a doedd o ddim isio symud efo Magi i'r Rhondda. Mae o'n styc efo fi felly, tydi."

"Bechod drosto fo. Beryg bydd y newid yn ddigon am 'i einioes o. Y cradur ym Mhwllheli ac yn nabod neb yno, dim ond sbïo draw am Garn Pentyrch a hiraethu."

"Dim Pedr Fardd ganodd,
'Aeth y Garn ymaith o gof,
Brynengan bron yn angof;
Nid oes am oes i mi
Un gobaith am Langybi.'"

"At Garn Dolbenmaen yr oedd hwnnw'n cyfeirio y ffŵl."

Daeth Gruffudd Williams i'r fei o'r Garn yn bur fyr ei wynt. Roedd gobaith yn ei wyneb yntau y ceid pris go lew am y pethau yn yr ocsiwn. Taniodd Tom ei bibell a dechrau tynnu'n go hegar – arwydd fod rhywbeth o bwys ar ei feddwl.

Toc daeth y cwestiwn, "Elli di feddwl rŵan am 'y mhriodi i, Luned annwyl? Ti 'di cael digon o amsar i sylwi sut dw i'n medru byhafio."

Cymerodd Luned ei hamser cyn ateb y cwestiwn.

"Ti'n un clyfar iawn, dwyt, yn troi stori fel 'na. Mi o'n i ofn dydd priodas Ianto a Magi'n drybeilig."

"Pam hynny?"

"Ofn i ti fynd i'r afael â'r hen ddiod 'na a meddwi."

"Wel, wnes i ddim, naddo?"

"Naddo, ond aros i ni gael fory drosodd gynta, a genedigaeth y babi. Mi ga i weld wedyn, ia?" meddai hi gyda hanner gwên.

Sadwrn pyglyd oedd hi trannoeth a tharth yn pylu amgylchedd Craig y Garn er ei bod yn ganol haf. Lle'r merched oedd yn y tŷ yn gwneud te i'r dynion a'r prynwyr. Roedd pobol o bob man wedi hel i'r ffermdy, er nad oedd gan neb fawr o arian i'w sbario. Cyflwr y farchnad a'r stoc oedd prif destun y sgwrs.

Trigain o ddefaid Cymreig a'r mwyafrif efo ŵyn nobl. Pum bustach du tew. Hanner dwsin o wartheg godro a dwy heffer. Tri mochyn. Dwsin o ieir. Symol oedd y pris a gafwyd am y cyfan.

Prynodd William Gruffudd, gŵr Kate, y ddwy heffar. Bu'n ceisio trafod ers dyddiau ynglŷn â phrynu Craig y Garn hefyd, nes i Gruffudd Williams orfod troi arno yn ei dymer.

"Yli, nid fi pia hi bellach i'w gwerthu. Y bali banc sy'n ei gwerthu hi i glirio'r dyledion."

Rhoddodd hynny gaead ar biser William Gruffudd.

Ar ôl gwerthu'r anifeiliaid a'r peiriannau, aed ati i hwrjio'r mân betheuach, yn fwyeill, pladuriau, stanciau, picweirch, hoelion a phob nialwch posibl. Cyn symud at y ffermdy a'r tir rhoddwyd y gaseg a'r trap dan y morthwyl. Llwyddodd William Gruffudd i brynu'r rheiny hefyd.

Yn olaf daethpwyd at Graig y Garn ei hun. Daeth arwerthwr pwysicach, Mr Jones-Parry, i gymryd gofal am werthu'r ffeirm. Roedd ei Saesneg yn grandiach a'i Gymraeg yn fwy clogyrnaidd.

"Rŵan te cyfeillion *we will now move to sell this historical farm, Craig y Garn. One hundred and twenty acres of good quality hill land with a tidy house and all outbuildings.* Tir da a tŷ *excellent.* Pwy rhoddith mil o bunnau – *one thousand pounds to start.*"

Distawrwydd llethol. Dim un cynnig. Bu'n rhaid i Jones-Parry ddod i lawr cryn dipyn cyn cael cynnig o gwbl. Pum cant oedd y cynnig cyntaf, gan berchennog Gelli Ddu. Cynnig dros y mab, mae'n bur debyg. Yna daeth Cors y Bryniau i'r frwydr. Aeth y lle i fyny fesul hanner can punt wedyn yn bur sydyn, nes cyrraedd pymtheg cant. Bryd hynny y syrthiodd Cors y Bryniau. Lledodd gwên falch dros wyneb perchennog porthiannus y Gelli Ddu. Tybiai'n sicr mai fo neu'r mab oedd piau hi.

"*For the last time gentlemen, fifteen hundred pounds.* Ydach chi i gyd wedi gorffen?"

Yna megis o'r gwagle, cododd gŵr arall, estron, ar ei draed. Dyn trwsiadus a blonegog mewn siwt o frethyn melyn ysgafn a mwstash main, cringoch dan ei drwyn. Doedd perchennog y Gelli Ddu ddim am gymryd ei drechu. Aeth i fyny'n dalog nes cyrraedd dwy fil a chant a theimlai ei ben yn ysgafn a'i galon yn dyrnu. Roedd o wedi gorymestyn ei hun eisoes. "Unwaith eto," meddai wrtho'i hun.

"Dwy fil, dau gant a hanner," meddai'r arwerthwr.

Nodiodd Gelli Ddu.

"*Two thousand and three hundred,*" meddai Jones-Parry wedyn.

Nodiodd y dieithryn heb droi blewyn. Torrodd Gelli Ddu ei galon ar ddwy fil a thri chant. Gwerthwyd y lle i'r Sais – rhyw Mr Burton o ochrau Croesoswallt – a dalodd bris gwirion o uchel, ym marn yr holl gymdogion. Ymneilltuodd pawb i'r tŷ wedyn i yfed te a thrafod prisiau'r ocsiwn.

Gwenai Tom fel giât. Ni allai gredu ei lwc. Amcangyfrifai fod ganddynt dipyn dros ddwy fil a hanner rhwng popeth. Digon i glirio'r ddyled a rhoi cant neu ddau yn ei boced o, Magi a Gruffudd Williams. Roedd o'n dal i wenu ar ôl i'r dyn diarth, yr arwerthwr a'r holl gymdogion a dicithriaid fynd i ben eu helynt. Ei dro o a Gruffudd Williams oedd mynd i'r tŷ i gael te bach rŵan.

Daeth Alis â'r baned a phlataid o frechdanau o'r pantri iddynt a dwcud yn ddigon milain wrth Tom, "Dydach chi ddim wedi stopio gwenu ers tri o'r gloch pnawn 'ma. Oes gynnoch chi achos dros fod yn hapus ar ddiwrnod mor drist yn ein hanas ni fel teulu, dwch?"

"Siŵr Dduw fod gen i, Alis bach. Meddwl ydw i am yr holl bres fydd gynnon ni dros ben. Ma'r ffŵl Sais 'na wedi rhoi dros ddwy fil a thri chant am groen yr hen dopia 'ma."

Gwylltiodd Alis fwy fyth. "Cywilydd arnoch chi'n llawenhau am rwbath mor ddifrifol. Sais yn ardal Llangybi am y tro cynta erioed! Mi fasa'n well i chi fod heb ei hen bres o."

"Wna i mo'u hafradu nhw."

Bu tawelwch llethol am rai eiliadau wrth i'r dynion ganolbwyntio ar y bwyd a'r te.

Yna penderfynodd Luned gyfrannu at y ddadl, "Fydd o mo'r Sais ola yn bendifadda."

"Na fydd, dyna sy'n 'y mhoeni i. Rodd Anti Magi'n deud

mai Saesneg ma pobol yn siarad yn Nhonypandy – dach chi isio i'r Gymraeg farw yn Eifionydd a Llŷn?"

Cliriodd Gruffudd Williams ei wddw a dweud yn derfynol, "Tewch â'ch ffraeo, wir. Dach chi'n gneud i 'mhen i droi. Fydd stadau Nanhoron, Glynllifon a Chefnamlwch byth yn gwerthu eu tir. Fi oedd y ffŵl, yn trio bod yn dirfeddiannwr. Tir wedi'i rentu ydi'r ffordd saffa i gadw Cymry ym myd ffarmio."

Yn nes ymlaen y noson honno, ar ôl swper ysgafn, penderfynodd Tom fynd i lawr i Dy'n Porth i wario tipyn o arian y Sais.

Roedd gan y prynwyr fis i glirio'r celfi a'r anifeiliaid o Graig y Garn. Mis hefyd i Tom a Gruffudd Williams wagio a chlirio'r tŷ a symud i le newydd. Yn ystod y Mehefin hwnnw roedd babi Luned i gael ei eni.

– XXVII –

Troi'r Drol

Roedd Tom wedi dod o hyd i le bach taclus i'w brynu ym Mhwllheli ac roedd ganddo fo a'i dad dri chant o bunnau i'w rhoi i lawr amdano, a'r banc yn fodlon benthyca'r gweddill. Pan ddaeth pres Craig y Garn i'w hafflau roedd R T Thomas, y bancwr, wedi ochneidio mewn rhyddhad. Byddai ganddo gryn dipyn o waith esbonio i'w benaethiaid pe bai arian yr arwerthiant yn brin. Yr unig amod i'r benthyciad newydd oedd mai'r banc fyddai'n dal y gweithredoedd nes i'r ddyled gael ei chlirio.

Doedd Luned ddim yn gallu galifantio i lawr am Bwllheli bellach gan ei bod yn rhy agos at amser esgor. Tom oedd yn mynd draw i Foel Dafydd rŵan, ac yn teithio yno'n hwylus ddigon ar ei feic. Daethai Tom a thad Luned yn dipyn o fêts ar ôl i Tom wella dafaden wyllt ar wyneb ei thad. Protestiodd Tom cryn dipyn cyn trio rhoi'r eli ar wyneb tad Luned.

"Dwi rioed 'di roi o ar grwyn pobol o'r blaen."

"Mae tro cynta i bopeth, does?" erfyniodd Robat Jones.

Sioc i bawb oedd i'r driniaeth fod yn hollol llwyddiannus.

Ar yr ail ddydd Llun ym mis Mehefin roedd mam a thad Luned yn treulio'r diwrnod yng nghymanfa fawr yr Annibynwyr. Câi Tom a Luned gyfle i fod ar eu pennau eu hunain yn Foel Dafydd.

Cerddodd y ddau i'r gadlas ar ôl cinio ac eistedd wrth fôn tas o wair ysgafn, melys Mehefin. Roedd Luned bellach yn anferth a'i hwyneb yn goch oherwydd y gwres a'i phwysedd gwaed. O'u blaenau, gwelai'r ddau Ynysoedd Tudwal a

Mynydd Tir Cwmwd yn cael eu socian yn yr haul, a chychod hwylio yn gwibio'n lliwgar ym Mae Abersoch.

"Mae o'r union le i ni'n dau, wel tri os ydan ni i gynnwys Tada, a phedwar efo'r babi. Be ti'n ddeud, Luned?"

"Dw i'n ei chael hi'n anodd iawn meddwl am 'yn nyfodol, a dim ond cwta wyth mis sy 'na ers claddu Huw. Ond gorffan dy stori am y lle 'ma."

"Duwcs, ma'r co' am Huw yn prysur bylu, a fydd dim rhaid i chdi a'r bychan – ne'r fechan – ddŵad aton ni'n syth bin."

"Ond sonia am y tŷ 'ma, Tom."

"Dal dy ddŵr! Mae o ar gwr y Stryd Fawr. Y siop fach ddela welist ti rioed yn y ffrynt, a iard fawr yn y cefn efo digon o le i drin ceffyla, cŵn, cathod, hychod a phob anifail y gelli di feddwl amdano fo."

"Be am y babi bach a Tada?"

"Mae 'na ddigon o le iddyn nhwtha hefyd."

"A be ma Tada'n 'i ddeud?"

"Dydi o ddim 'di cwyno rhyw lawar – sy'n arwydd go lew."

Gobeithiai Tom nad oedd gan Luned ragor o gwestiynau i'w faglu a'i boeni. Ond doedd Luned ddim wedi gorffen eto. Daliodd ei hochr wrth deimlo'r bychan yn rhoi cic bach slei. Gadawodd i'r bywyd newydd yn ei chroth sadio cyn dechrau arni eto.

"A sut wyt ti'n mynd i dalu am y lle bach del 'ma?"

"Mae o'n costio saith can punt a hannar. Mae gynnon ni dri chant. Ella ca i rhyw fymryn o fenthyciad gin Magi. Mi ga i'r gweddill gin y banc, gobeithio, ond i R T Thomas gael cadw'r gweithredoedd nes y bydda i wedi gorffan talu."

Dyma nghyfla i, meddyliodd Luned. Roedd hi'n dyheu

am gael coffâd teilwng i Huw. Byddai cael carreg barchus ar ei fedd yn lleddfu cryn dipyn ar ei chydwybod euog. Penderfynodd fentro.

"Fydd 'na rywbeth dros ben dŵad i ni fedru rhoi carrag ar fedd Huw – carrag deilwng wedi'i naddu a'i thorri'n grefftus? Mi faswn i'n lecio hynny'n fwy na dim byd. Mi aberthodd y cradur ddigon dros yr hen wlad 'ma."

Bu Tom yn ddistaw iawn am sbel gan feddwl sut orau i ateb Luned. Cododd a cherdded draw yn hamddenol at giât y gadlas cyn tanio'i getyn. Doedd o byth wedi dweud dim byd.

"Dw i'n hollol fodlon cyfrannu at garrag, ac mae hi'n hen bryd bellach i ni roi carrag ar Huw druan, ar ôl dros hannar blwyddyn," ychwanegodd Luned

Dechreuodd Tom fyrwela'n hunangyfiawn. "Sgin ti rywfaint o syniad faint ma'r claddu wedi'i gostio i mi'n barod? Punt i'r Parchedig. Dwy bunt am y danteithion. Pum swllt am hers y plwy. Gini i'r torrwr beddau. A'r dillad newydd. Mae'r cwbwl yn tynnu at ddeg punt ar hugain."

"A be 'di hynny ar ôl yr ocsiwn wych 'na gawsoch chi?"

"Hy, a Harri Claddu Pawb yn gwneud ei ffortiwn efo'r holl gnebrynga yn y plwy 'ma! Dydi o ddim yn brin o geiniog neu ddwy, mi wranta i, rhwng y ffliw, y rhyfal, y diciâu a sawl afadwch arall. Ffeia i o, yn elwa ar drallod pobol dlawd."

Teimlai Luned ei chalon yn torri. Gwelai ei gobaith am fywyd dedwydd efo Tom yn hwylio'n gyflym dros y gorwel i bellafoedd Bae Ceredigion. Penderfynodd drio unwaith eto.

"Yli Tom, mi gyfranna i hannar cost carrag fedd, ond i ti roi'r hannar arall i roi carrag daclus ar fedd Huw dy frawd."

"Ro i ddim ffadan beni at y garrag. Ddim Iesu Grist ei arwr mawr o ddudodd, 'Gadewch i'r meirw gladdu eu meirw'?"

Teimlai Luned ei bod ar fin llewygu a'i phen yn troi yng ngwres llethol yr haul. Gwyddai Tom ei fod wedi byhafio fel twpsyn, yn hollol ansensitif i gyflwr Luned. Yn anffodus, roedd hi'n rhy hwyr i dynnu'i eiriau ffôl yn ôl.

"Wyt ti'n iawn dŵad? Mi helpa i chdi i fynd 'nôl i'r tŷ. Ma'r haul 'ma'n rhy danbaid o lawar i ddynas yn dy gyflwr di."

Roedd Luned isio sgrechian mai agwedd calongaled Tom, ac nid yr haul, oedd wedi ei chynhyrfu i'r byw. Fflachiodd y gwirionedd ar draws ei meddwl – gwyddai na fedrai hi byth rannu aelwyd â gŵr mor hunanol ac mor brin o gariad brawdol. Roedd hi wedi bod yn drybeilig o wirion yn ystyried y posibilrwydd, hyd yn oed.

Diffoddodd Tom ei getyn a'i helpu hi i grafangio 'nôl at ddrws y tŷ. Llwyddodd Luned i gyrraedd ei llofft ac aeth i orwedd ar ei gwely.

Casglodd ei holl nerth a dweud yn blaen wrth Tom, "Ti 'di torri 'nghalon i'r pnawn 'ma yn byhafio mor gybyddlyd a chalad."

"Do'n i ddim yn meddwl hannar y geiria ddeudis i wrthat ti."

"Be ma dyn yn 'i ddeud mae o'n 'i feddwl o hefyd. Well i ti fynd rŵan."

"Ond fyddi di'n iawn?"

"Mi faswn i'n well o lawar tasat ti'n mynd."

Prin amsar te oedd hi, a gwyddai Tom na allai adael Luned a hithau mor agos at yr enedigaeth. Penderfynodd y gwnâi baned a gwneud ei orau glas i dorri brechdan mor denau fyth ag y gallai. Dywedodd yn swta wrth Luned ei fod am wneud te bach i'r ddau ohonynt.

Cripiodd yr hen gloc mawr ymlaen o bump gan daro pob chwarter awr nes roedd y tŷ yn disbedain. Cysgai Luned yn dawel ond ni allai Tom feiddio ei gadael. Am chwarter i naw cyrhaeddodd ei mam a'i thad adref o'r gymanfa yn hollol orfoleddus. Bloeddiai'r hen ddyn gytgan y dôn wych 'Brwynog' i eiriau Edward Jones, Maes y Plwm.

Fel tyrfa gytûn
Yn beraidd bob un
Am geidwad o forwyn yn fyw.

Atseiniai ei lais tenor dros y caeau ymhell cyn iddyn nhw gyrraedd y tŷ.

Ochneidiodd Tom ei ryddhad. Gallai ffoi'n ôl am Graig y Garn rŵan. Eglurodd wrth rieni Luned nad oedd hi wedi bod yn rhyw dda iawn yn ystod y dydd, ond ei bod yn llawer gwell gan ei bod yn cysgu. Aeth ei mam i fyny ati ar flaenau ei thraed a dŵad yn ôl cyn pen dim a gwên fawr ar ei hwyneb.

"Diolch yn fawr, Tom, am edrach ar 'i hôl hi cystal. Ella na ddylwn i ddim bod wedi mynd i'r gymanfa a hithau mor agos at 'i hamsar. Croeso i ti aros yma cofia Tom. Mi wna i wely bach i ti."

"Mi fasa well gin i fynd, diolch, ond cofiwch gynnau andros o dân yn y grât pan geiff o'i eni – mi fyddwn ni'n gwbod wedyn."

"Ella mai hi fydd yr *o* 'ma."

"Pwy ŵyr, te?"

Aeth Tom i'r rhiwal i nôl ei feic a stwffio'i drowsus i'w sana. Padlodd nerth ei draed am y ffordd fawr. Teimlai'r gwynt yn chwalu drwy ei wallt wrth iddo gyflymu i lawr allt Cerrig Bychain am Lanbedrog. Heglodd hi'n ôl am Langybi gan ddifaru'i enaid am iddo siarad mor afrad efo Luned. Ond anodd tynnu cast o hen geffyl.

Ar y nos Fawrth dilynol ganed y babi bach dela welwyd erioed i Luned. Bu'r enedigaeth yn un weddol ddidrafferth. Hogyn oedd o. Galwyd o yn Huw Hedd.

– XXVIII –

Huw Hedd, Chwefror 1920

Gorweddai Luned ar ei gwely yn dotio at Huw Hedd. Gorweddai'r bychan ar wastad ei gefn ar y garthen liwgar a orchuddiai'r gwely plu. Ciciai ei draed yn yr awyr gan wneud sŵn bach tlws a bodlon yn ei wddw. Cyferbynai ei gnawd pinc â duwch y cwrlid oedd ag amlinell felyn o gastell Caernarfon wedi'i frodio drwyddo. Y lwmp gwingllyd, glafoeiriol a oedd yn chwythu, poeri, hel gwynt, gwlychu'i glwt a phoetsio bob cyfle a gâi. Ar adegau eraill byddai'n llonydd a thawel, a hithau'n ysu am ei gyffwrdd rhag ofn ei fod wedi peidio ag anadlu. Edrychodd i fyw ei lygaid dyfnion glas. Llygaid Tom, ie, ond llygaid Huw hefyd. Ac roedd y cyfan wedi tyfu yn ei chorff hi. Yn benllanw un hanner awr o gyfathrach orfoleddus, nwydus a phechadurus. Efo Tom.

Trodd Luned y bychan i orwedd ar ei fol a syllodd am y canfed tro ar ei fop o wallt cringoch oedd yn cyrlio dros ei glustiau melfedaidd. Clustiau 'run fath yn union â rhai cath fach, yn feddal a hyblyg. Gwallt Tom, ond gwallt Huw hefyd. Dechreuodd gosi'i gefn yn ysgafn a sylwi ar y blewiach bach melyn ar ei goesau nobl. Roedd o'n dal wrth ei fodd. Penderfynodd bicio i lawr i'r gegin i wneud panad iddi hi ei hun. Cyn mynd gosododd obennydd bob ochr iddo rhag ofn iddo syrthio.

Allan â hi ar flaenau ei thraed, ond cyn iddi gyrraedd y grisiau roedd Huw Hedd eisoes wedi dechrau bloeddio nerth ei ben.

"Wyt ti'n clywad y babi 'na, Luned? 'Y ngwas gwyn i'n cael hannar 'i lwgu, m'wn."

Roedd ei mam wedi dechrau rhefru. Ochneidiodd Luned wrth droi ar ei sawdl unwaith eto. Roedd ei mam wedi gwirioni efo Huw Hedd, ond yn gyndyn iawn i ddangos ei chariad. Llawer gwell ganddi oedd taflu cyngor ar ôl cyngor at Luned. Rho fymryn o ddisinffectant yn y dŵr. Wyt ti wedi llnau ei glustia bach o? Paid â gadal iddo fo gysgu gormod. Oes gynno fo wynt dŵad?

Gwenodd Huw Hedd yn annwyl pan welodd bod ei fam yn ôl yn y llofft. Cododd Luned y bychan yn ofalus, a'i fwytho am dipyn cyn estyn ei bron iddo.

Wrth eistedd yno'n bwydo'i mab bach, arswydai Luned wrth feddwl am ei chyfrifoldeb. Blynyddoedd o ddandwn a magu. A hynny ar ben ei hun bach. Fuodd hi'n fyrbwyll yn gwrthod cynnig Tom? Yn troi ei thrwyn ar Ifan? Go brin! Ond doedd hi ddim mor hawdd bachu dyn a hithau efo babi bach i'w fagu. Ac mi fyddai'n Basg cyn pen dim. Penderfynodd y byddai'n sgwennu at Magi a Ianto. Anfon ei chyfarchion, rhoi tipyn bach o hanes yr ardal, a derbyn eu gwahoddiad i fynd i lawr i'r sowth dros y Pasg.

Ar ôl chwarter awr o sugno dygn roedd Huw Hedd wedi cael llond ei fol ac yn cysgu'n braf. Rhoddodd Luned o'n ôl yn ei grud yn ofalus a sleifio i lawr y grisiau unwaith eto. Roedd yr haul eisoes wedi diflannu dros ysgwydd Garn Fadryn er nad oedd ond cwta bedwar o'r gloch y pnawn. Roedd tanllwyth braf yn y gegin a the bach yn barod iddi ar y bwrdd crwn. Diolchodd i'w mam cyn estyn am y papur sgwennu a dechrau casglu'i meddyliau.

Foel Dafydd
Mynytho
Caernarvonshire
Chwefror 3ydd, 1921.

Annwyl Magi a Ianto

Sut mae'r ddau ohonoch chi'n cadw? Fel y gwelwch chi mi dw i a Huw Hedd yn dal i fyw yn Foel Dafydd a Mam a fi yn prysur fynd ar nerfau ein gilydd. Mae Huw Hedd 'run ffunud â Huw ac yn ddigon o ryfeddod. Lwmpyn bach crwn bodlon a phur swnllyd, yn enwedig pan mae arno fo isio bwyd. Mae'n rhaid ei fod o'n cael digon achos mae o fel afal. Braf iawn i'w ei weld o'n datblygu a dod yn gymeriad bach. Pan ddown ni i lawr ella bydd o wedi dechrau siarad a cherddad.

Mae Tada'n setlo'n rhyfeddol o dda yn y dre. Sôn y bydd o'n ddiacon yn Penlan yn reit handi. Tom ar y llaw arall yn wastio lot o'i amsar yn nhafarn y Penlan Fawr – ond stori arall ydi honno eto. Mi ydw i wedi bod yn edrach amdanyn nhw un waith pan es i farchnad Pwllheli tua mis yn ôl. Alis ar ganol ei phedwerydd blwyddyn yn Cownti Penygroes rŵan ac wrth ei bodd yno. Mae hi'n sgolar fydd yn gneud yn dda iawn os medar ei thad fforddio rhoi coleg iddi hi.

Mae Huw Hedd a fi yn meddwl y down ni i'r sowth atoch chi dros y Pasg a dŵad ag Alis efo ni, os ydi hynna'n olreit. Mi fydd gynni hi bythefnos o wylia bryd hynny a bydd gweld y sowth yn agoriad llygaid iddi hi a fi mae'n siŵr.

Ydi Ianto yn byhafio'i hyn ac mewn gwaith? Lot o sôn am streics a chyfloga sâl yn y Rhondda 'na, ond maen nhw beth mwdradd gwell na ffordd hyn mae'n siŵr. Mi rydw i'n dal i fedru ennill rhyw geiniog neu ddwy wrth wnïo a gneud dillad. Cofiwch sgwennu'n ôl i roi y niwsys.

Mae Huw Hedd a fi jest â marw isio'ch gweld chi'ch dau.

Huw Hedd a Luned
x x x

– XXIX –

Y Dyddlyfr Du

Roedd hi'n chwarter i dri o'r gloch y pnawn a Tom eisoes wedi dechrau sipian ei hanner peint yn nhafarn y Penlan Fawr. Pererin go unig oedd o mewn tŷ tafarn hyd nes iddo fo yfed rhyw bedwar peint. Dim ond wedyn y gallai orchfygu'i swildod a dechrau bod yn gymdeithasol. Ond roedd y dafarn yn cau am dri. Roedd amser am un bach arall cyn dechrau ar ei sesiwn fawr – sesiwn nos Sadwrn. Pan oedd o ar fin codi i nôl peint arall daeth clamp o Sais digywilydd a mynnu eistedd wrth ei ochr. Roedd gwnïad da ar ei frethyn, a sodrodd beint llawn ar y bwrdd bach crwn yn union o flaen Tom.

"*Do you remember me, Mr Williams?*" holodd.

Sut y medra i dy anghofio di – chdi, y Sais cyfoethog roddodd y fath bris i mi am Graig y Garn? meddyliodd Tom. Ond atebodd mewn geiriau cwrtais a thaeog yn ei esgyrn Saesneg, "*You're the gentleman who bought my farm, Craig y Garn, a few months ago.*"

"*That's quite right, Mr Williams. I was reliably informed that you spend most Saturday afternoons in this ale house.*"

Gobeithiai Tom y nefoedd nad oedd Mr Burton yn mynd i gwyno iddo gael drwg fargen. Ond roedd hi'n rhy hwyr iddo ddechrau edliw rŵan. Trwy drugaredd doedd dim o'r fath beth ar feddwl y tirfeddiannwr newydd. Estynnodd becyn bychan du bitsh o boced ei wasgod. Agorodd y pecyn yn ofalus a sylwodd Tom fod nodlyfr mewn clawr lledr y tu fewn.

"*When we were clearing the old parlour about a fortnight ago I found this hidden under the hearthstone. It's no bloody good to me. All of it is scribbled in Welsh, but it might be of use to you.*"

Roedd gweld y llyfr bach du yn gryn sioc i Tom. Pwy ond Huw allasai fod wedi sgwennu ynddo?

Diolchodd Tom yn llaes i Mr Burton, ac ar ôl gorffen y peint brysiodd yn sigledig at ei siop yng nghefn y Stryd Fawr. Roedd yr hen Gruffudd Williams eisoes yn ei esboniad ar lyfr Job ac anwybyddodd ei fab. Roedd wedi hen arfer â'i arferion ofer. Dechreuodd ddarllen yn awchus ysgrifen traed brain Huw.

Cyffesiadau a manylion ei fywyd yn ffosydd Ffrainc oedd cynnwys y llyfr bach, a'r rheiny'n rhai gwirion o onest. Pwy ond Huw ddiniwed fuasai wedi manylu am ei brofiadau efo Luned, efo'r butain, a hyd yn oed am fod yn sâl efo'r bîb? Ond roedd mwy, gyda rhai cofnodion yn ystod ei ddyddiau diwethaf yng Nghraig y Garn. Sobrodd Tom drwyddo wrth ddarllen am amheuon Huw am ei berthynas efo Luned.

> "... ma Luned druan wedi aros yn ddigon hir i mi wella, a'r cwbwl yn ofer. Ma gynni hi a Tom berffaith hawl i'w bywyd eu hunain. Ac ma nhw'n gwbod 'mod i'n carlamu tuag at y 'tir neb' go iawn rŵan."

Cafodd Tom ysgytiad at wraidd ei fod wrth ddarllen y geiriau hynny. Felly mi oedd Huw yn gwybod y cwbwl am berthynas Luned ac yntau. Ond nid y cwbl yn hollol, chwaith. Wyddai fo ddim byd am ganlyniad y berthynas nwydus – Huw Hedd.

Bu Tom yn pendroni trwy gydol y Sul ac ar hyd yr wythnos ganlynol beth i'w wneud â dyddiadur Huw. Ar ôl hir-fyfyrio penderfynodd y byddai'n ei ddangos i Luned. O leia wedyn mi fyddai Huw yn syrthio oddi ar bedastl ei ddelfrydau. Oedd ganddo fo siawns, tybed, o ddringo 'nôl i'w serchiadau? Felly, ar y Sul dilynol, neidiodd Tom ar ei feic yn gynnar ar ôl brecwast a phadlo unwaith eto am Fynytho. Roedd o yn Foel Dafydd cyn un ar ddeg y bore a'i wyneb yn goch fel bitrwten ar ôl yr ymdrech ar y beic a chwrw'r noson cynt. Croeso digon llugoer gafodd o gan Luned ond roedd ei mam yn hollol fel arall. Cafodd fynd trwodd i'r parlwr bach a gwahoddiad i rannu cinio efo'r teulu.

Sylwodd fod Huw Hedd yn glamp wyth mis oed erbyn hyn a doedd gan y creadur bach 'run siawns o wadu'i frîd – yr un wawr goch â rhelyw teulu Craig y Garn. Ceisiodd Tom siarad iaith babis efo fo, ond yn bur aflwyddiannus.

Gwyddai Luned yn iawn fod rhywbeth ar wahân i weld ei fab wedi dod â Tom i Foel Dafydd y bore hwnnw. Roedd rhyw hen ias oer yn y parlwr. Fyddai mam Luned bron byth yn cynnau tân yno ond ar achlysuron pur sbesial, ond roedd tân oer yn y grât.

Wedi mân siarad am ryw chwarter awr, dyma Luned yn gofyn yn ddigon powld i Tom, "Be wyt ti isio go iawn yma tybad?"

Aeth Tom i boced ei grysbas brethyn ac estyn y dyddiadur bach iddi.

"Mi ddoth Mr Burton, y Sais gwirion 'na brynodd Craig y Garn, â hwn i mi bnawn Sadwrn dwytha. Dyddiadur Huw yn y ffosydd ydi o, a thipyn bach wedi'i sgwennu wedyn hefyd. Mae ei ddarllan o'n brofiad sy'n dy sobri di. 'Nes i rioed feddwl y basa darllan meddylia dyn sy 'di marw yn brofiad mor rhyfedd."

Gwelwodd Luned, ac estyn ei llaw yn grynedig i dderbyn y dyddiadur.

"Fyddi di ddim yn hir yn 'i ddarllan o, ond mi fyddi di isio mwy o amser i feddwl dros y cynnwys. Ma hi'n oer 'ma braidd. Mi a' i allan i sgwrsio efo dy dad a dŵad yn ôl mewn rhyw hannar awr."

Aeth Tom i'r beudai a chafodd groeso cynhesach fyth gan dad Luned. Roedd hwnnw'n methu deall pam y bu i'r berthynas rhwng Tom a'i ferch suro mor sydyn. Bu tipyn o fân siarad am y tywydd a llwyddiant busnes newydd Tom ym Mhwllheli. Toc, penderfynodd y ddau y bydden nhw'n mynd 'nôl am y tŷ. Sylwodd Tom ei bod bron yn hanner dydd. Mi fyddai Luned wedi cael hen ddigon o amser bellach i ddarllen y dyddiadur ac i bendroni dros ei gynnwys.

"Mi fydd rhaid i chi weitiad rhyw hannar awr am ych cinio," meddai mam Luned, "Well i chi fynd i molchi a newid Robat. Ewch chitha i'r parlwr at Luned Tom. Dwn i ddim be ma hi'n gael i neud yno ar fora mor oer."

Aeth Tom drwodd at Luned. Wyneb Luned oedd fel bitrwten rŵan. Roedd yn gwbl amlwg fod cynnwys y dyddiadur wedi ei chynhyrfu i'r byw.

"Wel, be ti'n feddwl o hwnna ta?" gofynnodd Tom, a gwên hanner tosturiol ar ei wyneb. Aeth ymlaen i ychwanegu, "Doedd yr hen Huw ddim cymaint o sant ag oeddan ni wedi'i feddwl, oedd o? Ond y peth sydd wedi fy ysgwyd i ydi meddwl sut roedd o'n gwbod amdanon ni'n dau?"

"Mi alla i fadda am be wnaeth 'y ngwas gwirion i yn Ffrainc." oedodd Luned, roedd yn edrych yn drist iawn. "Amdanan ni – wel, ma'n siŵr 'i fod o wedi sylwi ar yr arwyddion wrth i ni siarad a sbio ar ein gilydd. Mi gafodd o ddau fis i feddwl am fawr o ddim byd arall."

"A meddwl am farw. Mi lasa fo fod wedi bod yn meddwl lot fawr am hynny. Ond mi dw i'n ddiawledig o falch nad oedd o 'di ffendio 'mod i wedi rhoi plentyn i ti."

"Un noson ddaru ni garu efo'n gilydd. Ond dw i'n anghytuno efo ti – mi faswn i'n falch iawn tasa fo'n gwbod am Huw Hedd."

"Sut goblyn elli di ddeud y ffasiwn beth?"

"Dwn i ddim. A ninna wedi mynd i'r holl draffarth i drio twyllo pawb. Meddwl dw i y basa Huw yn falch o wybod bod 'na rywun o'i frîd o'n mynd i bara yn y partha 'ma."

Ar hynny gwaeddodd mam Luned arnynt i ddŵad am eu cinio.

"Mi faswn i'n lecio cadw'r dyddlyfr," ychwanegodd Luned. "Dw i isio amsar i gnoi cil arno fo."

"Dydi o'n da i ddim i mi, nag ydi?" meddai Tom.

Fel roedden nhw'n eistedd am eu cinio dyma Huw Hedd yn dechrau bloeddio o'r llofft. Aeth Luned i fyny i'w fwydo. Roedd hi'n falch. Doedd dim tamad o awydd cinio arni.

Toc daeth i lawr gyda'r horwth babi bodlon yn ei breichiau. Toddodd calon Tom. Fo oedd tad yr hogyn bach, ond iddo gachu ar y llorpia yn ei berthynas efo Luned. Mi drïa i feddalu Luned unwaith eto, meddyliodd.

"Tyd â Huw Hedd i mi i ti gael byta dy ginio, Luned." meddai. "Mi fyddi di'n iawn efo fi, yn byddi hogyn?"

Rhoddodd Luned y babi yn dyner ar lin Tom, ac er syndod i bawb roedd o'n berffaith fodlon am ryw bum munud. Dechreuodd chwerthin yn ei wddw ar y stumiau digri a wnâi Tom. Ond cyn pen dim roedd o'n dechrau aflonyddu ac yna'n sgrechian nerth ei ben eto.

"Well i mi 'i gymryd o'n ôl Tom." meddai Luned yn falch o unrhyw esgus i gael codi oddi wrth y bwrdd cinio.

Ond cododd ei mam a chymryd y bychan o freichiau Tom.

"Mi geith Robat olchi'r llestri gan 'i bod hi'n ddydd Sul, ac mi drïa inna lonyddu'r creadur. Ewch chi'ch dau drwodd i'r parlwr i setlo beth bynnag sy wedi tynnu Tom yma fora heddiw."

Cytunodd Luned yn anfodlon, a dilynodd Tom hi i'r

parlwr lle cynheuodd dân i dorri'r ias. Penderfynodd Tom y byddai'n rhoi un cynnig arall ar bontio'r rhwyg yn eu perthynas. Eisteddodd ar y gadair dderw uchel ac ymestyn ei goesau cyn tanio ei getyn. Aeth Luned hithau i eistedd ar y gadair freichiau. Ddywedodd yr un ohonyn nhw ddim byd am sbel go lew. O'r diwedd daliodd Tom ei llygaid tywyll a cheisio dadmer y caledi ynddyn nhw gyda gwên.

"Does 'na ddim byd chwaneg i'w setlo, nag oes?" meddai Luned.

"Allwn ni ddim trio cychwyn perthynas eto, Luned? Ma 'na ddigon o le yn y siop i chi'ch dau tasa ni'n dod yn ffrindia, a fasat ti ddim yn sylwi bod Tada yno hyd yn oed. Ac mi dala i'r cwbwl o'r gost am garreg fedd ar Huw."

"Ac mi wyt ti'n dal i yfad, mae'n siŵr? Hawdd iawn ydi gwneud addewidion ac anghofio'r cwbwl amdanyn nhw cyn pen blwyddyn."

Gafaelodd Tom yn ei llaw a'i gwasgu'n galed, "Plis Luned, dw i'n addo na wnâ i ddim newid eto. Priodas fach yng nghapal Horeb a dyna'r cwlwm wedi'i glymu am byth."

"A finna'n difaru am byth. Mae arna i ofn ei bod hi'n rhy hwyr i ni'n dau." Ysgydwodd Luned ei llaw yn rhydd o afael Tom a chodi wrth glywed Huw Hedd yn dechrau sgrechian eto.

"Wel dyna ni. Does 'na ddim mwy i ddeud felly. Waeth i mi fynd ddim. Edrach ar ôl y dyddiadur 'na, a'i losgi ar ôl i ti orffan efo fo."

Llusgodd Tom ei draed am y drws a ffarweliodd efo rhieni Luned. Neidiodd ar ei feic a phadlo i lawr am Lanbedrog. Erbyn hyn roedd sgrympiau gwynt yn chwythu'n hegar i'w wyneb, a churlaw yn ei ddallu. Gwyddai yn derfynol rŵan nad oedd gobaith iddo aildanio'r berthynas efo Luned. Roedd wedi bod yn ffŵl.

Ar ôl cyrraedd adref aeth yn syth i fwydo Pero a rhoddodd hwnnw andros o groeso i'w feistr garw. Dechreuodd Tom fwytho'i gi gan siarad yn deimladwy efo fo.

"Dyna ti, Pero bach. 'Sdim isio i ti gynhyrfu gymint, nac oes? A' i ddim ar gyfyl y Luned 'na eto, na Huw Hedd chwaith. Mi gaiff hi weld gwir gymeriad y brawd bach yn y blwmin dyddiadur 'na adawodd y twpsyn gwirion. Dyna ti, isio mwy o fwytha wyt ti, ia?"

Gorweddodd Pero ar wastad ei gefn i'w feistr gael cosi'i fol. Wedyn aeth Tom i nôl ei ginio Sul, y cinio roedd Gruffudd Williams wedi'i gadw i'w fab. Rhoddodd Tom y plât gorlawn dan drwyn Pero a llowciodd hwnnw y cyfan yn ddiolchgar. Aeth Tom i'w wely wedyn a rhoi ei ben yn llythrennol yn ei blu. Roedd y felan yn gafael ynddo go iawn. Gwyddai mai dim ond y ddiod a allai ei godi o bwll ei iselder. Cododd a mynd at ddrôr ei gwpwrdd dillad ac estyn potel wisgi hanner llawn allan ohoni. Gorweddodd ar ei wely, llenwi'i getyn a'i danio, a dechrau drachtio'r wisgi. Dychmygodd Luned yn swatio wrth ei ochr a Huw Hedd yn ei grud wrth draed y gwely. Ond doedd y baradwys honno ddim i fod i rai fel fo. Ar ôl smocio sawl catiad o faco a gwagio'r botel wisgi, diffoddodd Tom ei lamp a swatio'n hunandosturiol dan ei garthen. Cyn pen dim roedd yn rhochian cysgu.

Yn ei llofft unig yn Foel Dafydd roedd Luned yn darllen dyddiadur Huw am y degfed tro o leiaf. Gwnâi hynny yng ngolau cannwyll egwan a chysgai Huw Hedd yn sownd wrth ei hochr er bod crud gwag wrth draed y gwely. Fedrai hi ddim diodda cysgu mewn gwely gwag oer. Bu'n troi a throsi cynnwys y dyddiadur 'geiniau o weithiau yn ei meddwl. Roedd hi'n hollol onest yn ei hateb i Tom. Fedrai hi ddim dal dig efo Huw druan am ei antics yn Ffrainc. Wyddai rhai fel hi ddim byd am ba mor ddiawledig oedd eu profiadau'r milwyr. Ond roedd hi'n andros o ddig efo hi ei hun am fethu cuddio'i ffansi at Tom a thaflu ei hun i'w freichiau. "Cynnig dy hun iddo fo," fel y dywedodd Magi. Ond pan welai Huw Hedd yn cysgu'n dawel wrth ei hochr, doedd hi'n difaru dim. Roedd yn werth y cyfan i gael babi bach i'w fagu ac i'w weld yn tyfu a datblygu.

Doedd ganddi ddim cyfeilles y gallai drafod ei phenbleth meddwl gyda hi chwaith. Roedd Alis yn rhy ifanc a'i mam yn rhy hen a phrun bynnag roedd teithio i Borth Cenin o Fynytho efo babi yn hunllef. Bechod ar y naw fod Magi wedi diflannu i berfeddion y de efo Ianto. Ond câi gyfle dros y Pasg i gael sgwrsys hir hefo Magi. Prysured y dydd hwnnw. Diffoddodd ei channwyll a dechrau troi a throsi gan wrando ar wynt Chwefror yn chwyrlio o gwmpas y tyddyn unig.

– XXX –

Tonypandy

Sioc ddymunol iawn i Luned oedd derbyn amlen drwchus un bore Llun, yn cynnwys dau docyn trên iddi hi ac Alis fynd i lawr i Bontypridd. Bu Luned yn dyfalu ers tro sut y buasai'n clandro pres i fynd â nhw i lawr i'r de. Ond roedd Ianto, gyda'i haelioni arferol, un cam ar y blaen iddi hi ac wedi sicrhau'r tocynnau. Ysgrifennodd Luned i ddiolch i Ianto ac i ddweud wrth Magi am ddyddlyfr Huw. Sylwodd Luned y byddai'n rhaid cychwyn o stesion Pant Glas ar gyrion Eifionydd cyn saith y bore. Byddai'n rhaid iddi hi a Huw Hedd aros am noson yn Porth Cenin. Rhoddodd wybod i Alis trwy lythyr a chafodd ateb gyda'r troad yn croesawu Luned a'r babi bach i Borth Cenin. Deuai ei thad i'w nôl i stesion Pant Glas y diwrnod cynt.

O'r diwedd cyrhaeddodd y diwrnod mawr, ac yn gynnar iawn roedd Luned, Alis a Huw Hedd yn crynu ym marrug y bore ar blatfform stesion Pant Glas. Roedd y siwrne drwy Gymru yn teimlo fel oes, ac Alis yn dyheu am gyrraedd ers dau y pnawn. Toc wedi pedwar, dyma gyrraedd prif orsaf Caerdydd a newid platfform i ddal trên y cymoedd. O'r diwedd, a hithau yn dechrau tywyllu, aethant ill tri allan o'r trên ar blatfform hir gorsaf Pontypridd, a diolch byth roedd Ianto'n aros amdanyn nhw a'i groeso fel arfer yn heintus o fyrlymus.

"Dewch glou ferched, mae traen y Rhondda ar gychwyn!"

Cipiodd fagiau Luned ac Alis a rhedodd y ddwy ar ei ôl a Huw Hedd yn cael ei siglo i fyny ac i lawr ym mreichiau ei fam. Cyn pen dim roedden nhw ar y trên, a rhyfeddai Alis fwy nag a wnaeth Magi hyd yn oed pan ddaeth i lawr gyntaf i gyfarfod Ianto, at y mwg, y llwch, y twrw, yr holl dai a'r pylle glo diddiwedd. Erbyn hyn roedd blinder wedi llethu Huw Hedd a chysgai'n un rholyn bodlon yng nghôl ei fam. O'r diwedd, dyma gyrraedd stesion Tonypandy, a Ianto'n eu harwain yn falch am Kenry Street – y stryd gul, hir a thai teras undonog o boptu iddi. Cerdded tua hanner y ffordd ar ei hyd a dyma nhw yn rhif 14. Brasgamodd Ianto i mewn i'r tŷ a chyhoeddi'n uchel fel arweinydd eisteddfod, "Y'n ni 'ma, Magi. Dere i weld dy dylwth a'r nai bach ti 'di bod yn whila a becso cymint obeutu fe!"

Daeth Magi drwodd o'r gegin gefn yn ei brat blodeuog gan ddod ag arogl rhostio cig i'w chanlyn. Toddodd ei hwyneb chwyslyd yn un wên lydan o groeso a chofleidiodd Luned ac Alis gan ddeffro Huw Hedd.

"Ylwch y pwtyn bach yn bloeddio, 'dwi yma hefyd'!" Gafaelodd Magi ynddo a dechrau ei fwytho, a Ianto'n ei gosi a rwdlian efo'i fol a'i goesa nobl.

"Fydd rhaid i tithe gael un whap," meddai Ianto, a'i wên ddireidus yn dal i hofran ar ei wyneb.

"Nid tegan bach i'w fwytho ydi o, wsti. Dos i'r cefn 'na, wir, rhag ofn i'r cig losgi."

Roedd Luned ac Alis yn fwy na balch o gael cyfle i ymolchi ac ymweld â'r tŷ bach yng ngwaelod yr ardd. Bellach roedd Huw Hedd yn barod am laeth ei fam, ac wedi iddo gael ei wala cafodd ei roi i orwedd ar y mat ger y tân i gicio'n fodlon. Yna eisteddodd pawb i lawr i estyn at eu cinio coliar – yr un math o bryd blasus â phrydau Craig y Garn, sylwodd Alis.

Aeth y swper yn ei flaen yn hwylus, a Magi'n falch o gael eu cymell i estyn am ragor. Buont yn siarad am amgylchiadau gwaith yn y pyllau glo, capel a sawl peth arall. Dim ond pan yn siarad am y lofa y sylwodd Luned ac Alis ar Ianto'n tynhau.

"Ma'r Cambrian 'na fel anialwch, yn berwi o lwch, a ni'r coliars druan yn sugno fe mewn pob stêm. Prin y gelli di weld dy law o dy fla'n – hyd yn o'd 'da help y Davy Lamp – a ma iechyd pawb yn cael 'i strwyo."

Ceisiodd Magi'n ddeheuig i newid cyfeiriad y sgwrs, a gwyddai Ianto nad oedd ei wraig yn awyddus iddo ddilyn y trywydd hwnnw. Dechreuodd Magi holi Alis am yr ysgol a'i chynlluniau.

"Hyd yn hyn dw i 'di bod yn un o'r deg ucha yn fy mlwyddyn bob tro, ac felly'n cael y cwbwl yn rhad ac am ddim. Ond athrawes faswn i'n lecio bod, athrawes plant bach, a mynd i'r Coleg Normal ym Mangor."

"Ond fydde Latin a French o ddim gwerth i ti 'da plant bach." pryfociodd ei dewyrth newydd. "Tyrd i glirio'r llestri 'da fi, wnei di? Mae Magi'n ysu am gael helpu selto Huw Hedd 'da Luned."

Ar ôl ymorol am y llestri a Huw Hedd, dywedodd Ianto ei fod yn mynd i'r gwely gan ei fod eisiau codi am bump trannoeth i fod yn y lofa am hanner awr wedi chwech. Dilynodd Alis o i'r llofft ymhen fawr o dro, gan ei bod wedi ymlâdd ar ôl ei hirdaith o Eifionydd. Cafodd Magi a Luned y cyfle y bu'r ddwy'n dyheu amdano ers wythnosau i roi'r byd yn ei le. Taflodd Magi hanner llond pwced o lo ar y tân nes ei fod yn fflamio i dop y simdde unwaith eto. Ymestynnodd y ddwy o'i flaen ac ymhen fawr o dro roedd eu coesau'n wrymiau i gyd.

"Rŵan ta, Luned, dyddlyfr Huw – mae o gin ti, gobeithio?"

Aeth Luned i nôl ei bag llaw gan chwilota am y llyfr bach du a'i estyn i Magi. Agorodd hithau o'n awchus, ond digalonnodd wrth weld y llawysgrifen flêr.

"Mi ddylet ti wbod nad Huw oedd yr un taclusa, a chofia i'r rhan fwya ohono fo gael 'i sgwennu yn llwch ffosydd Ffrainc neu pan oedd o'n ddifrifol wael."

"Ti'n iawn, ond gad i mi bydru 'mlaen am sbel, ac mi gei ditha fy helpu i os a' i i ddyfroedd dyfnion."

Mi aeth Magi i ddyfroedd dyfnion gryn hanner dwsin o weithiau. Roedd hi wedi dychryn am ei bywyd efo'r cynnwys, ac yn methu deall hefyd sut roedd Luned wedi cael ei gafael arno. Eglurodd Luned y cefndir, ac fel y daeth Mr Burton ag o i Tom yn y Penlan Fawr ryw bnawn Sadwrn.

"Doedd Tom 'rioed yn y dafarn yn ganol pnawn?"

"Dim ond ar ddydd Sadwrn mae o'n yfad yn y pnawnia, medda fo, ond mae'n debyg ei fod o yno jest bob nos hefyd. Dyna un o'r rhesyma i mi wrthod 'i gynigion o i 'mhriodi i. Ofn iddo fo fynd i'r afael â'r ddiod. Ac mi bechodd yn anfaddeuol yn f'erbyn i jest cyn i Huw Hedd gael 'i eni."

"Sut felly?"

"Gwrthod cydnabod ei ddyletswydd i roi carrag ar fedd Huw."

"Dw i'n synnu dim, Luned," meddai Magi'n drist. "Mi fuodd o'n ddiawledig o dynn efo'i bres erioed. Hen Groen fyddai rhai'n ei alw fo yn ardal Llangybi am 'i fod o isio pres nid dim ond am yr anifail y byddai o'n werthu, ond am y croen hefyd. Ac i be, Duw yn unig ŵyr."

"Wel mi wnes i'r penderfyniad iawn, ta, wrth 'i wrthod o yr eildro."

"Be, ofynnodd o i ti wedyn?"

"Do, pan ddaeth o â'r dyddiadur acw."

"Wel, diolch byth na wnest ti ddim derbyn. Faswn i ddim isio Tom yn dylanwadu ar yr angal bach 'na sgin ti yn y llofft."

"Fydd o ddim yn angal yn hir m'wn!"

"Y peth dw i 'di ddychryn fwya yn ei gylch ydi'r sgwennu amrwd. Pwy feddylia y bydda fo'n mentro rhoi'r syniada dychrynllyd 'na ar bapur? Fedra i yn fy myw ddallt y peth." Ysgydwodd Magi ei phen mewn penbleth. "A mi ydw i'n synnu at Huw yn hel puteiniaid ac yn meddwi fel y gwnaeth o yn Ffrainc."

"Ella 'mod i 'di cael mwy o amsar i ddygymod â'r peth," meddai Luned, "Ond mi fedra i fadda'r cwbwl iddo fo. Cofia nad oedd y cradur bach yn gwbod be oedd o'i flaen o. Ma'n siŵr hefyd 'i fod o isio rhoi 'i feddylia dryslyd ar bapur er mwyn trio gneud sens ohonyn nhw."

"Ond ma'r cyfan mor ych-a-fi, Luned."

"Ond doedd o 'rioed wedi bwriadu i neb 'i ddarllan o, nag oedd o?"

"Pam na fasa fo wedi'i losgi o ta?"

"Dwn i ddim. Ond ma hi mor anodd llosgi dy gudd feddylia. Dwyt ti ddim yn synnu mwy ata i yn gadal iddo fo gael 'i ffordd efo fi, a'r trafod am hynny? Mi o'n i'n cael y fath wefr wrth garu efo fo, a finna'n dyheu am fabi bach. Unrhywbeth i gael cyfle i ddenig oddi wrth refru Mam yn Foel Dafydd. Ond iddo fo, bod yn hollol anghyfrifol fyddai rhoi babi i mi a fynta ar fin mynd i'r rhyfal. A phan ddaeth o 'nôl o Ffrainc fedra fo wneud dim. O, roedd gin i biti drosto fo."

"A dyna pam syrthist ti i freichia Tom mor handi?"

"Dim mor handi â hynny. Mi oedd o 'di bod yn trio'i ora ers misoedd a finna wedi llwyddo i'w stopio fo bob tro. Ond mi oedd o mor debyg i Huw."

"Yn 'i bryd a'i wedd, a dim arall."

"Ia, ond mi oedd edrach arno fo yn f'atgoffa i drw'r amsar am yr hen Huw nerthol, iachus, hwyliog. A phan ddaeth y cyfla, fedrwn i yn fy myw 'i wrthod o. Yr un llygid glas, yr un sgwydda llydan a'r un gwallt cringoch. A waeth i mi fod yn onast ddim, mi oedd edrych i fyw 'i lygid o'n fy nghynhyrfu fi, a'i gyffyrddiad o'n fy ngwneud i'n hollol wirion."

"Ac mi wyt ti'n difaru d'enaid rŵan, dw i'n gwbod."

"Wel nac'dw, Magi. Mi ges i Huw Hedd, yn do, y trysor mwya y galla unrhyw hogan 'i gael byth. 'Pe meddwn aur Periw a pherlau'r India bell,' wir! Na, ma cael plentyn bach fel Huw Hedd yn gan mil gwell na'r cyfan."

Chwarddodd y ddwy ar ôl perorasiwn emosiynol Luned. Wedi i'r ddwy sobri tipyn aeth Luned yn ei blaen.

"A ma cael plant yn ofnadwy o bwysig i bob hogan ifanc rŵan."

"Pam rŵan yn arbennig?"

"Gwneud i fyny am y gollad erchyll ar ôl lladdfa rhyfal, te, a dyna i ti reswm arall pam na dw i'n difaru cael Huw Hedd. A sôn am hynny, dw i'n ryw ama fod gin ti niwsys i mi hefyd, yn does Magi?"

Cochodd Magi a cheisio edrych yn ddiniwed reit ar Luned, ond aeth honno yn ei blaen.

"Dy weld ti 'di ennill cryn dipyn o bwysa ers y tro dwytha i mi dy weld di. Ti 'rioed yn disgwl babi ar ôl prin flwyddyn o briodas?"

"Ti'n un dda i edliw ar ôl dy berthynas fyrhoedlog efo Tom," gwenodd Magi. "Ond ti'n berffaith iawn, a mi ydw i a Ianto wedi gwirioni."

"Gwych!" sgrechiodd Luned. "Dw i mor falch drosoch chi'ch dau!" Ac roedd dagrau hapusrwydd yn ei llygaid wrth iddi gofleidio'i ffrind. "Ond pryd ma'r diwrnod mawr? Oes gin ti ryw syniad o'r dyddiad eto?"

"Tua dechra Medi, yn ôl y doctor. Ew, mi allet ti ddŵad i lawr i fod yn fam fedydd, ond bechod bod ni'n byw mor bell oddi wrth ein gilydd."

Sipiodd y ddwy eu te a synfyfyrio wrth syllu'n freuddwydiol i'r tân. Yna gofynnodd Magi â rhyw dinc trist yn ei llais, "Be fydd waetha dŵad, magu plentyn heb dad neu magu plentyn heb iaith a gwreiddia?"

"Be ti'n feddwl, magu plentyn heb iaith? Mi fydd dy blentyn di'n siarad Cymraeg efo chdi a Ianto, felly fydd o byth heb iaith, na fydd? Ma raid i chditha blannu gwreiddia yn y cymoedd 'ma. Alli di ddim dal i freuddwydio am Langybi a'r hen ardal."

Ond doedd dim modd perswadio Magi. "Dw i'n hiraethu bob nos jest am Graig y Garn, ac yn mynd i gysgu â nghalon i'n lwmp meddal. A pan oeddwn i yno, fa'no oedd y lle mwya dinadman yn y byd... A fedra i ddim siarad Saesneg chwaith."

Chwarddodd Luned heb fawr o gydymdeimlad. "Mi fedri di ddysgu. A pham ma raid i ti ddysgu Saesneg, beth bynnag?"

"Mi ddeudodd Ianto wrtha i pan gofynnodd o wnaethwn i briodi fo mai un o'r petha oedd o'n lecio amdana i oedd y ffaith mod i'n Gymraes uniaith, bron. Do'n i ddim yn dallt be oedd o'n feddwl tan i mi ddod i fa'ma i fyw. Ma pawb yn medru neidio o un iaith i'r llall, a'r Saesneg yn drecha bob gafael."

"Twt, ma nhw'n medru Cymraeg."

"Dim pawb o bell ffordd. Ma brawd hyna Ianto, Alun, wedi priodi Cymraes lân loyw fel fi. Ma gynnyn nhw ddau o blant a'r ddau wedi cael 'u codi i siarad Cymraeg. Ond cyn gynted aethon nhw i'r ysgol ma'r cyfan wedi troi'n Saesneg. A Sali 'i hun yn siarad Saesneg efo'i phlant ei hun erbyn hyn."

"Dw i ddim yn meddwl y byddet ti a Ianto yn dechra siarad Saesneg efo'r plant. Ma Ianto yn meddwl llawer gormod o'r iaith ac o'r cwm."

"Ti'n iawn am Ianto, ond efo pwy arall fydd y plant yn medru siarad Cymraeg? Dyna sy'n fy mhoeni i, Luned – fyddan nhw'n medru siarad Cymraeg efo fi hyd yn oed?"

"Amser a ddengys, Magi. Ond dw i'n siŵr y bydd ganddon ni'n dwy filoedd o betha pwysicach na iaith i boeni amdanyn nhw. Fydd yr iaith ddim yn diflannu am ganrifoedd ym Mynytho, a ma'r lle yn berwi o blant siawns fel Huw Hedd druan. Dw i'n meddwl bod rhaid i ni'r mama anghofio lot o'n pryderon er mwyn y balchder o gael magu plant."

Bu Magi am sbel yn treulio gwirioneddau Luned. "Rhaid i genod ildio petha pwysig er mwyn cael teulu. Dyna ti'n drio ddeud?"

"Yn union – gwneud penderfyniad anodd – cyfaddawdu. Ond ma gin ti ŵr – y gŵr delfrydol, y ffeindia'n fyw. Dw i ddim yn gweld bod raid i ti gyfaddawdu llawar."

Erbyn hyn roedd y tân ym mudlosgi a'r sgwrs bron yn hesb hefyd. Ond roedd gan Magi un cwestiwn arall i'w ofyn i Luned.

"Briodi di byth, ti'n meddwl, Luned?"

"Wel am gwestiwn! Dim ond efo'r dyn perffaith."

"Oes 'na'r fath beth â dyn perffaith? Pwy oedd yn sôn am gyfaddawdu gynna, a be wnei di os wyt ti isio mwy o fabis?"

"Ca'l llond tŷ o blant siawns fath â Cati Dew o waelodion Mynytho siŵr! Ma sawl dyn yn yr ardal yn galw i'w gweld hi o dro i dro os ydi o wirioneddol isio dynas. A dw i'n siŵr 'mod i cyn ddelad â honno!"

Roedd y ddwy'n glanna chwerthin wrth lusgo am y llofftydd, a Luned yn gweddïo na fyddent yn deffro Huw Hedd.

CYDNABYDDIAETH

Tybed a oes angen adran fel hyn mewn nofel o gwbl? Yn fy meddwl i – oes. Nid yw nofel yn glanio'n uned berffaith ym meddwl yr awdur – yn enwedig nofel hanesyddol. Mae llawer o elfennau wedi cyfrannu at ffurf a chynnwys y nofel hon.

Soniaf yn gyntaf am ymweliad fy ngwraig a minnau â dyffryn y Somme yn Awst 1996. Cafodd y lle argraff annileadwy arnom, yn enwedig yr ymweliad â gardd goffa brwydr Mametz Wood. Gwelsom gofgolofn anferth Thiepval a haul y bore'n tywynnu ar y llythrennau breision a gerfiwyd yn uchel arni. Cofgolofn yw hon i'r 73,077 o filwyr y chwythwyd eu cyrff mor fân fel nad oedd posib rhoi bedd taclus iddynt. Yn eu mysg mae miloedd o Gymry. Yna'r wefr o weld arwydd Cymraeg, 'Y Rhanbarthiad Cymreig,' yn ein cyfeirio drwy gaeau ŷd melyn at ardd goffa enwog brwydr Coed Mametz. Gweld y ddraig goch fawr a gynlluniwyd gan Peterson, ac eistedd yno mewn tawelwch am rai munudau. Penderfynu wedyn sgwennu nofel yn cyfleu tipyn o drychineb arffwysol y Rhyfel Mawr ar fywyd darn o Gymru.

Cofiwn am un o arwyr Mam, sef Robert William Jones, Cae'r Weirglodd, Llangybi. Clwyfwyd ef yn y Rhyfel Mawr, ond ni ŵyr neb bellach ym mha frwydr na i ba gatrawd y perthynai. Yr unig goffadwriaeth iddo yw ar garreg yn Neuadd Goffa Chwilog, lle ceir ei enw a blwyddyn ei farw.

Clwyfwyd ef yn ddifrifol yn y Rhyfel Mawr a daeth adref i Gae'r Weirglodd i lusgo byw am dair blynedd. Bu Yncl Bob farw yn Nhachwedd 1921 a chladdwyd ef ym mynwent Capel Helyg.

215

Cysylltais â phencadlys y Royal Welsh Fusiliers i geisio gwybodaeth am ei gefndir. Daeth yr ateb a ganlyn:

"The service records of soldiers who were discharged from the Army between 1914 and 1926 were severely damaged by enemy bombing in 1940 and 60% were totally destroyed. Those that survived were badly damaged."

Daliais i dyrchu ond cefais lythyr arall yn egluro fod cynifer o Gymry o'r enw Robert William Jones yn y fyddin fel y byddai bron yn amhosibl cael gafael ar hanes amdano. Arferai llun ohono yn smart yn ei lifrai milwrol sefyll yn falch ar fur tŷ nain yn Nhyddyn Llywelyn, Penrhos. Bellach aeth hyd yn oed hwnnw ar goll.

Daeth Yncl Bob adref yn 1917 neu 1918 i Gae'r Weirglodd. Er pob ymdrech ar ran ei deulu, nyrs y gymuned a'i weinidog bu'n dihoeni am dair neu bedair blynedd. Aeth ei fam ag ef ddwywaith, os cofiaf yn iawn, i demperans yn un o'r tai crand ar y ffrynt yn y West End ym Mhwllheli. Y rhain oedd y tai crand a adeiladwyd gan Solomon Andrews ym Mhwllheli ym mlynyddoedd newydd y ganrif. Gobeithiai ei fam y byddai seibiant, awyr ffres y môr a bwyd iach yn ei wella. Hawdd dychmygu'r milwr ifanc a'i fam yn mynd ar y tram i Lanbedrog. Hawdd dychmygu hefyd y dyheu am wella o'i du ef a'i gariad.

Deuai ei weinidog, y Parch Thomas Williams, i ymweld ag ef yn gyson. Brodor o Lanelli oedd Thomas Williams, a byddai cael gwybod peth o gynnwys y trafodaethau rheiny ym mharlwr Cae'r Weirglodd yn ddifyr. Crybwyllais eisoes fod gan Bob gariad. Tybed beth ddaeth ohoni hi?

Ar ôl gwaeledd hirfaith bu Bob farw yn Nhachwedd 1921 a chladdwyd ef ym mynwent Capel Helyg gyda'i ffrind a'i weinidog yn blaenori. Ysgrifennodd y bardd gwlad Cybi deyrnged iddo, ac mae'n siŵr iddi ymddangos yn un o bapurau newydd y cyfnod. Copïodd fy mam y deyrnged yn ei halbwm personol. Ceir rhan ohoni yn y nofel. Ceir englyn gan Cybi i gloi'r deyrnged:

Ŵr hygar yn chwech ar hugain – ti aethost
  Weithian, telyn firain
 Yw dy groes deg oreusain
 I Feddyg gwell nefoedd gain.

Roedd Mam yn meddwl y byd o'i Hyncl Bob. Doedd ond deng mlynedd rhyngddynt mewn oedran a gallai fod wedi rhamanteiddio llawer am ei hewythr o filwr.

Tri cymeriad go iawn sydd yn y nofel, sef y Parch Thomas Williams, Cybi, ac Alice, fy mam. Roedd hi'n un o deulu Ynys Creua, Llangybi, ac roedd ganddi naw o frodyr a chwiorydd. Bu ei thad, William Griffith farw yn hanner cant oed. Ond eto cafodd fy mam addysg dda a dod mewn byr amser yn brifathrawes ysgol fach Brynengan. Bu raid iddi ildio'r brifathrawiaeth pan briododd fy nhad, Evan Jones, Tyddyn Llan yn 1940. Dyna oedd trefn yr oes.

Dychwelaf yn awr at deulu Cae'r Weirglodd. Roedd y fam, Janet Jones, wedi priodi efo Richard Jones. Cawsant chwech o blant sef Bob, Wili, Kate (fy nain), Janet, Elin a Margaret. Cartrefa disgynyddion Janet yn Plas ym Mhenrhos, disgynyddion Elin yn ochrau Gyrn Goch, a phan briododd y chwaer fenga, Margaret, aeth i fyw i Dyddyn Merched, Llan Ffestiniog. Yno mae'r Parch Anita Ephraim yn byw heddiw.

Bu fy hen daid Richard Jones farw yn 1938 yn bedwar ugain oed, gan adael Dewyrth Wili a'm hen nain i amaethu Cae'r Weirglodd ar eu pen eu hunain. Roedd y dau ddegau a thri degau'r ganrif ddiwethaf yn adeg eithriadol o dlawd i bob diwydiant cynhyrchu. Doedd pethau ddim yn wahanol ym myd amaethyddiaeth.

Ceir hanes hynod o drist i gysylltiad ein teulu ni â Chae'r Weirglodd. Roedd Wili, brawd Robert William Jones, yn ymddiddori'n bennaf erbyn hyn mewn meddyginiaethau i anifeiliaid – gwella trywingod a'r ddafad wyllt gan fwyaf. Crwydrai'r wlad i wneud hynny gan raddol golli gafael ar ffyniant y fferm.

Ymdrechai plant Ynys Creua ac Aberafon, Gyrn Goch i gadw golwg ar bethau, ond âi pethau'n fwy anodd gan fod Wili'n graddol syrthio'n ysglyfaeth i'r ddiod. Dywedai'r teulu mai un rheswm am hyn oedd ei fod yn dioddef o glefyd y siwgwr a hwnnw'n naturiol yn cynyddui syched.

Roedd amgylchiadau ariannol Cae'r Weirglodd yn parhau'n bur dynn. Cynigiodd Wili y fferm i Mam yn 1940 am chwe chant o bunnau. Cryn fargen – ond beth fuasai gwraig ifanc yn dechrau byw eisiau mynd i le anghysbell felly. Gwrthododd y cynnig.

Roedd fy hen nain, sef mam Bob, erbyn hyn yn bell dros ei phedwar ugain oed. Ni allai Wili ofalu amdani, a chafodd ei symud at ei merch Magi, a gadawyd Wili ar ei ben ei hun yng Nghae'r Weirglodd. Ceid hanesion digri gan y ddiweddar Anti Annie, Llys Elphin, Chwilog, a'm cefnder Gwilym Baker amdanynt yn hwsmona "Castell Caernarfon" fel y llysenwid yr hen ffarm ganddynt.

Aeth Wili i goma yn 1947 ar ôl bod yn wael am wythnosau. Bu farw, a chladdwyd ef ym mynwent Capel Helyg. Roedd llond ei lofft o boteli cwrw gwag. Roedd dyledion anferth ar y fferm a rhoddwyd y lle ar ocsiwn a'i gwerthu i Sais a welodd ei gyfle. Wnaeth o fawr o lwyddiant o'r fenter chwaith. Fo oedd un o'r mewnfudwyr cyntaf i ardal Llangybi.

Bûm yn pendroni llawer ynglŷn â sut i ddatblygu stori o hyn oll. Ceir llawer o amwysedd am gefndir Yncl Bob – ym mha frwydr yn union y clwyfwyd o, i ba gatrawd y perthynai a phwy oedd ei gariad. Mae'r cysylltiadau teuluol yn parhau yn fyw iawn hefyd. Penderfynais yn y diwedd greu stori ddychmygol a gosod y milwr ym mrwydr enwog Coedwig Mametz. Hawdd wedyn oedd creu rhamant am y milwr gan ddefnyddio y sgerbwd yn unig o stori fy nheulu. Gobeithio i mi fedru gwau o hirbell gefndir trist Cae'r Weirglodd.

Pwysleisiaf eto mai dychmygol hollol yw'r holl gymeriadau, ar wahân i'r Parch. Thomas Williams, y bardd gwlad Cybi, ac elfennau o debygrwydd i'm mam yn Alis.

DIOLCHIADAU

Alice – fy mam. Hefyd ei halbwm personol

Mrs Mari Jones, Chwilog am y caniatâd i ddefnyddio enw'i thaid, sef y Parch. Thomas Williams.

Staff Archifdy Gwynedd am eu cymorth a'u hynawsedd.

W S Jones (Wil Sam) am gael benthyg pamffled *The Old Coaches of Lleyn* gan Eddi Kenrich.

Traddodiadau llafar yr aelwyd gartref.

Nerys Williams, Llaniestyn, am deipio fy llawysgrifen traed brain.

Mrs Dilys Jones, Eirionallt, Chwilog am gael benthyg copi o *Y Caniedydd Cynulleidfaol*.

Mared Roberts o'r Lolfa am ei golygu gofalus a'i chynghorion gwerthfawr.

Wales on the Western Front – John Richards (gol.), Gwasg Prifysgol Cymru (1994)

Up to Mametz – Wyn Griffith, Severn House (1981)

Mametz: Lloyd George's Welsh Army at the Battle of the Somme – Colin Hughes, Gliddon Books (1990).

Brwydr Coed Mametz (Cyfres Cymru a'r Byd) – Robert Phillips, Canolfan Astudiaethau Addysg (2003).

Gwae fi fy Myw: Cofiant Hedd Wyn – Alan Llwyd, Barddas (1991).

Wilfred Owen – Dominic Hibberd, Weidenfeld & Nicolson (2002).

Am restr gyflawn o nofelau cyfoes Y Lolfa, a'n holl lyfrau eraill, mynnwch gopi o'n Catalog newydd, rhad – neu hwyliwch i mewn i'n gwefan

www.ylolfa.com

lle gallwch chwilio ac archebu ar-lein.

yﾉlolfa

TALYBONT CEREDIGION CYMRU SY24 5AP
e-bost ylolfa@ylolfa.com
gwefan www.ylolfa.com
ffôn (01970) 832 304
ffacs 832 782

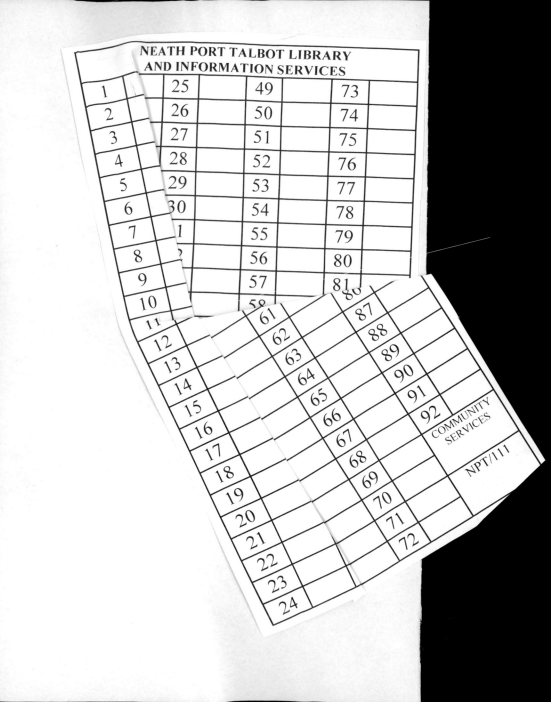

NEATH PORT TALBOT LIBRARY
AND INFORMATION SERVICES

1		25		49		73	
2		26		50		74	
3		27		51		75	
4		28		52		76	
5		29		53		77	
6		30		54		78	
7		31		55		79	
8		32		56		80	
9				57		81	
10				58			
11				61		87	
12				62		88	
13				63		89	
14				64		90	
15				65		91	
16				66		92	
17				67			
18				68			
19				69			
20				70			
21				71			
22				72			
23							
24							

COMMUNITY SERVICES

NPT/111